朱 华 胜
ZHU HUASHENG

著

短篇小说文集
/YUAN SE/

陕西新华出版
太白文艺出版社·西安

图书在版编目（CIP）数据

原色 / 朱华胜著. -- 西安：太白文艺出版社，
2025.2. -- ISBN 978-7-5513-2902-6

Ⅰ．I247.7

中国国家版本馆 CIP 数据核字第 2025RD5592 号

原色
YUANSE

作　　者	朱华胜
责任编辑	张　瑶　张丽敏
封面设计	玉娇龙　高　颖
版式设计	玉娇龙　高　颖
出版发行	太白文艺出版社
经　　销	新华书店
印　　刷	武汉怡皓佳印务有限公司
开　　本	710mm×1000mm　1/16
字　　数	200 千字
印　　张	13.25
版　　次	2025 年 2 月第 1 版
印　　次	2025 年 2 月第 1 次印刷
书　　号	ISBN 978-7-5513-2902-6
定　　价	88.00 元

原色

/ YUAN SE /

目录

反求

要不是签下那份协议，罗红不会急着在周末跑到乡街子找李二九。

穿过乡街子，李二九离开大路，往田埂路奔去。两边是红艳艳的三角梅，罗红喜欢这种植物，片片叶子撑起满世界的通红。可此时，罗红哪有心思去欣赏，恨不得长出一双长手，一把逮住前面那个讨厌鬼。

"站住。"话刚喊出，罗红身体一歪，双脚踏空，扑通一声，摔倒在水沟里。

罗红最怕的就是水，旱鸭子一个啊。恐惧与水同时袭来，他顿时惊叫了起来，双手乱抓，双脚乱蹬。平静的水世界受到惊扰，水花溅起，虫跃鸟飞。

李二九吓了一跳，回头看见罗红滑进水沟里，反倒笑了，说："你还老师呢，这么浅的水，在水里多玩一会儿'狗爬澡'吧。"李二九加快步子，几蹿几跳，登上山坡，消失在树林里。

罗红站起来，发现水深才到膝盖处，又羞又气。前面哪里还有李二九的影子？看到自己这一副狼狈的怂样，憨包脓包地骂个不停。

夕阳斜照。罗红呆呆地站在沟坎边，身上湿淋淋的，还糊了不少红色的稀泥，像一尊红泥雕塑。

没有把李二九追回来，还出了一个大洋相，罗红沉着的脸，仿佛要滴出水来。"没良心，看到班主任掉进水沟里，不拉一把，还趁机溜了。李二九，等着，看我如何收拾你。"罗红嘀嘀咕咕，孤零零地往回走。

罗红想起了妻子，不能让她瞧见自己这副模样。她行动越来越不方便，他得小心地在身边伺候。托时代的福，妻子怀上二胎。罗红原本是不想要的，养一个孩子已经让他伤精费神。他说自己是老黄牛，吃的是草，犁田耙地却一样少不了。谁知妻子心思缜密，悄悄去医院取了环，他却不知。等怀上了，用家庭会议的形式否决了他的意见。二比一，他是少数。原来妻子早已说通了在北京上大学的女儿，他只有服从。女儿是他的宝，妻子拿准了他的软肋。也怪，人家的孩子反对爸妈生二胎，可他的女儿，反而撺掇多次，"要个弟弟，要个弟弟，要个妹妹也行"。寒假里，女儿说："爸爸妈妈基因那么好，为社会为家庭为我再做点贡献，利国利己利他人的事就要做。再说我妈三十九岁，还年轻呢！现在生米都做成熟饭了，反对也没用，何况反对无效。"他"顺民意"，请求再次表态，同意。女儿说："老爸英雄。"

周末有时间，一大早他就熬了一锅土鸡汤，满屋飘香。仿佛被香味诱惑，阳光透过窗子，拼命钻进来。妻子挺着个大肚子，红扑扑的脸颊下，有一个白嫩嫩的肉下巴。她斜躺在沙发上批改作业。教初三两个班的数学，作业多，得常常带回家批改。其中一个班，罗红还是班主任。

突然，敲门声响起。"大清早的，会是谁呀？"妻子放下作业本，摸着肚子说。"莫动，我去看。"罗红拦住妻子，站起身，开门，是班长。"老师，我见到李二九了。"

"在哪？"罗红赶紧问。李二九是他班上的双差生，一年前辍学，在社会上逛荡。说实在话，这样的学生，走了就走了吧，回来只会影响其他学生。一身的坏习惯，吸烟喝酒染发打架都有他的份，就是对学习不感兴趣。一位老师说："李二九就是一个麻烦学生。"

罗红当然知道李二九的情况，但义务教育阶段的孩子，一个都不能少，走了的，必须劝回来。扯草坪乡二中有二十多个辍学生，有的辍学很久了，像李二九，长达一年；有的刚辍学，像崔小娥，有一两个月吧。校长贯彻上面的"控辍保学"决定，与初三班主任签了劝返协议，每一个初三老师都有至少一个辍学生的劝返任务，多的就是班主任的事了。罗红是班主任，有两个劝返生的任务，李二九和张金浩。就连罗红的妻子叶枝，怀着孕，也有一个辍学生叫崔小娥的要她去劝返。协议书上写着，除了老师，劝返辍学生也是老师的本职工作，更莫说班主任了，职责明确规定了的。

"老师，李二九在乡街子农贸市场里面的游戏室玩。"班长是女生，脆生生地回答。

"谢谢你,你先回去吧,如有张金浩的消息,尽快来告诉老师。"罗红交代班长。

班长点点头,一蹦一跳地走了。望着她的背影,罗红说:"要是个个学生都这样听话,学习努力,成绩优秀,多好啊!"

游戏室,各种刺耳的声音让罗红眩晕,一股像是鸡蛋坏了的味道让他差点呕吐。那个黄头发盖耳的不是李二九还会是谁!

"玩得好开心啊!"罗红大声吼道,脸阴沉着。

"啊,罗,罗……老师,有事?"李二九一看,是罗红,他的班主任,有点意外,便慢吞吞站了起来,毫无表情地问。

"装,装浑!跟我回去读书。"罗红说,语气有所缓和。

"不去,我都一年没上学了,我爹妈都不管我了,你又何必呢?"李二九说完又坐了下去,不再理罗红,盯住屏幕玩了起来。

罗红伸出手按了一下按键。

李二九猛地站起,转身,挥起拳头。

罗红把头伸过去。"打,来,打下来。"他巴不得李二九这一拳打过来。那么,师生情就此斩断,他也不用再劝返李二九了。听说乡一中一个班主任去学生家里劝返,被学生当着家长的面踢了一脚,跌倒在门槛上。一中领导从医院回来连夜开会决定,这个学生就不必劝返了。

怎么不打?罗红抬起头来,李二九的背影已到门口。

"你回来!"罗红在后面一路撵,一路喊,声音大得像扩音器。

李二九在人群里横冲直撞,快速走出农贸市场,往外跑。

"你回来,李二九,我求你回来。"罗红急得声音里带着哭腔。

"唉,这个儿子真不听话,忤逆种。"旁边的人说。

"要是我儿子,我才不追呢!"罗红头也不回地说。

李二九跑出乡街子,穿过公路,拐向小道,往山脚下那片长着绿油油秧苗的水田奔去。夏天风热,罗红风风火火地跑着,全身更热,一切都烫乎乎的。他跟着李二九跑上田埂,不足一米宽的沟坎路弯弯的,像月牙儿通向山坡。

"你回来。别跑,站住,听我说,回去读书。我与老师们说,不要你做作业,不要你回答问题,只要坐到教室里听课就行。"罗红身子晃了一下，稳住身形，接着说，"一两个月后，就中考了，你就能拿到初中毕业证。"罗红说着话，慢了下来，路很窄，一边是水沟，一边是水田。他担心追急了李二九掉水沟里，这可不好，他可担不起。

热浪一阵阵袭来，李二九好像感觉不到热，也不回头，还是不停地跑。时不时还弯腰抓住一棵草，拧断，丢进水沟。几只受惊的蛙，纷纷跳进水里，朵朵绿花顿时荡起。

"你回来！站住！"声音刚喊出，罗红就掉进了水沟里。

罗红气呼呼地回到学校。"罗老师，你这是咋啦？"门卫眨巴着眼问。

罗红头低着，不吭声，径直朝住宿楼走去。

叶枝开门，看到罗红的窘况，张开的嘴巴一下子难闭上。她不知道丈夫怎么变成这副模样，慌忙转身拿来干净衣服。罗红在门后换了衣服，穿上拖鞋，把脏衣服、裤子、鞋子一把搂了起来，抱进卫生间，拧开水龙头。"哗啦哗啦"一阵水声后，他走了出来，将事情一五一十地告诉了叶枝。

叶枝抚摸着挺起的肚子，倒了一杯水，递给罗红，说："'师道尊严'这个词，怕只剩'师道'了。"

"尊严不在，师道何存？在游戏室，我只是按下了游戏机的停止键，李二九就想把我吃了，可见他对老师没有一丝敬畏。我是巴不得他打下来。"罗红说，眼圈突然红了起来，像被阳台上的三角梅染了。

叶枝转过身去，怕自己忍不住滴下泪来。

教了几年的书，竟把罗红这牛脾气硬生生磨成羊脾气。以前动不动就发火，上课第一周就打了学生一拳。他转身在黑板上写字的时候，那个学生朝他的背影伸出小指头，被他发觉。他冲到学生身边，将学生提了起来。

可现在，罗红低三下四央求辍学生返校，在游戏室现场抓住学生，也没有动手的勇气，还伸过头去让学生打。这个李二九，罗红了解他家情况。他由爷爷照顾着，父母常年在浙江打工。家教缺失，爷爷管不住，便养成了散漫随性的习惯。上学总是"三天打鱼，两天晒网"，初三学习任务重，老师盯得紧，李二九干脆不来了。

中考临近，无故不参加考试者视为辍学，那么，这些不来上学的人就会暴露在众人眼前。这样一来，学校就会受到影响，主管部门就会在全县进行通报,县教育主管部门还要受到上级主管部门问责,所以谁也担不起责任。一级卡一级,层层落实,签订控辍保学责任书。上面千根线,下面一根针。最后,这些难干的事情都落在了老师身上,尤其是班主任身上。

叶枝想到这里,摇摇头,往厨房走去。罗红肯定饿了。

学校教职工大会后,罗红烦躁了起来。扯草坪乡山势陡峭,沟深路窄,边远贫穷。稍有劳动力的乡民都外出打工了,留下老的小的。山上无老虎,猴子称大王。厌学的娃多是调皮捣蛋的,父母不在,他们自己说了算,想来学校就来,不想来就不来。到了初三,光罗红这个班,前前后后就有七个学生离开了。为此,罗红被学校领导狠狠批评了一番。学校决定,初三年级班里辍学超过两个的,不得评先进班级。超过三个,扣班主任月津贴五元,四个,扣十元,五个,扣十五元,六个,扣三十元。罗红班里有七个辍学生,创了学校纪录。校长来到教室门口,说:"罗红,你就做好拿不到班主任津贴的准备吧。我要是你,就赶紧想法动员科任教师尽快去劝返。"

罗红脸突然垮了下来,想辩解几句,又觉得无趣也无意义,夹上课本,转身走了。

校长望着罗红的背影,心想,罗红啊,我无法啊,只有逼你了,你是班主任啊!

罗红班上这七个辍学生,散落在全乡各地。罗红召开科任教师会,把劝返任务分派给科任教师。其中一个老师是同级的另一个班的班主任,也有劝返任务。罗红不愿意给人家增加负担,就加给了自己。于是,他有了两个辍学生要劝返,除了李二九,还有一个叫张金浩。为了科任教师不说闲话,罗红给自己老婆也安排了一个劝返学生,叫崔小娥。

回到家,罗红还不踏实,想了一夜,决定开个家长会,动员家长督促自己的娃娃坚持学习,确保不再有新的辍学生。同时动员辍学生的家长,想办法说通自己的孩子来上学。

家长会在下午举行,方便远处家长按时赶来。老天也来帮助罗红,天气晴朗,几朵白云纠缠,分分合合。校园里干干净净,花园里三角梅盛开。教学楼前几棵雪松傲然挺立,雪松果仿佛是一个个青衣仙童端坐在枝头。来得早的家长,个个伸出大拇指。

五十来个家长，一一被罗红接进会议室，坐下，没有一人出声，比他们的娃娃上课纪律还好。罗红和各科任教师坐在前面，与家长面对面。

叶枝最后来，她刚下课。

罗红把科任教师介绍给家长，然后说："各位家长辛苦了，养娃娃不容易的。我们只教两三年，你们却是要管一辈子的。"

一句话说得家长们笑了起来。

叶枝望着面前一张张苦涩的笑脸，与其说像一朵朵开败的菊花，还不如说像一张张羊肚内壁。叶枝从来没有见过这样的家长会，这哪像是家长会，更像养老院的老人会议。有的拄着拐棍，有的拎着长把黑伞。孩子的爹妈都没来，连个代表都没有，都是爷爷奶奶或外公外婆。那张开的嘴，就像一个个黑窟窿。很多老人牙齿落得只剩下两三颗了，只有两个人牙齿齐全，白生生的，一看就是假牙。叶枝暗暗观察，天！五十来个家长的牙齿加起来就一百来颗。他们如何管娃娃的，怕只是照看了。罗红这个家长会，怕是不起作用喽。

散会后，罗红把辍学生的几家老人留了下来，用恳求的语气说："校园里三角梅能盛放，还不是一片片红叶凑成的。今天落一片，明天飘走一片，就败了。一个班就如一株三角梅，每一个学生就是一片红叶。多说说你们的孙儿，叫他们返校读书，我求求你们哪。"李二九的爷爷说："罗老师，你是好人，我家那个败家子，你莫费心了，由他怂去，大不了做叫花子要饭去。我是说不动，他爹妈远在浙江打工，八竿子够不着。"张金浩的奶奶说："罗老师，你来家里喊他吧，一天只会拿着个破手机，窝在他的床上玩游戏。做好饭喊他来吃都喊不动，就好像我是他孙儿，他是我爷爷。"

不止罗红急，妻子叶枝同样急。这次家长会，崔小娥的家长没有来。回到家，叶枝越想越急。要是崔小娥劝返不回来，她的绩效工资就泡汤了。她从衣柜里翻出一件雨衣，走出来对罗红说："我得去崔小娥家走一趟，把她喊来。"

罗红正在淘米，回过头来说："什么？你挺着这么大的肚子，我不放心。山高路陡的，四五里路，多为你肚里的宝宝着想。还是通知家长来吧。"

叶枝急了，说："千万别叫了，一个个老得空气都扛不动，万一来了出个什么事，还不是你兜着。今天看到坐在教室里这些老人，我就特别担心，这样的家长会不能再开，谁能保证不出事啊。"

罗红不是憨包，他明白得很，他是班主任，开家长会也是他的工作，只是，以后得改变形式，以家访为主吧。

这些学生，爹妈都出去了，没人待在家里。出去打工的人，不是盖了别墅，就是买了车子，待在家里刨那点土地，就是刨出花来，也不够填牙缝。

"那这样，周末我开车陪你去。"罗红把米煮上，出来说。

"那你不是成了有三个劝返任务的人了，这对你不公平啊。"叶枝从卫生间拿来一块毛巾，递给罗红，说。

罗红擦着手，说："哪来的不公平？我是班主任，每一个辍学生我都有责任劝返。学校之所以叫科任教师参与，那是因为辍学生人数太多了。再说了，你是我老婆，你的事不就是我的事吗？就这样了，别多想，想想你肚里的宝宝吧。"罗红走过来低下头，贴在叶枝肚子上，轻轻说："宝贝儿，周末，我们一起陪妈妈去。"

罗红感觉什么东西滴落在脸颊上，抬起头看，叶枝眼泪汪汪的。

没想到周末一大早，叶枝妈妈来了。罗红说："你在家陪妈妈，去崔小娥家就改天吧。我先去张金浩家。"

叶妈妈说："看看，罗红多善解人意啊，枝儿，妈妈来了，你哪儿也别去，妈妈陪你说说话。"

张金浩家在离乡镇不远的一个山村里。罗红走着路去。罗红沿路打听张金浩家地址，一个村民说："最漂亮的房子就是张金浩家的。"房子盖得富丽堂皇，四层红砖，一个大院子，粉白色的围墙栅栏，院里栽了很多花草树木。没有人，静悄悄的，只有树梢上的鸟鸣声。院门前有一左一右两个石狮子，系着红布条。罗红总觉得哪里不对，哦，对了，石狮子应是一公一母才对，讲究阴阳对称，但眼前这两个石狮子都是公的，脚下都踩着绣球，本应有一个"踩"着小狮子才对。罗红摇摇头，来到门边，敲门。

开门的正好是张金浩。一见是罗红，张金浩说："我爹妈不在家。"

"我不找你爹妈，找你。"

"找我干啥？"

"求你。"

"求我干啥?"

"回校读书。"

"不想读。"

"必须读。你还小,读书很重要,对你将来有好处。"

"你别说了,有什么好处。我爹没读过书,在外是包工头,有吃有喝的,比你过得好。你不看看你算老几!"说完,张金浩往外就走。

"我求求你,你回来!"

"求我有个什么用。"

罗红不再与他斗嘴,紧走几步准备去拉张金浩,伸出去的手又缩了回来。罗红突然想起,班上的物理老师就是在课堂上拉了张金浩一把,被张金浩妈告到了县教育局那儿,说张金浩被物理老师打了。张金浩爹还开着大奔从市里赶回来,到学校指着物理老师的脑门凶骂了一顿。物理老师为此被县教育局点名批评,通告全县,还扣发了当月的绩效工资。倒是张金浩的奶奶,提着一篮土鸡蛋,来找物理老师道歉,说一日为师终身为父。物理老师正在气头上,死活不要鸡蛋,说:"我不敢要你家的东西,张金浩会告我受贿,我得养家糊口,得要这份工作。"张金浩奶奶走时把鸡蛋给张金浩,叫他送给物理老师,说声对不起。张金浩等奶奶走后,就把鸡蛋提到街上卖了,转身走进游戏室。

罗红这么一想,一迟疑,早不见了张金浩的踪影。突然从旁边蹿出一只大黑狗,叫着向他扑来。罗红慌忙后退,一个趔趄,屁股重重坐在地上,一只手正好摁在一块石头上。他捡起石头,朝大黑狗丢去。大黑狗叫着往后退。他又捡一块再丢。最后大黑狗退到远处,只管抬头叫唤。罗红站起身,拍拍屁股,气呼呼地回到张金浩家门口,在花坛边的石坎上坐下来等。

过了一会儿,张金浩的奶奶一颠一颠来了,手里提着几个小瓜、茄子。

得知事情缘由,张金浩的奶奶骂道:"砍脑壳的,作孽啊,都是没人教,老师来到家里,是贵人到来,他却跑了,张家哪里会出现这丢人的事!罗老师,你进家里坐,我泡茶给你喝。我去找这个不成器的砍脑壳的抓脖子的。"

罗红连忙说:"老人家,你别去,你回家吧,还是我去找。"

张金浩的奶奶在后面说:"我会骂他的,张家祖宗的脸都被他丢尽了!罗老师,吃完饭再走。"

"不啦,不啦!"罗红连忙走了出来。天啊,哪敢麻烦老人家去找,万一跌倒摔伤,岂不麻烦!被张金浩爹知道了,说是老师上门逼学逼的,那岂不更麻烦!

来到村口,一个村民说:"张金浩往乡上的方向跑了。"

罗红谢过,也忙着往乡上赶。唉,也好,这是回家的路。妻子、岳母还在家呢!

村民的声音从身后传来,"给人的感觉是老师倒像父母"。

罗红回到学校时,太阳正缓缓下山。

夕阳晕染了大半个天空。操场四周的三角梅更红了,与土红色的塑胶跑道连在一起。叶枝陪着妈妈在操场散步,说这么大的年龄怀二胎真不容易,又说女儿在北京学习不用操心,真的长大了,还经常打电话回来问她弟弟的情况,要发大肚子的视频给她看。这个女儿,真是活宝!还有,她怎么知道就是弟弟,万一是妹妹呢!妈妈被逗笑了,"我这乖外孙女,从小我就觉得她不平凡,怎么样,妈没看错吧?"叶枝说:"没看错,托她外婆的福。"母女说着,笑着,不知不觉走了几圈,两人脸通红,像三角梅那样的红。叶枝想到崔小娥,唉,怎么就辍学了呢?罗红说,三角梅这么美,不就是靠一片片红叶撑起来的么?唉,即使上面不要求劝返,也要去把她找回来。叶枝摸摸肚子,自己的娃娃是娃,别人的娃也是娃。一个不能少,再苦再累再忙也要把她喊回来读书。叶枝舒了一口气,抬头,三角梅更红了。

可罗红的脸不红,阴沉沉的,与这一切都不搭边。叶枝看到他的样子,知道他白去了。她想了想,没有喊他,让他自个走回去。喊他,只会让他更加烦躁。今天与妈妈说话,也说了罗红劝学这些事。妈妈说:"去劝说辍学生返校,老师怎么越当越窝囊呢?树活一张皮,人活一张脸。求学生到这个地步,这样下去,做老师的,脸都快没啦!"

叶枝摸摸肚子,想了想,说:"你女婿呀,早不在乎这面子呀,尊严呀之类的东西了,喊回一个学生,像生了个宝宝一样的高兴。"叶枝不想让妈妈担心,妈妈认为当老师好,人家问,她总是她女儿女婿都是老师，得意的神色在两腮荡起涟漪。叶枝暗暗庆幸今天与妈妈说话时隐瞒了自己也要劝返学生的事，不然妈妈担心不说，还难过。自己也是当妈的人，不愿意妈妈再为自己的事闹心。

罗红从张金浩家出来，一直赶。到了乡上后，乡街子、游戏室、溜冰场、电影院等转了个遍，没发现张金浩。心里那个火，快要把他自己烧熟了。想想，岳母还在家，便不再寻找，转身往家里走。

周末，下起小雨，罗红说改个时候去崔小娥家里吧。叶枝摸摸肚子，知道丈夫担心自己，说："没事啊，下雨才是好事，下雨乡下人一般都待在家里做家务，我们才能碰到崔小娥和她家大人。"路上，雨沙沙下个不停，雨刮唰唰响。路两边绿绿青青，地里的烟叶随风摇摇晃晃，远处雾蒙蒙，灰暗暗。罗红开着车，叶枝坐在旁边，往崔小娥家驶去。

"你也别急，我们尽力而为。其实，我知道你的心思，巴不得个个学生都回来学习。我有个同学在教育局工作，听他说控辍保学，上面虽然抓得紧，不能丢下一个适龄学生，但其实上面也有底线的，偶尔有一两个劝返不回来也在政策范围内。"叶枝望着窗外，轻轻地说，她想安慰丈夫。

"那是针对一个地方的总人数而言。对于具体班级，没有例外。只有全部劝返，才算完成任务。"罗红望着前方说。他不敢分心，尽管近几年来路面硬化了，村村铺成了水泥路，下雨天还是要小心的，乡间道路一般很狭窄，如果来了对头车，很难错开。

来到村子，罗红把车停在村口。他打开伞，让妻子出来。

罗红来过崔小娥家，熟悉路。他撑着伞，扶着叶枝往前走。

叶枝知道崔小娥家穷，但没想到如此穷。墙壁裂缝的土基屋，破烂不堪的塑料布蒙着小小的窗子，土屋侧边有偏瓦顶，瓦顶下堆着布满了蜘蛛网的农具，院子到处是水坑。只有屋前那棵梨树，挂着挨挨挤挤的青皮梨，充满了生气。几只马蜂嗡嗡飞着。怎么到今天了，还有这么穷的人家？

崔小娥不在家，家长也不在，一把铁将军把门，仿佛在嘲笑叶枝：本将军在此，你失算了。叶枝呆呆地站在门前，突然，眼睛酸了起来。

罗红怕妻子再难过，忙跑去敲开邻居的门。出来一个中年妇女，说："哟哟，你们来得不巧。今天下雨，一大早，崔小娥的爷爷就上山捡菌子了,然后到乡上去卖,挣几个零花钱。"

"她爹妈呢?"叶枝忙问。

中年妇女看了看叶枝的大肚子,脸色柔了下来,说:"唉,这家可怜,爷爷瞎了一只眼,爹是结巴,妈嫌弃这个家,跑了几年了。结巴爹嘛,可怜了,听说在哪里修铁路?"

这时屋子里传出一个男人的声音,"在甘肃修铁路"。

中年妇女忙说:"对对,看我这记性,常常记不住事。她家是……是那个建档立卡户,她爹在甘肃修铁路,要年底才回来。农村人嘛,不挣钱把房子盖起来,人家都看不起……"

"那崔小娥呢?"罗红打断中年妇女的话。

"崔小娥,不在家啊,具体在哪里我不知道,好像在县城哪家端茶倒水。可怜呢,一月给几百块钱。哦,对了,她对爷爷有感情,都是爷爷带大她的。后天是她爷爷的生日,这个苦命的女娃一定会回来看爷爷的。"

回来的路上,叶枝唉声叹气。雨刮上下扒个不停,细雨纷飞。叶枝叹着叹着,有泪水滚落。

罗红递给她一张纸巾,说:"你没听那邻居说,崔小娥家是建档立卡户,是政府精准扶贫对象,会好起来的。"

"她家那状况,神仙也为难。都是她妈不对,哪有抛弃亲生娃娃跑了的?不然这个家不会这样。崔小娥也不会辍学。"叶枝擦着眼睛说,"这下难办了,我那同学说过,建档立卡户的子女,在政府是挂了号的,更不应该任其辍学,一定要劝返回来上课,这可是硬任务。"

"莫急莫急,回到家再想办法啊。"罗红劝道,自己心也虚,说了句毫无意义的话。再说了,他知道叶枝的心思,她是一个软心肠的人,即使上面没有劝返要求,她也会来找崔小娥,动员她返校念书。

雨停了,两人刚好到学校。雨后的三角梅更加艳红,滴滴水珠子在红叶子上滚动。才进家门歇下,女儿便从北京打来电话,说这个假期她想报名参加志愿者活动,但又想早些回来,想看弟弟生下来的样子,也帮月子婆做些事。她不想错过。

叶枝嗔骂道:"油嘴滑舌,像你爸当年一样。十月怀胎,你大学生了还不知?还早呢,你想干什么就去吧。"

"那好吧，我们志愿者活动就一个月，结束我就回来。妈咪，掀开衣服，发视频来，我看看弟弟多大了。"女儿在手机那头怪里怪气地说。

"出去，出去，我们母女要视频。"叶枝推了罗红一把。

罗红哈哈大笑，进厨房了。

星期二下午，罗红去乡上学习，要学习一天半。天出奇好，晴朗朗的，山头上的白云像一群群绵羊，你挤来我挤去的。叶枝躺在沙发上批改作业，突然想起了什么，放下作业本，披上外衣，换上平底鞋，拿了一把伞，拉上门，就往外走。

来到教学楼，走进办公室，叶枝与一个老师说了几句，那老师说："好的，那你要小心噶。"

叶枝急急忙忙往校外走。刚才批改作业登记分数时，看到学生花名册上的崔小娥，猛然想起她家邻居说过，后天是崔小娥爷爷的生日，崔小娥一定会回来。后天，不就是今天吗？这是一个劝返崔小娥回校的机会，不能放弃。崔小娥家这么穷，没文化没知识是根本原因，必须喊她回来读书，不然还要穷一辈子。叶枝连忙与一个老师换了课，去崔小娥家。罗红今天下午学习，不在，没关系，反正崔小娥家不远，翻过这座山就到，四五里路，平时散步也要走这么多。

走起来却不像叶枝想得那么简单，一下上坡一下下坡，一下又一个弯道。叶枝走不动了就靠在埂子上休息一会儿，走走停停，终于来到崔小娥家。

门开着，叶枝摸了一下肚子，轻轻道："谢天谢地！"崔小娥爷爷在家，坐在凳子上，靠在板壁上打瞌睡。

"老人家好。"叶枝声音很轻，生怕惊吓着老人，"崔小娥在家吗？"

"你是？"老人睁开一只眼。

"我是她老师。来喊她上学的。"叶枝笑着说。

"老师哟，娃不愿学。我拼这把老骨头供娃读书，可是她不愿意读，我说破嘴皮，她就是不同意。我知道她不愿意让我这把老骨头受罪。"

"那她在哪儿？我对她说，我可以帮助她。"叶枝见有转机，忙说。

"她本来今天要回来，可是她做活的那家人有事，她就回不来了。"老人说。

"那你知道她在哪儿做活吗？"叶枝很失望，仍不甘心，继续问。

老人起身，走到墙角，从坏了一只脚的柜子里拿出一个包裹，打开，取出一张纸，递给叶枝。

没见着崔小娥，但有了地址和联系号码，叶枝松了一口气。正当她走出村口时，一辆小车疾驰而来，停在她身边。这不是自家的小车吗？正想着，罗红打开车门，走了下来。

罗红脸垮着，责怪道："你不该一个人出来，万一出个什么事，咋个办？再说，也得带着手机，方便联系。电话怎么都打不通，最后一看原来手机落在家里。"说着，把手机递给叶枝。

叶枝细声细气安慰他。罗红见叶枝这样，脸色缓和过来，说："你要爱惜自己，也要保护肚里的孩子。"

"我知道。"说着，叶枝从包里拿出一张纸，"这是我抄来的，崔小娥的地址和联系号码。"叶枝随之拨了电话。

"喂，哪个？"电话那头传来一个声音。

"请问崔小娥在吗？"叶枝小心问。

"小娥，找你的，快来。"刚才那个声音说。

"你是哪个？"是崔小娥的声音。

"崔小娥，我是叶老师。"叶枝声音很柔和。

"叶老师，你找我有事吗？"崔小娥停顿了一下，然后问。

"我想要你回来继续读书。"叶枝一字一字说，很慢。

"谢谢叶老师，我不想读了。"崔小娥说完就挂了电话。

"崔小娥。"叶枝突然急了起来，声音很大。

"嘟嘟嘟"的忙音。

罗红看了叶枝一眼，忙抽了几张纸巾递过去，说："你呀，眼泪不值钱。"

叶枝没有再说话，静静盯着车外。风飕飕吹着，地里绿油油的烟叶摇个不停，刚才还蓝盈盈的天空，瞬间黑云滚滚，又要下雨了。

一大早，罗红安慰了叶枝几句，慌慌忙忙洗漱几下，就去学习了。

叶枝的课是第四节，她翻个身，又睡了。叶枝怎么也想不到，当她下午教完最后一节课，回到家里时，眼睛顿时一亮。屋里多了一个女孩，是崔小娥。

"崔小娥，你回来了！"叶枝放下课本，急急走了过去，把崔小娥揽在怀里。有亮晶晶的东西掉在崔小娥的脖颈上。

早上离开家后，罗红给乡上学习班联络员打了一个电话，说了详细情况，就开着车，往县城赶去。得亲自见着崔小娥，劝她回来。妻子性急，情绪波动大，对胎儿影响不好。昨日从崔小娥家返回来，就闷闷不乐，昨晚一声不吭睡了，其实她没有睡着，罗红知道。熟睡的叶枝有鼾声，可是，卧室里静悄悄，两个人的心跳声都听得见。叶枝只要有心事，就难以放下，寝食难安。再说了，崔小娥原本就是自己班上的辍学生，既然知道了她的地址，就该去见见，劝劝。

罗红按照地址，找到崔小娥打工那儿。原来是一个麻将茶室，崔小娥在那儿帮忙。罗红与老板娘说了他的来意，老板娘说："那是崔小娥的事，只要她愿意回去读书，她没意见。"

罗红把崔小娥叫到门口，把他们夫妇两次到她家的情况说了，又说："你爷爷还是希望你回家继续读书。你这么小，不读书，将来混不长远。你不会就拿这点钱在这儿做一辈子吧？至于教辅费和生活费，我来负责，好吗？"

崔小娥不说话。

罗红又补了一句："知识是药，能治愈贫穷。你不回来读书，只会穷一辈子，被人看不起。"

崔小娥还是不说话。

老板娘见状，说："我说这位老师，崔小娥不愿意回去，你就别勉强了。"

罗红突然生气了，对老板娘说："你不懂，你懂什么！崔小娥心里是想读书的，她是一个有孝心的孩子，她是不愿意让上了年纪的爷爷为她去挣钱。"

老板娘更不高兴了，说："你快走吧，别在这儿影响我的生意。"

罗红说："好，我打一个电话就走，告诉有关部门，这个麻将室用童工。"

老板娘一听，顿时口气软了下来，说："老师，你别打，我也正要动员她回去，因崔小娥太小，怕她不安全。你来了，正好带她走，我就放心了。"说完，老板娘转身对崔小娥说："你别在这儿做了，跟你老师回去吧。"

"我不走。"崔小娥低着头说。

"从今天起你就不是我这个店里的人了，收拾你的东西走人吧。"老板娘冷冷说了这么一句，转身进麻将室去了。

崔小娥突然哭了起来，狠狠瞪了罗红一眼，跺跺脚，跟了进去。很快，她背着个包包走了出来。罗红迎上去，说："崔小娥，上我车，我们回去。"

"不！"崔小娥朝相反的方向走去。

"你回来！"

罗红见状不妙，慌忙跟了过去。

只听得老板娘在身后哼了一句："活该！打电话啊，告我用童工啊！"

罗红哪顾得上与老板娘理论，忙去追崔小娥，大声说："崔小娥，你回来！"

眼见要被撵上，崔小娥突然发现马路对面是公园。公园到处是人，不容易找。崔小娥心念一动，人已在车来车往的马路上。

罗红不是傻瓜，马上明白崔小娥的用意，跟了上去。

一阵刺耳的紧急刹车声骤然响起。

"撞着人了！"行人惊叫道。很多人围了上去。

罗红艰难地从地上爬起，眼睛望向对面。"崔小娥，你回来。"

"罗老师！"脆脆的惊恐声传来，是崔小娥，她扶起罗红，"罗老师，你撞着哪里没？"

"你返回来了，我高兴。那司机刹车及时，我没事。"

"罗老师，对不起。"崔小娥扶着罗红来到人行道。

"崔小娥，我说了，没事。你呀，是个聪明的笨丫头。你愿打工我给你找，好吗？"

崔小娥站在罗红面前，低着头。

罗红静静看了看崔小娥，说："我理解你的苦处，你是矛盾的。这样，你的叶老师就要生孩子了，我却要上课，无法照顾她，你就到我家洗洗衣物，打扫卫生。你在麻将室拿多少钱，我就开给你多少。学校离你家那么近，你还可以常去看你爷爷。"

崔小娥终于坐上罗红的车。

与叶枝说了几句话后，崔小娥说："叶老师，我从明天起就来做事了。趁现在天色还早，我回家去看看我爷爷。"

"好孩子，真懂事。"叶枝摸着崔小娥的头发，说，"去吧。"

崔小娥走后，叶枝来到书房，对正在批改作业的罗红说："李二九的爷爷今天把他送来了，已坐在教室。有人对他爷爷说起，你为了劝李二九来读书，在游戏室差点被他打，在田埂路上追李二九，又掉进水沟里。老人家认为不应把世道过颠倒了，罗老师都是为他孙子好，老人家一顿臭骂，把李二九的爹妈喊回来。他妈妈听了落泪了，说'罗老师比他们做父母的对孩子更有爱，更负责'。他们还说，'把孩子交给罗老师他们做家长的放心'，全家人说动了李二九。"

罗红一拳敲在书桌上，叫道："太好了。"

叶枝扶住摇晃的水杯，说："看你高兴的。你真的要崔小娥在我们家当保姆？"

"你听我说。"罗红站起身，拉着叶枝，慢慢来到客厅，让她坐下，摸摸她的大肚子，说，"这是迂回，是一种战术。崔小娥来了，上课的时候就叫她去上课，放学了，她回来，你安排她做点事，洗洗抹抹的。你不是早就说过，要我打听一个贫困生介绍给你，你要资助吗？这不得了，贫困生活生生站在你面前了。崔小娥性子犟，你直接资助她还不愿意。这样的方式，一举几得，岂不更好？"

叶枝眼睛闪着光，双手摸着肚子，软软地往罗红怀里拱。

雷劈路

一

这山旮旯竟然有祠堂。李冬兰暗暗惊奇，在她的印象里，只有代代相传的大家族，才会有祠堂。

祠堂大门锈迹斑斑。大门上面悬着一块匾额，写有"紫氏宗祠"字样。李冬兰突然感到一阵寒风吹来。也难怪，入秋了。清亮的月色铺在祠堂的天井里，四周万籁俱寂。她低着头，踩在硬硬的地面上，瞥见有橙黄的丹桂花瓣，毫无声息地蜷缩着。穿过中门，一堵墙横在面前。墙上爬着绿茵茵的爬墙虎，墙根处长着厚厚的苔藓。绕过墙后，是一片紫竹，在微风中发出沙沙的响声。紫竹丛中，隐约可见残破的柱梁石雕。

李冬兰第一次听说，新媳妇还要到祠堂接受长辈训导。

晚饭后，还在收拾碗筷，紫喜良就开始催，仿佛去晚了就捡不到宝贝。李冬兰扯扯衣服，捋捋头发，跟在紫喜良屁股后面，轻手轻脚地走进祠堂。

"快进来啊！"紫喜良在里面，向她招手。

李冬兰走了进去。迎面有一个雕龙刻凤的供桌，供奉着紫竹寨列祖列宗的牌位，灵牌的两边有一副对联，上联是"祖德流芳远"，下联是"宗功赐福长"。

"三爷！"紫喜良叫了一声。一个上了年纪的人，头发花白，脸上刻着岁月的痕迹，静立在那儿，听见有人喊，点点头。

看来他就是紫喜良说过的紫三爷、紫竹寨德高望重的长者、家族里说话算数的人。李冬兰还看到三爷旁边站着一个中年人,有一个与自己年龄差不多的女子,露着困惑的神色。她身旁还站立着一个小伙子,看来是她丈夫。李冬兰听说,这一个月,有两家人从外面娶来媳妇。那么,除了自己,另一个新妇就是这个女子,她叫汪玲。

见李冬兰进来,紫三爷说:"开始。"

紫喜良、李冬兰与汪玲夫妇一起跪在供桌前。只听得那个中年人说:"寨里的新婚夫妻都要接受这个跪祖训导仪式,这是我们紫家的规矩。认得寨史,记得规矩,过好日子。下面,请紫三爷训导。"

紫三爷燃了三炷香,口中念念有词,朝供奉着紫竹寨列祖列宗的灵牌三鞠躬。然后开始用低沉而沙哑的声音说了起来。李冬兰突然想起儿时端公爷跳神的情景,端公爷就像紫三爷这样念念有词,周围的人也是这样跪着。

当寡白的月光从格子窗里溜了进来,仪式结束。回到家里,李冬兰一个哈欠接一个哈欠打着,像干了一天的重活一样,说:"真是背时倒运!腿都跪麻了。你们这儿真麻烦。人的好坏,品德如何,不是这样说了就管用的,是从小亲爹亲妈教的。"紫喜良嘻嘻哈哈道:"说这些做啥?快睡觉才是真。"说着一把搂过李冬兰。

"脏手,洗洗。"李东兰扭扭捏捏地说道。

二

夫妻俩闹腾一番后,紫喜良说了句"快给我生个娃娃"就打起了欢快的鼾声,像梦里搂着娃娃似的。

李冬兰却怎么也睡不着。她觉得紫竹寨怪怪的,与她从小长大的寨子大不一样。人们见到她的眼神总是冷冷的,就像路上偶遇的陌生人,各走各的,不打招呼,尤其是女人之间。李冬兰以为她是才来的新媳妇,人们不熟悉她。可是她看见寨里其他女人之间打照面时,也是低头而过,很少见到女人们脸上的笑容,倒是男人们彼此会说着一些笑话。今晚,紫三爷的一通话,她也是听得稀里糊涂的。什么紫竹寨有近千年的历史,外来人员要经过紫竹寨时,走的是蛇身一样蜿蜒的紫竹路,这是官道。由于人流量大,寨子日子富足。紫竹寨的老祖宗就是走官道来的，受官家安排，选中这个地方，安营扎寨，为来往客商服务，久而久之，繁衍下来，成了紫竹寨。今天，政府修通了直直的公路从山肚子里穿过去，人们再不走这条古道，寨子渐渐冷清了下来，昔日的富足成了过眼云烟。说着说着，紫三爷又说什么女人之间不要互相说三道四，不要传谣，什么西北边的雷劈路是女人的禁区，不要轻易踏入……还说这就是寨子里不成文的规定。唉，尽是李冬兰不解的，或听不懂的话。

窗外，雀鸟叽叽喳喳，李冬兰醒来见丈夫紫喜良还在呼呼大睡，她悄悄穿衣起床，准备做早餐。烧着火，打了一壶冷水放在火上后，她往地里走去，打算拔几棵白菜，摘几个辣椒。隐隐约约听到哭声，她觉得蹊跷，大清早的啊，谁在地里哭呢？她感到纳闷，四处寻望，却看到大嫂从地里抱着几棵白菜走了过来，眼角似有泪痕。李冬兰喊了一声："大嫂！"大嫂"嗯"了一声，留下一棵白菜，急匆匆地离开了。李冬兰呆呆地看着她的背影渐渐模糊，就像在梦里一般。

地里的金瓜叶上滚着露珠，与那绿油油、水生生、鲜嫩嫩的小金瓜对望，像是知道对方的心思般。李冬兰又摘了两个小瓜，急匆匆往家走，心里却翻腾不止。紫喜良有兄弟两人，哥哥娶了大嫂，另立门户。紫喜良随婆婆过，今年年初，婆婆突然过世，按紫竹寨的风俗，紫喜良娶妻只能在三年以后，或者就在当年，叫冲喜。李冬兰被紫喜良软劝硬说，同意嫁过来，尽管他们互相认识还不到半年。嫁过来才知道，夫家穷成这样。紫喜良问李冬兰这么嫁人后悔不。李冬兰回答得很干脆："不后悔！我是说到做到的人。但你必须对我好，不然我会不依不饶的。"新房是老房子改造的，其实也没有怎么改造，就是墙壁用白石灰粉刷了一番，门窗用红油漆涂抹一遍，房前屋后贴上几个大"囍"字。花销不到一万，还是紫喜良从大哥家借来的。

唉，听丈夫讲，大哥家也可怜。大嫂身体不好，生了两个孩子，就养活了一个在身边。另一个还在很小的时候，大哥领着去地里干活。他家的地在雷劈路附近。真是背时倒运，那天刮起了龙卷风，孩子不知被吹到哪里去了，浑身是血的大哥被寨里的人架了回来。大嫂从此郁郁寡欢，病快快的，就像她的心也随孩子被风吹走了一样，只有一副空架子。

大嫂娘家人一问起刮龙卷风那日的情况，大哥还心有余悸。他说，他先是看到天空出现一片墨绿色的乌云翻滚着，很快飞出一条乌褐色巨龙，速度极快，轰隆隆作响。大哥知道，这是龙卷风来了，容不得他想，他就被卷起，又摔了下来，待他醒来，身边的孩子已不见了。他哭着找了半天，昏倒在地，被寨民看见，架了回来。

紫喜良在李冬兰耳边说："这都怪大嫂，她好奇，偷偷去雷劈路，这件事你不能讲。这是报应。"李冬兰将信将疑，问："雷劈路那儿到底有什么呀？"紫喜良眉毛一挑："你疯了？敢问这个。你忘了那晚紫三爷的话，你是女人，永远不能问，永远不要提这三个字。"看着李冬兰委屈的样子，紫喜良接着说，"雷劈路就是拉屎不生蛆的地方，一条荒毛野沟路。村里孩子死了，都是丢在那儿。孤魂野鬼多，正在找替身哪。大嫂，还有寨里几个媳妇都去过那儿。定是被娃娃魂魄缠身，顺藤摸瓜，她们才会失去孩子的。大嫂大哥一定是很内疚，变得话少了起来。"

李冬兰听了，还是不太相信，但暗暗打定了主意，雷劈路，自己一定不去的，不管有没有孤魂野鬼，既然是丢死娃娃的地方，她才不愿意去呢。儿时，老家后山崖就是丢死娃娃的地方，爸爸妈妈就不准她去那儿玩。她对丈夫说："我听你的，不去雷劈路。我们辛苦点，一定得挣钱，把借大哥家的钱还了。"紫喜良一脸不在乎的样子："你放心，有钱就还的。等你生了娃儿，我一定让我们家过上好日子。"

李冬兰偎依在丈夫怀里。记得妈妈说过："喜欢娃娃的男人，心地都善良，日子过得踏实。"她想起当新娘那天，他们特地到后山小庙里拜送子观音、拜财神。李冬兰很惊讶，这个小庙竟然有一尊爱神娘娘的塑像，她去过很多庙，是没有的。由于带的水果、纸钱不够，紫喜良说爱神娘娘就不拜了。原本，按李冬兰的意思，要先跪拜爱神娘娘，再拜送子观音，最后才拜财神，可紫喜良带着她先拜了送子观音。李冬兰想了想，也顺了他，盼个孩子来，才有家的味道，才能拴住男人的心。不过，有空一定要去拜拜爱神娘娘，夫妻之间要恩爱才行，穷点累点都不怕，她期盼爱神娘娘赐福给他们夫妻，让他们夫妻永远恩爱。

三

腊月，皑皑白雪茫茫无边，院子里也白了一层。远处险峻的高山顶像是用白银堆砌起来的。紫竹寨，北风呼呼地吹，吹得人们全身如筛糠，都缩在屋里，守在火塘边，守得腿都浮肿了。李冬兰骂道："真是背时倒运！是不是几年的雪都要下完啊！"几天后，太阳爬出山梁来，积雪在阳光里闪着神奇的光芒，天空蓝得看不到边，蓝得风也舍不得吹，大地静悄悄，窝里的山鸟纷纷飞起，鸣叫。

李冬兰知道，雪化了。下雪不冷化雪冷，李冬兰穿上了厚厚的灰棉衣，原本隆起的腹部，显得更加臃肿，笨手笨脚的，她打趣说像电视里的企鹅。紫喜良被她逗笑了，数着指头，盼着生产日。下午，积雪化得差不多了，李冬兰决定舂糍粑。她把泡好的米煮熟，舀出来盛在大盆里。她抬着盆，往舂粑机房走去。拐角处，碰巧看到矮矮胖胖的汪玲，穿着蓝色棉衣，发现她与自己一样，臃肿不堪，腹部隆起，更像一只企鹅。看来，来年都要当妈妈了。顿时，李冬兰产生一种冲动，想与汪玲说说话，问问她是不是与自己一样，这段时间这也不适那也不适。汪玲也看到了李冬兰的腹部，眼睛一亮，朝李冬兰笑笑，走了过来。这时，一个身影一闪，来到她们中间，拦住汪玲，是汪玲的丈夫。他说："你怎么还不回家？妈妈煮熟了鸡蛋，等你去吃呢！"拉起她，走了。李冬兰呆呆地站在那儿，怎么也想不通，心里想，嫁给这样小气的男人，汪玲真是背时倒运！在李冬兰的眼里，男人还是要大气些好。

街子天[1]，紫喜良背上他编织的篾具，上路。同寨里许多男人一样，他也是一个篾匠。农活之余，编织了很多篾具，花篮、提篮、背篓等。寨里各家房前屋后，有的是竹子。紫喜良人长得壮实，头发浓黑，微卷，中等身材，话不多。平时也不去哪里，要么在地里做农活，要么坐在院子里编织篾具。篾具不好卖，有时卖得掉一两样，有时一样也卖不出去，卖不掉的篾具背回来。其实就是苦力活计，赚点汗水钱。

寨里很多男人不愿意做这事，费时费工。他们农活之余，往往三五成群，玩牌打麻将，直至深更半夜。

李冬兰喜欢紫喜良这点。论长相，丈夫配不上她。李冬兰身材高挑丰满，尤其是屁股大。她脸庞红润，皮肤白净，眼睛水汪汪的，会淹死人的那种水汪汪。紫喜良的母亲生前就对这个未过门的儿媳很满意，对紫喜良说："屁股大，好生娃。"当然，这些话是结婚那晚，树梢上挂着

---

1. 街子天指乡镇上赶集的日子。

圆圆的月亮，月光从后窗倾泻进来，洒在十指相扣的两人身上，紫喜良摸着李冬兰那肉肉的、光滑的屁股说的。

这天，没有风，太阳金灿灿的，天空蓝蓝的，蓝得让李冬兰不愿意待在家里。她挺着个大肚子，把家里的床单、被子和枕头，通通拿出来晒。

"小心，不要动着肚里的娃娃。"大嫂不知何时来到，她伸出手来，抓住被子一角，挂在绳子上，"还是结婚时的那床被子啊，唉，家家都过得拮据。以前，我们这个寨子还是挺好过的。"

"那为什么现在就不好过呢？"李冬兰问。

"以前没有修通高速路。来往的人必须经过我们寨子，这儿是南来北往的要道，还是古道呢。过往客人会选择在这儿歇脚，买东西吃，换东西，有几家开有小饭店。家家的苞谷、洋芋、葵花子、水果等土特产不愁卖。家家手里都有些钱。"

听到这里，李冬兰想起在祠堂听紫三爷训话时，紫三爷也说过，这个寨子以前很热闹，有点钱，可现在很闭塞，非常贫穷。

大嫂指着山那边继续说："自从在大山里修通一条高速路，几乎没有人走这条路。现在外面很富，我们这儿很穷。还不如我娘家，那儿的厕所都是红砖盖的，这儿有很多厕所还是茅坑，拉屎时水都会溅到屁股上。"李冬兰听到这儿忍不住笑出声来，自家的厕所不就这样吗。

这两个月，先后两家传出的婴儿啼哭声，打破山谷里的幽静，惹得一群群鸟儿掠来掠去，不知落在何处好。李冬兰生了一个胖小子，紫喜良高兴得手舞足蹈，脱口而出："这下可好，有盼头了！"

产后十分虚弱的李冬兰，一边给婴儿喂奶，一边说："怎么大哥大嫂他们也不过来看看呢？"紫喜良回答："生个娃娃吧，对于咱们紫竹寨来说，寻常事，所以不兴这个礼数。大哥家生娃两次，也没人来看过。再说了，女人生娃娃期间，外人是不兴来的，会给娃娃带来灾难。"李冬兰根本无法理解这个寨子的风俗，在祠堂里紫三爷讲得天花乱坠，什么寨子有千年的文明史，连生娃娃这么大的事，亲兄弟之间都不过问一下，还谈什么文明史。真是背时倒运！特别是大嫂，也是女人，难道不知道生娃娃的痛苦吗？哪里像娘家那儿，生娃娃时，亲朋好友送红糖送酒送米送鸡蛋的。她总觉得这个地方的人有一种说不出的奇怪，甚至连丈夫都是闪烁其词的，也许就是这个地方的风俗吧。哎呀，不来看就不来看，也不打算打电话给妈妈，免得颠簸来颠簸去地来到这儿，看到这冷漠的一切，找气受。等娃娃大一点，会叫外婆时，再带去看看，这样会更好。李冬兰这样一想，也就不再说什么，对紫喜良说："你把这堆尿片拿去洗，再晒晒吧。尿片常晒，娃娃好带。"

四

娃娃满月后，李冬兰来到自家地里看看，顺便拔些豆子煮了吃。这个季节，乡下人就有这个好处，青白菜、苦菜、甜瓜、豆子等各种新鲜果蔬，地里都有。一个来月没有来地里，她有些不放心。还真是的，杂草丛生。她拔了一会儿杂草，忽听到身后有响动，一回头，是正在左顾右盼的大嫂，要不是大嫂，还以为是偷庄稼的人呢。

好长时间没有见到大嫂了，乍一见，李冬兰吃了一惊。她又比之前瘦了，银白的头发乱蓬蓬的，像一堆枯草堆在头顶上似的，眼睛浑浊，暗淡无光，嘴唇干裂。手里捏着一把锄头，指甲缝黑漆漆的，指甲瘪瘪的。

她来到李冬兰跟前，低声问道："娃娃好吧？"

"娃娃很好啊！大嫂。"李冬兰回答大嫂的问话。

"娃娃还小，要随时带在身边。就如现在，你就应该背着娃娃来，不要把娃娃放在家里。"大嫂说着，没有看李冬兰，眼睛却到处瞅，生怕钻出一只饿老虎。

"谢谢大嫂，我记住了。今早我出门时，娃娃在家睡着呢，他爸在，没事的。"李冬兰是一个容易被感动的人，大嫂说话的语气是那么真诚。她十分理解大嫂，她的娃不就是自己没有经管好，被大哥带丢了的么！龙卷风不会常有，小心驶得万年船，大意不得，娃娃毕竟太小啊。大嫂这是现身说法，是好心。"大嫂，你要照顾好自己，身体要紧啊！"

大嫂正要再说，忽然看到路边有一人走过，一看是紫三爷，大嫂急急忙忙转身从旁边的小路上走了，留下李冬兰愣愣地站在那儿。怪了，大嫂是在怕什么呢？

李冬兰这几天休息不好，娃娃把日子过反了，白天睡，晚上闹。她指着小家伙的鼻子说："宝贝儿，妈妈生你难产，这会儿你又不与妈妈靠齐。该睡不睡，该玩不玩。你成心累妈妈，是不是？"小家伙才不管她说这么多，头靠过来吮吸找奶，喝足奶后，又甜甜睡去。

李冬兰迷迷糊糊地听到有人在哭。她打了一个激灵，抱着怀里的孩子，站起身来，走出院子，四处看了看，除了顺着院墙疯狂生长的爬墙虎，和那棵默默无语的石榴树，并没有发现什么。

紫竹寨的天渐渐暗下来，有零星的灯光，明明灭灭，像几只一闪一闪的萤火虫，飘忽不定。李冬兰回到屋子里，坐也不是，站也不是。她进到里屋看到娃娃睡得呼呼的，口水流着，才安静下来。

临睡前，紫喜良回来说："汪玲家的孩子死了。"

"死了？"李冬兰一听，大吃一惊，睡意全无，一下子坐了起来，拉亮电灯，去看睡在身边的娃娃，生怕睡着的娃娃也有个三长两短。

"看你大惊小怪的。"紫喜良看了李东兰一眼，翻了个身，又说，"前晚死了的。汪玲回娘家，她男人一个人领着娃娃，煮四季豆吃，估计是中毒死的，被她男人丢到雷劈路去了。"

"汪玲今早回来了。哭着去雷劈路找娃娃的尸体，都两天了，哪里有？也许被野狗或老鹰叼了，也说不定。她男人非常生气，紫三爷也不高兴，雷劈路女人是去不得的。这下完了，汪玲再生，很可能还会出事。"紫喜良不知又说了些什么，很快鼾声响起。

李冬兰再也睡不着，紧紧搂着娃娃。她怎么也想不明白，紫竹寨这个大寨子的娃娃，命运怎么这么不济，怎么会经常有娃娃死于非命。紫三爷不是说那个祠堂会保佑全寨人吗？连娃娃都保佑不了，还会保佑什么呀。李冬兰正胡思乱想着，外面狂风大作，窗子也被吹开了，窗帘拍打着木窗，啪啪作响。她看看身边的丈夫，睡得很死。她把娃娃用被子盖好，披衣起床，来到窗前。雨季里的雨真大，雨点子不断打在自己的脸上。这时，一个闪电，让李冬兰吓了一大跳。她回头一看，娃娃睁着眼睛，手指头塞在嘴里，她才踏实下来，忙把窗子关严实。

这天，李冬兰在地里忙着。"汪玲疯了。"大嫂走过来说，"这些日子，你领着娃娃，不清楚外面的事。汪玲确实疯了。"

"真是背时倒运！伤心过度的。她那事发生在我身上，估计我会死掉的。"李冬兰说，眼里闪着泪花。

"乱说，冬兰，不会发生在你身上的！你不嫌穷，愿意嫁给喜良，来到这穷得要命的紫竹寨。婚后，对他这么好，是出了名的贤妻。那次喜良重感冒，昏睡三天，你三天没有合眼，全寨人都知道。"大嫂听到李冬兰的话，吓了一跳，急急地安慰她说，"再说了，喜良已失去一个娃娃了，他一定会养大这个娃的。"

"什么？大嫂。你说喜良有过一个娃娃，已失去，怎么失去的？"李冬兰心头一沉，忙追问。

大嫂一听，自知说漏嘴，吓得脸色都变了，忙说："我要回去做饭了。"

"大嫂，你说完再走。喜良结过婚，离了，这是他告诉过我的。"李冬兰拉住大嫂的衣服，不让她走，"但他没有说过，有过娃娃，还失去了。你告诉我怎么一回事，我不会对喜良说是你告诉我的。我就说是寨民议论我无意间听到的。"

大嫂盯着李冬兰，突然一把拉住她，拉进旁边的苞谷地里，蹲下。稠密的苞谷秆雄壮地昂着头，那葱葱郁郁的绿色掩盖着一切。风吹过隙，沙沙作响。"哪里说的话，哪里丢，以后不要说起。我本来不想告诉你，让这些话随我进棺材的。别人是不可能告诉你的。"大嫂轻轻地说，语气却很坚决。

紫喜良的第一次婚姻，是很仓促的。自从高速路从山肚子里穿过，改道不走紫竹寨后，村子就越来越穷。钱，成了这个寨子的命根子。只有在外打工的人才有几个钱。紫喜良也出去打工，去了两年，回来时，带回一个女孩子，很瘦。回寨以后没几天，就举行了结婚仪式。瘦女孩变成了瘦女人，八个月后，瘦女人生了一个男娃娃，说是早产。娃娃三个月的时候，小两口领着在地里掰苞谷。瘦女人给孩子喂足奶水，放在苞谷秆上睡着，盖上背篼。两口子把掰下来的苞谷轮换着带回家。瘦女人拎了一篮苞谷回家，做好饭，回到地里。却发现，娃娃不知什么时候不见了。紫喜良说，他只顾掰苞谷，也没注意。瘦女人哭着到处找，一直未归家。一月后，从贵州打了一个电话回来，要求离婚。其实也不叫离婚，他们原本就没有领过结婚证。

五

李冬兰很生气，丈夫竟然对她隐瞒这些事。但一想，又叹了一口气。算了，不用生气的，娃娃丢失谁不痛心啊，他自然不愿意揭这个伤疤。

难怪他这么迫切想要娃娃啊!

回到家后,李冬兰只说汪玲疯了。紫喜良正在编一个提篮,头也不抬,说:"汪玲不值啊,可以再生一个嘛!"

李冬兰不满地看了他一眼,说:"你以为生娃娃就如你编织提篮一样啊!所受的苦只有女人自己才清楚。如果失去了我的娃娃,我就去死,而不愿意疯。"紫喜良听了,吓了一跳,抬起头来,看着李冬兰坚定的神色,他竟哆嗦了一下,手里拿着的提篮掉在地上。

时间真快,一晃又是一年刨洋芋的季节。李冬兰与紫喜良把地里的洋芋刨完,背回家里,放在楼上晾着。李冬兰才松口气,不想,娃娃病倒了,高烧不退。这可急坏了她,急得哭了,连声说:"我的娃,你要是有个三长两短,妈妈一定不会活了。"紫喜良一听,埋怨道:"说什么话呀?哪个娃娃不会生病呢?"不知紫喜良从哪里弄了两服草药来熬了,放上红糖,淡甜淡甜的,喂给娃娃喝了,娃娃的病一天比一天好转。

李冬兰看到娃娃好了,好不开心。看到今天阳光正好,她抱出大木盆放在院子里,倒入调好温度的水,给娃娃洗澡。

"大嫂上吊死了!"紫喜良进来说,脸色惨白。

"啊?天啊!这是咋个啦?"李冬兰正在床上给娃娃喂奶,猛然听到这个消息,吓了一跳,慌忙起来,用背篼背上娃娃,三步并作两步,赶了过去。大哥铁青着脸,眼睛红通通的,痴痴呆呆地坐在门边,一声不吭,就像哑了一样。大嫂的尸体静静地平放在停尸板上,身上盖着旧旧的有补丁的床单。寨民的议论声传来:"早上才看到她从雷劈路那个方向回来,嘴里嘟嘟囔囔的,不知念些什么。哪个想得到,就这样吊死了呢?"李冬兰望着躺着的人,难过得要命,眼泪扑簌簌地流着,暗想:真是背时倒运!大嫂真是个可怜的女人,没有过上一天的好日子。也是,这下可以见到她那个不在世的娃娃了……

午后的太阳变得火辣辣的,晒得地里连蚂蚁也不见了。只有河水,还有一丝凉意。李冬兰背着儿子,在河边洗衣服。岸上的树枝倒映在水中,在河面上一闪一闪的。随着李冬兰的动作,层层波浪荡开来,树影也动了起来,荡起一个怪影,有些像大嫂,吓得李冬兰"哎呀"一声惊叫,站了起来。这才发觉一个蓬头垢面的脏女人站在旁边。

"汪玲,是你!真是背时倒运!怎么弄成这个样子?怪吓人的。"李冬兰认出汪玲，怎么瘦成这样，像几天没吃饭一样的。

汪玲没有回答她，左跳一下右跳一下，又到处望望，然后跳到水里，看看李冬兰，又看看她身后背着的娃娃，哈哈大笑，片刻，又号啕大哭。

"唉，又是一个可怜的女人！"李冬兰叹了一口气，走上前几步，拉过汪玲。然后，弯腰，从口袋里拿出一块毛巾，在河水里涮了涮，拧干，给汪玲擦擦脸。刚擦干，汪玲脸上的泪水又滚落下来。李冬兰又举起毛巾，却被汪玲拉住，不让擦。汪玲"嘻嘻嘻"几声，又"呜呜呜"几声，把李冬兰手里的毛巾丢在地上，拉过她的手，又把她身后的娃娃的手轻轻拉过来，放在李冬兰手掌心，紧紧捂住。突然，汪玲撒手，哭着跑了。

李冬兰捡起毛巾，望着那瘦小的背影消失在河岸柳树后，心里沉沉的。想到刚才汪玲的举动，不知是无意的还是有意的，她是真疯还是假疯啊。

中秋节前夕。紫喜良说："过几天就是中秋节，今天是街子天，你去镇上买点月饼。我本来要去的，你看，我昨天做活，闪了腰，只有你去了。不要忘了买火腿月饼。"

一听到火腿月饼，李冬兰就想起以前在娘家，都是自己做。妈妈做的味道可好了，不咸，不像买来的。妈妈说，火腿很咸，要用清水浸泡，时间泡长一些，去除咸味，蒸熟，然后切成豌豆般大小，再用蜂蜜、砂糖和猪油拌匀，腌制一段时间……自从李冬兰外出打工、成家至今，她就没有再做过，商店里多的是，自己做挺麻烦的。

镇上离紫竹寨不远，十来里路，半天就可以回来。李冬兰自生了娃娃，还未出过寨子。听紫喜良这么一说，也合她心思，想说正好买些女人家的常用品，但想到家里没有多余的钱，话到嘴边又咽了下去。

出门的时候，李冬兰要背上娃娃，却发现背篼被紫喜良洗了，挂在门外的粗线上。她只好叫紫喜良领着娃娃，说她很快就回来，如果娃娃哭了，就喂他点稀饭吃。紫喜良说："好的，你放心，难道我一个大男人，还领不好一个娃娃？"

出寨子来，李冬兰闻到了一种清新的气味，应该是树林里的味道。路两边长满了牵牛花、茴香花、三角梅，一些蜂子在上面飞来飞去。"冬兰也去赶街子？"一个低沉而沙哑的声音从身后传来。

"哦，是三爷啊，是的，我去镇上买点东西。"李冬兰回头一看，是紫三爷，连忙回答，"三爷，你也去赶街子？"

"嗯，好久不出来了，人老了，走不动了。今天是去买点月饼。"紫三爷望着前面，慢腾腾道。

"真巧，我也要去买月饼。"李冬兰说。

"那好，就一起走吧，我老了，眼睛有些花了，你选哪家的月饼，我也选。"紫三爷说。

李冬兰说"好"，话音刚落，旁边有人影一闪，定睛一看，忙喊道："汪玲！"

汪玲衣衫褴褛，穿着一双绿色高筒水鞋，头发用麻绳束在身后。汪玲直盯着李冬兰，似乎有话说，正要走过来，看到她旁边的人时，身子颤动了一下，嘴张了张，没说啥话，"咯咯咯"地傻笑了几声，闪进松树林里不见了。一阵风吹过，沙沙作响，像汪玲凄凉的哭声。

"可怜的女人，疯了，现在只会说疯话。走吧，赶路要紧。"紫三爷在旁边说道。

六

紫喜良在李冬兰出门后，舀了一碗稀饭，给儿子喂下，然后，抱上儿子，反手关上门，往寨子外面走去。他进入一条小巷，三拐两拐，走出寨子，走的是紫竹道，往西北边去。路两旁尽是紫竹。走了一段，他进入坡地小道。紫喜良抬头看看天，步子快了起来。因水分欠缺，地里苞谷秆不再那么密不透风，而是稀稀落落地可以看清地里的一切，苞谷叶泛黄，正在枯萎。那一绺一绺的苞谷缨子，犹如黄发垂下。紫喜良知道，这些苞谷成熟了，可以收割了，就像他怀抱里的儿子一样，他可以享受了。

儿子的脑门、眼睛最像他，鼻子、下巴像李冬兰。李冬兰说："儿子这么像你和我。"他笑道："他就是我的种子在你的田里长大的嘛！"逗得李冬兰来抓他。李冬兰说笑了一阵，突然冒出来一句："儿子要是有一个三长两短，我就去死，说到办到。"李冬兰的倔强是从小就出了名的，说一不二，就像答应嫁给他一样，尽管他家里穷得丢进一个石头也打不到值钱的东西，她却毫不后悔。紫喜良想到这里，"呼哧呼哧"喘着粗气，脚步慢了下来，似有千斤重，有些迈不开。他想到紫三爷的侄儿歪眼，与自己一同出去打工，啥也不会干，常常借钱填肚子。后来歪眼回来找了一个女人结婚，两口子几乎是一年一个娃娃，现在成了紫竹寨的富裕人家，盖起了三层小楼房，买了摩托车，日子过得很红火。紫喜良望着一眼怀中熟睡的儿子，抬头朝前望了望。山坡上的树叶闪着光，似乎成了花里胡哨的红票子。他一跺脚，拔腿，弯腰，继续往前走去。

雷劈路，是紫竹寨西北方向通往外省的交通要道。前几年，穿山高速路修好后，这儿就少有人马走了，其实就是一条悠长蜿蜒的山路中的一段，因其中一面有几百米长的悬崖，像宽阔的石面斜挂下来而得名。紫竹寨的人都流传着一个故事，说当年一个天神从这儿路过，被大山阻挡，随即唤来雷公，一道闪电劈就，所以叫雷劈路，早晚云雾缭绕。白天，起微风的日子，悬崖上的陡峭石头，明暗交错像琴键一般，似有悠扬的乐声响起。刮狂风的日子，又像打雷一样，"轰隆轰隆"地响起来。悬崖下有一个不深的大洞，挺宽敞。为了方便来往客商躲雨，歇脚，摆放着几张石桌石凳。往山谷里望去，谷里一片片的罂粟花在风中摇曳，快要谢的花瓣也能诱惑人的心扉。

"你这人，今天怎么婆婆妈妈的。男孩，三万。一手交钱一手交货。到底卖还是不卖？"一个头戴毛巾帽的中年妇女高声嚷道，顺手把一摞钱丢在石桌子上，"那年，你卖那个娃，是多么干脆啊，头都没回一下。今天怪啊，你叫三爷把我约来，不是与你拉锯的吧？紫三爷在街上盯着你媳妇，你怕哪样？"在洞顶停歇的黑鸟受到惊吓，扑棱着翅膀飞出去了，就像飞晚了也会被卖了一样。

还让她说对了，这回就是很犹豫！紫喜良竟然在这一瞬间纠结了起来。他突然想起李冬兰对娃娃说的话："我的娃，你要是有个三长两短，妈妈一定不会活的。"自认识李冬兰，到她成为自己的妻子，这个女人刚烈，说话算数，他是领教过的。答应与他好，果然没有与其他男的来往，还远离了曾经追求过她的发小；答应嫁给他冲喜，就义无反顾，尽管那时认识不到半年。生了娃娃后，她那种做母亲的喜悦，对娃娃的爱，一幕一幕，就如在眼前。此时，听到中年妇女的大声嚷嚷，望着石桌上的一摞钱，想到紫三爷侄儿歪眼家的三层楼房，自己欠大哥家的钱，家里的一贫如洗，他一咬牙，就要把孩子递过去。突然，"哇哇"抱着的娃娃大声哭了起来，热乎乎嫩生生的小手竟然紧紧抓住紫喜良的大拇指。紫喜良的心"咯噔"了一下，心恶生生疼了起来，抱着娃娃的手又缩了回来。

就在这个时候，不知从哪里闪来一个人影，衣衫褴褛，穿着一双绿色高筒水鞋，头发用麻绳束起。两人大吃一惊，还未反应过来，那人影已经来到面前，伸手一抓，拿起石桌上的钱，撒开两腿，就往洞外奔，往镇上的方向跑。中年妇女随即反应过来钱被抢了，高声骂着追了出去。

那不是汪玲吗？

紫喜良惊魂未定，看着怀中的儿子，两只大大的眼睛清澈明亮，正望着自己笑呢。他眼睛一热，用长满胡子的嘴巴拱了拱儿子通红的小脸，眼角滚出的泪珠落在儿子脸上。猛然间，他站起身，抱紧儿子，加快脚步，往寨子的方向狂奔了起来。

七

李冬兰一路心神不定，眼皮跳个不停，她想快些到街上，可想快也快不起来，紫三爷慢腾腾地走在自己身边，还啰里啰唆说个不停，什么紫竹寨那些年是那么的富有，古道两旁、寨子四周长满了竹子，长年苍翠葱郁。现在，高速路通了，人们不走这条道了，断了人脉，山潮水潮不如人潮，没有了人脉，就穷了。有钱才是王道，其他的都不重要。李冬兰有些心烦意乱，听到这里，插话说道："三爷，我觉得身体没病，活得安逸才是王道。钱多钱少，够用就行。"

到了镇上，李冬兰找了个机会，避开了紫三爷。她买了一盒月饼，再无心思逛了，就急急忙忙往家赶。她总觉得今天心里空落落的，魂不在身上一般，就像有什么事要发生一样的。

太阳斜射在院子里，那棵石榴树上红绿搭配，迎风摇曳，紫喜良摘下几个大石榴，来到躺在摇椅里的儿子面前。他一手拿一个石榴，脸上变幻着表情，吐着舌头。儿子舞着小手，张着还未长牙齿的嘴巴，"咯咯咯"笑着。

"回来啦？"紫喜良回头发现倚在门框上的李冬兰，"怎么哭了？"

"没啥。"李冬兰把买来的火腿月饼丢给紫喜良，朝着儿子奔去，一把抱了起来，亲个不停。

天刚亮，从紫竹寨通往县城的土路上，走着紫喜良和李冬兰。紫喜良背着一个花花绿绿的蛇皮口袋，手里还提着两个大包包。李冬兰背着儿子，手里提着包裹。

"你们一家这是要去哪里？"有寨民问。

"去外面找事情做。"紫喜良回答。

他们刚从紫竹寨后山小庙那儿下来。是紫喜良主动提出的，要拜拜爱神娘娘。紫喜良说："本来，刚结婚那会儿，按你说的就该拜的。"

他放了三个石榴、三个月饼在爱神娘娘神像面前，燃了三炷香，磕了三个响头，拜了三拜。"爱神娘娘，原谅我拜迟了。"

昨天晚上，儿子睡后，紫喜良跪在李冬兰面前，把什么都说了。

这些年，紫竹寨很多人穷怕了，又没有其他挣钱的门道，早已把生娃娃卖当作快速发财的路子。有的女人，尤其是紫三爷的侄儿歪眼的媳妇，一年生一个娃，带头卖。在歪眼看来，生娃卖比养猪卖划得来，能挣一大笔钱。寨子里，一直是紫三爷的侄儿歪眼牵头联系买主，紫三爷利用在族里的威望，暗中参与打掩护，所卖得的钱，给紫三爷两百的掩护费，给歪眼四百元的介绍费。女娃娃卖二万五，男娃娃卖三万。

听得李冬兰好半天回不过神来，当听到紫喜良要卖他们的儿子时，她出手就扇了他一个耳光，然后抱着儿子哭了一夜。

紫喜良悔恨，痛哭，自打嘴巴。最终，李冬兰原谅了他。

两口子商量好了，外出打工，挣钱回来盖房子，养娃娃。

出寨时，李冬兰瞥了一眼祠堂，嫁过来那天祠堂跪训的情景闪现了出来，紫三爷那张看起来和善的脸，她突然觉得好恶心，像看到一只绿头苍蝇。李冬兰坚信，恶有恶报善有善报，不是不报时候未到，他们叔侄迟早要吞下自己种的恶果。

儿子在背后"呀呀"的叫，声音是那么甜。李冬兰心里暖暖的，抬头看看天，蓝莹莹的。微风吹来，柔柔的，有淡淡的花香味，放眼望去，路两边长满了茴香花。

路上，几辆警车朝紫竹寨驶去。车上坐着汪玲。

酒窝里月亮在舞蹈

黄媛蒂骑着摩托车，轰鸣几声，驶入小区大门旁边的停车场。停车，熄火，踏下支脚。她取下塑料袋。透明塑料袋里装着白菜、白萝卜、山药，还有猪肉什么的。

下班的人行色匆忙，有的像黄媛蒂一样提着蔬菜，有的提着包包，有的两手空空，都在赶，仿佛要下暴风雨似的。

黄媛蒂几乎是小跑着消失在小区院子里。她不走快些不行，儿子就要放学了，吃完饭得做作业。她慢了，吃饭就晚，晚了，儿子做作业就得超过深夜十二点。那么，第二天早上就起不来。母子常常为起床拌嘴，黄媛蒂要喊十多遍，才能把儿子喊起来吃早点。老公白望龙早在旁边等候，用出租车送儿子上学，看儿子进了校门，他就跑出租车去了。放学，儿子自己回来，十来分钟的路程，还算近。刚下班的黄媛蒂就要抢在儿子走路回家的这段时间做好饭。自从儿子上初中以来，她家几乎天天上演这样的画面。难怪有人说，家有读书郎，爹妈忙断肠。

今天是周末。黄媛蒂还是像往常一样赶。路边的百货店主张大婶摇摇头，说："搞不懂，忙些什么呢，像准备打仗一样。"

张大婶当然不懂，原本到周末，黄媛蒂会走得悠缓一些，甚至会与张大婶说上几句话。可今天不行，今天她给儿子白月亮报了名师数学班，每周末晚上七点半开课，九点半结束。回来还得做作业。

儿子白月亮正在放学的路上，他还不知道妈妈给他报了名师数学班。

白月亮与校足球队队友李星星一起走着。他们两人都是一身运动服，寸头，背着书包，书包鼓溜溜，压得他们的身子佝偻着，走得很吃力，好像背上背的不是书包，而是铁块。李星星比白月亮胖，显得更吃力些，气喘吁吁。

街道上，人流如潮水般涌动，车流似蜗牛般缓缓行驶。白月亮与李星星走到岔路口停下道别。他俩家不在一个小区。

白月亮招招手，说："明天足球场见。"

李星星也招招手，脸有些垮，说："忘了与你讲，我去不了。我妈给我报了奥数班。我老爸不准我玩足球。我回了一句，被他踢了一脚。你看。"说完拉起裤腿，腿上紫红一片，扎眼。白月亮嘴角扯了扯，身子不由得晃了一下，像踢在他身上一样。

李星星远去的背影渐渐消失，白月亮还在呆呆地望着。他不明白李星星的爸爸怎么舍得这样踢自家儿子。

一只白花花毛茸茸的小狗在向白月亮摇尾巴。白月亮眼睛一亮，招招手，蹲下去，摸摸小狗的头。小狗很乖，趴在地上，整个身子贴着地面，吐着红红的舌头。

白月亮笑了，露出两个酒窝，酒窝也在笑，圆圆的，像一对飞到天上的圆月亮。"小狗啊小狗，你才是最幸福的，自由自在的，不用早起，不用上学，不用写作业，不用考试。"白月亮对着小狗嘀嘀咕咕。

白月亮起身回家，经过小区百货店，店里张大婶正朝他笑。白月亮说："大婶好。"

张大婶微笑着问："怎么总是这么晚才放学啊？"

白月亮没有停下脚步，说："我们老师讲作业呢，讲得太入神了，没听见铃声。"

张大婶说："哦，老师辛苦，你也辛苦。快回家吃饭去。你妈买了好多菜，我见你爸也回来了。"

白月亮招招手："好的，大婶再见。"张大婶说到吃饭，白月亮才发觉饿了。

白月亮脚下生风，快了起来。带起路旁树叶随风旋转，又飘落在地上。有几只小鸟在白月亮头上掠过。妈妈应该做好了饭菜，吃完还得做作业呢，明天好去踢足球。白月亮想着，走着。

黄媛蒂双手在围裙上抹了抹，把炒好的菜端上桌。

"咚咚咚"，一阵敲门声传来。"来了。"黄媛蒂拉开门。老公白望龙走了进来，径直走到饮水机那儿，接了一杯水，仰起脖子，咕嘟咕嘟喝了下去，仿佛刚从沙漠里回来。

"儿子还没回来？"白望龙放下杯子问，顺手掏出一支烟来。

"嗯。"黄媛蒂在桌上摆了三个碗、三双筷，又进厨房端出一杯牛奶，放在桌上，说，"你这人，问顺口了。儿子初二，赵老师说是关键期，学校加了一节自习课。"

"哦，哦。"白望龙一边说，一边吐着烟圈。黄媛蒂皱了皱眉，说："我给你说，儿子回到家，你就不要抽了，对他学习影响可大了。"说到这里，仿佛突然想起了什么，黄媛蒂跑进卧室，拿出一张纸，来到白望龙身边，说："看，今天我给儿子报了周末名师数学学习班，今晚吃完饭就去学。"白望龙说："你怎么不跟人商量一下呢？儿子周末不是已经有了一个学习班了吗？"

黄媛蒂说："老公，当时的情形容不得我犹豫。这个老师办班是有名额的，超过名额一个不收。要不是我最好的闺密告诉我这个信息，这名额能轮得到你的老婆？"

"这样啊。那一节课多少钱？"白望龙坐在椅子上问。

"五百元一节，一晚两节。"黄媛蒂轻轻地说。

"什么？"白望龙一下子跳了起来，"你以为我们挣钱像扯树叶子！我跑一个月的车才够儿子学五次。"

白望龙灰心丧气的，像一个瘪了气的篮球，底气漏完了。他原本不开出租车，只是后来单位改制，他买断工龄从单位出来了。先是做生意，不赚钱不说，还尽赔本，于是，又租了一辆出租车开。他不怕苦，关键是要有钱赚。出租车使他的汗水没有白流，每月交了租金，能剩下五六千元。老婆黄媛蒂在医院做护士，收入比他高一些。有了点钱，夫妻俩一商量，为了儿子白月亮读书方便，便在离学校走路十来分钟的小区里买了房，办的分期付款。白望龙为了尽快还清房款，很多时候晚饭后还出去跑上几小时车。要是以前，晚饭后他常去广场那儿与人下棋。他从小就喜欢下棋，总是赢多输少。自从摊上买房、儿子读书两件事以后，棋就淡出了他的生活。

黄媛蒂知道老公跑车辛苦，钱来得不容易，但为了儿子的前程，她还是一咬牙报了名师数学班。儿子的几门功课，就数学、英语弱一些。上半年报了英语学习班，她总觉得不够。"不能让儿子输在起跑线上"，这是她的口头禅。白望龙说："你这话说得我耳朵起了老茧，十辆出租车也装不完。"黄媛蒂说："我不管，我们就一个儿子，再苦再累也要供他读书，要给他提供最好的学习条件和环境。"黄媛蒂还说："老公，儿子成龙上天，成蛇钻草。你是要儿子成龙还是成蛇？"白望龙眯着眼睛说："当然是成龙。""那不就得了，别再做无聊的抱怨了，苦苦吧，挺一挺就过去了。"黄媛蒂擦擦手，搂住他的肩膀说，"老公，我上班也累。一下班，我就得赶回来给儿子做饭，晚上还得陪儿子做作业。为了陪好，我还要拼命学习儿子的功课，以便能辅导他。"

白望龙叹了一口气，说："老婆，我知道了。儿子要回来了，赶紧做饭吧。"

"好，赶紧，他吃完饭就要去学习班呢。"黄媛蒂说，"老公，你去剁肉吧，我洗几个洋芋炒炒，儿子爱吃。"

白望龙进了厨房。天黑了下来，厨房里有些暗。白望龙拉亮顶灯，系上围裙，从塑料袋里取出一块肉。

液化灶上，锅里煮着白菜丝和豆腐圆子，热气腾腾。

白望龙开始剁肉，咚咚咚，咚咚咚，响个不停。

黄媛蒂系着紫色围裙，蹲在垃圾桶旁，刮洋芋皮。洋芋皮啪啪掉进垃圾桶里。

白望龙剁完肉，用菜刀一铲，放入白色碟子里；拿过姜，当当当，切成姜丝；拿过葱，当当当，切成葱花；拿过红辣椒，当当当，切成几段。他转身，把液化灶上的锅端下来。在液化灶上放上炒锅，倒入油，放上盐，油热倒入剁好的肉，用锅铲搅拌，吱吱声响起，油烟弥漫。

白望龙望了一眼正在刮洋芋的老婆，叹了一口气，说："当年，我做梦都想去国企当高管。唉，现在只有指望儿子给我圆梦喽。"黄媛蒂被老公这么一说，也叹气道："唉，我做梦都想当大学老师，也只能指望儿子喽。"

"咚咚咚，咚咚咚。"又一阵敲门声响起。

白望龙放下锅铲，把手指压在嘴唇上，嘘了一声，说："儿子回来了。"

黄媛蒂双手往围裙上一抹，便往门那儿跑去。

桌上，一碗山药炖排骨、一碗蒸鸡蛋、一大碗豆腐圆子煮白菜、一盘炒洋芋，还有一杯牛奶，冒着热气。白月亮狠狠吸了吸鼻子，丢下书包，坐到椅子上。

"儿子，不急，先洗手。"黄媛蒂轻轻说。

窗外，天空一轮明月高挂。对面高楼上窗户透出的灯光与月光交融。一家人围坐在餐桌前，开始吃饭。白月亮面前放着那碗豆腐圆子煮白菜，这是他的最爱。

"好吃吗？"黄媛蒂问。

"真好吃。"白月亮笑着回答，两个酒窝一闪一闪的，仿佛脸上多出两张圆圆的小嘴巴，也要跑出来吃个够。白望龙、黄媛蒂会心一笑，不断地给白月亮夹菜。黄媛蒂把一杯热牛奶放在白月亮面前。白月亮抬起头，咕嘟咕嘟，全灌了进去。

白月亮抹抹嘴巴，一副神秘的模样，说："爸，妈，我八卦一下我们班的事给你们听听。"

黄媛蒂捡了一片山药，放在白月亮碗里，说："儿子，先吃，吃完再说。"

白月亮白了黄媛蒂一眼，嘴巴嘟了起来，说："真缺乏幽默感。以后求我，也不愿讲。"

白望龙瞪了儿子一眼，说："儿子，妈妈的话也对啊，吃完我们听你说，万一逗人笑被噎着。"白月亮这才转怒为喜，说："妈，你看我爸情商比你高，说的话中听。"

黄媛蒂也笑了，说："儿子，妈也是这意思，饭后听你说。哦，对了，妈今天给你报了周末名师教学班。"

白月亮望着妈妈，脸立马垮了下来，大声说："我不同意。我今晚要做完作业，明天要去踢足球。"白月亮又说："报这么多的班有意义吗？"

黄媛蒂说："你的队友李星星要上四个学习班，他的才叫多。"白月亮打断黄媛蒂，说："你怎么不说我的同桌，刘雪霏，她的成绩在班上只是中等，她爸爸妈妈从不给她报课外学习班。"

白望龙瞪着眼睛，说："儿子，爸妈都是为你好，希望你多学点，愿你长大后能做个对社会有用的人……"手机突然响起，白望龙接起，电话里的声音大得如人就在旁边似的："白师傅，你能送我去火车站吗？

老价钱。"

"你在哪儿呢……好,我来接你。"白望龙说完将手机装入口袋,急匆匆走了出去。

黄媛蒂站起身,拍了拍白月亮的肩,压低声音,"儿子,我们不能输在起跑线上。"

白月亮放下碗筷,说:"妈,叫花子还有三天的年过。"

黄媛蒂有些生气了,提高了声音道:"妈都是为了你。妈妈也可以像那些阿姨一样,去玩,去旅游,甚至去打麻将。你看你爸,饭都没吃完,又去拉人了。我们也是放弃了自己的爱好。"

白月亮陡地站了起来,说:"不要道德绑架,好吗?不要把你们的辛苦都扣在我身上。"说完,转身进了卧室,砰一声,门关上了。黄媛蒂望着那道门,气得浑身发抖,突然把筷子丢在桌子上。筷子滚了两滚,啪啪两声,掉在地板上。黄媛蒂眼泪也滚落在地板上,无声。

夜幕降临,灯火通亮。小区花园里,三三两两的男男女女散着步,有的拉着小孩,有的遛着狗。

黄媛蒂在前,挎着包包,手里拿着车钥匙。白月亮跟在后面,背着书包,脸垮着,嘴嘟着,气鼓鼓的,慢腾腾地走着。走到百货店,张大婶看见,问:"这娘俩要去哪儿呀?"

黄媛蒂笑道:"大姐,去数学班学习呢。"白月亮没有说话,埋着头走过。

望着黄媛蒂母子的背影,张大婶摇摇头,说:"补课,补课,白月亮的酒窝都补没了。"

张大婶不知道白月亮为什么生气,她猜是补课招来的。

白月亮到底禁不住妈妈的眼泪,背上书包,跟着妈妈出来了。黄媛蒂对他说:"儿子,你的周末学习班加上妈今天报的才两个啊,也没有李星星的多。妈妈答应你,不再报了。你的科目就英语和数学弱一些,就学学这两门吧。踢足球,可以下午去。你是妈妈身上掉下来的肉,妈不愿逼你,妈都是为你好。"

接下来的几个周末,黄媛蒂准时送白月亮去名师数学班。看到儿子没有什么不适应,就放心下来。

星期一是护士站最忙的时候。白色墙壁上挂着护士服,旁边有很多白色柜子，柜子上有几束鲜花。

黄媛蒂随着护士长在病房之间出出进进。病人出院后，空下来的病床得立马更换被褥。

九点后，她按医生的要求开始给病人常规治疗，输液，打针，量体温，测量血氧饱和度，换药。

黄媛蒂拿着空输液瓶进入弃物间，放入墙角的大纸袋里。洗洗手，她转身进了护士办公室，坐了下去，打算休息一下。

衣袋里手机铃响，接起。

"你是白月亮的家长吗？我是赵老师。"

黄媛蒂顿时紧张起来，她最怕接的就是老师的电话。"赵老师好，我是白月亮的妈妈。"

"我打他爸爸的手机没人接。怪得很，不知你们怎么当家长的，什么事能有孩子的事大？"

"赵老师，他爸开出租车，不方便接电话。白月亮怎么啦？"黄媛蒂慌忙问。

"最近白月亮有心事。你们要多关心自己的孩子，不要以为娃娃在学校，就与家长没关系了。不能只顾着赚钱，对吧？"

黄媛蒂觉得委屈，说："赵老师，我……""听我说，"黄媛蒂的话被赵老师打断，"你只需要管一个孩子，我得面对八十个孩子，老师的精力是有限的。"

"是，是。赵老师，我听，你说。"

赵老师的语速快了起来："你儿子很聪明，笑起来有两个酒窝，让人看着都觉得开心。现在像变了个人一样，成天嘴嘟着。这种情况你们要重视。"赵老师声音又高了起来："初二很重要。你们除了要关注孩子的身体状况和学习成绩，还要关注孩子的心理状况。这个时候努力一把，就能进入一所理想的高中，那考入大学的概率就要高一些。如何选择，就在初二这一年了。"说到这里，老师一字一顿地问："知道不？"

黄媛蒂小鸡啄米似的点头，没有出声。

赵老师的声音传来："在听吗？"

黄媛蒂脸上的汗珠像挤豆腐水一样的渗出，一颗一颗的，还发着光。"我在听，赵老师。"

赵老师继续说:"学如逆水行舟,不进则退,你们千万不能掉以轻心。"

"赵老师,好,我们一定按你说的做。我懂,不能让白月亮输在起跑线上。"黄媛蒂放下电话,摸摸胸口,长长出了一口气。妈呀,与老师讲话,怎么会那么紧张。

白月亮知道赵老师打来电话,是吃完晚饭的时候。自从上次那事以后,黄媛蒂便不在白月亮吃饭时说可能引起儿子不愉快的事了。白望龙对她说:"老婆,天大的事,等儿子吃完饭再说。"

黄媛蒂收拾好厨房,刚好白望龙也回来了。他送一个客户到火车站,又接了一个人进城,就在外随便吃了碗面条。

白月亮正要进卧室做作业,黄媛蒂叫住了他。

一家人来到客厅,坐了下来。吸顶灯亮着,灯光寡白,残缺的一弯月亮透过客厅的大玻璃凑热闹似的也送来一层寡白,连电视黑黑的屏幕也铺上一层淡淡的白,像泼了一层面粉。黄媛蒂、白望龙的脸也成了白的,白得没有一丝血色。他们坐在白月亮对面。

白月亮头扭向一边,眼泪汪汪。他不明白,自己进步的时候赵老师怎么不给爸妈打电话?

回到大卧室,白望龙拉亮床头柜上的乳黄色灯。黄媛蒂穿上睡衣,躺到床上。白望龙望了她一眼,说:"以后有事等儿子做完作业再说。今晚儿子的作业估计泡汤了。"说完,白望龙从床头柜上拿过一本书,翻了几页,便合上。他叹气道:"为了儿子,我只得读一读。可读不懂啊。要是读得懂,我们就不麻烦那些办学习班的了。唉,自己不懂,有什么办法呢?"

黄媛蒂紧靠白望龙,没有接他的话,问道:"老公,今晚把儿子说过头了吧?"

白望龙说:"不说行吗?"

黄媛蒂没有应答,白望龙没有再说。卧室静了下来,墙上时钟嘀嗒,指向凌晨两点。

隔了好一阵,黄媛蒂翻了个身,说:"伤心,真伤心。心肝都掏给儿子了,他却把我们当仇人似的。"

白望龙说:"赵老师也是,儿子在她班上,她应该多费心,什么都甩给我们做家长的,督促作业,检查作业,做完作业还要我们签字。"

黄媛蒂说:"是啊,赵老师只会埋怨我们做父母的。她哪知道家长的苦,家长的累?我们为生活忙,还要为儿子的学习忙。"

白望龙打了一个哈欠,说:"睡吧,明早还要早早出车呢。"受到传染似的,黄媛蒂也打了一个哈欠:"睡吧,明早还要上班呢,医生有一台手术,我们要准备。"

白望龙伸手关了床头柜上的灯。大卧室暗了下来,床上的四只眼睛,隐隐约约睁着。

睡在小卧室床上的白月亮眼睛也没有闭上。

那会从客厅进来卧室,白月亮没有脱衣服就一头躺在床上。他一动不动地望着窗外的半个月亮,簌簌流泪。书桌上的闹钟嘀嗒嘀嗒响,已是凌晨两点了。

天快亮了,黄媛蒂才迷迷糊糊睡了过去。待闹钟吵醒她,白望龙已不在床上。她起来做好早点,正要敲儿子的门,白月亮就背着书包走了出来,说不想吃早点了,直接往外走去。黄媛蒂知道儿子还在为昨晚的事闹情绪,就没再说什么,从桌上抓起一袋牛奶,跟了出去。

黄媛蒂也没心情吃东西了,摩托车方向一打,直接往医院驶去。护士站门口站了很多病人及家属,这是新来的住院病人。有出院的,就有住院的,从未出现空病房。护士进进出出,忙了一个多小时,该住院的住下了,该挂针的挂上了。

黄媛蒂洗洗手,转身,站上了旁边的体重秤。旁边一个年轻的护士见了,跑过来看。她是实习护士,伸出大拇指,说:"黄姐,又瘦了!"

黄媛蒂苦笑道:"唉,丫头,你不懂,是操心瘦的。"

"为你宝贝儿子,对吗?"

"不是他还会是哪个!"

实习护士左右看看,凑近,低声说:"黄姐,昨晚我值夜班,好恐怖啊,送来一个血肉模糊的男学生,从六楼跳了下来,没抢救过来。"

黄媛蒂吓得站了起来,问:"啊?为什么?"

实习护士似乎还在恐惧中,声音有些抖,说:"他妈妈哭昏过去几次,声音都哑了,哭着说,'儿呀,你醒醒!妈不逼你做作业,只要你快乐就行。妈不给你报课外补习班,你就踢足球吧,只要玩得开心。儿呀,你醒醒,妈说到做到啊!李星星,你走了,妈也活不成了!'"

黄媛蒂突然惊叫了起来:"天啊!什么,你说谁?李星星,真的是叫李星星吗?"

只听得清脆且刺耳的声音响起,桌上的水杯滚落在地板上,碎了。黄媛蒂面色苍白,瘫倒在椅子上,吓得实习护士直叫唤:"黄姐,黄姐,你怎么啦?"

"天啊,李星星是我儿子白月亮的队友,一起踢足球的。"黄媛蒂说着,胸口一阵阵疼袭来,像针刺在心尖上,恍惚间,仿佛睡在地上的是儿子白月亮……

白月亮还不知道李星星的事。

放学后,白月亮与同桌刘雪霏背着鼓溜溜的书包走着。夕阳散发出红光,披在他们身上。两人脸上红扑扑的,有汗珠子渗出。

刘雪霏笑嘻嘻的,叽叽喳喳说着,像一只小鸟。白月亮垮着个脸,仿佛要垮出一包气来。

刘雪霏说:"白月亮,不要哭丧着脸。你忘了,又到周末了,太好了。我爸爸说要陪我去看电影,耶!美美哒!"

白月亮停下脚步,回过头来看,说:"生在你家真好!羡慕!你有好爸爸。我爸爸妈妈只会逼我,作业,作业。每到周末,我前脚才从一个补习班出来,后脚又跨进另一个补习班。他们不把我逼死,是不甘心的。"

刘雪霏张大了嘴巴,焦急地说:"白月亮,乌鸦嘴!莫乱说,好吗?我不允许你这样说。"

白月亮眼睛红红的,嘴巴嘟得高高的,没回答。

刘雪霏又说:"我们老师教得够好了,用不着上补习班啊!听说你们足球队李星星上的补习班更多。"

白月亮"唉"了一声,说:"什么我们足球队,我早没在了。"

刘雪霏惊讶道:"啊?可惜了,你球踢得那么好。"

说着,两人来到岔路口,招招手,分开走了。

刘雪霏一蹦一跳走了,哼着歌。

白月亮低着头嘟着嘴,慢腾腾走着。

经过百货店,白月亮还是低着头。张大婶看着远去了的白月亮背影,摇摇头。

一条白花花毛茸茸的小狗跑到白月亮面前,腾地直立,两只眼睛滴溜溜转。白月亮站住，说："又是你。"说着，伸出手，摸摸小狗的头。小狗一下子趴在地上，吐着红红的舌头。白月亮两腮圆圆的窝窝一闪，说："狗狗无忧无虑的，真好。我下辈子如果也是一条狗，就不用上这么多补习班了吧。"

告别了小狗，白月亮心又沉了下来。他觉得还是狗狗好，小狗可以自己做主，自己选择要做什么就做什么。本来老师布置的课外作业就多，已经占据了他的大量活动时间，好不容易有一个周末，凭借自己做作业的速度，一天一晚就能完成。那么，一周就能腾出一天玩耍。他最爱踢足球，在足球场上奔跑，是他最快乐的事。奔跑下来，他觉得所有的累、所有的烦恼都被汗水冲走了。坐在教室里上课时，注意力就特别集中。不玩这一天，他就堵得慌，一坐到教室就想打瞌睡，就提不起精神来，开心不起来，话也不想说，对什么都提不起兴趣。妈妈报这两个课外学习班，刚好占据了他完成作业后所有的周末时间，是他最不愿意的事。白月亮就不明白了，为什么爸爸妈妈当年自己学不好，当不了国企高管，做不了大学老师，就想在自己身上实现理想呢？白望龙是白望龙，黄媛蒂是黄媛蒂，白月亮是白月亮。黄牛角水牛角，各是各嘛！真想不让任何人知道，远远跑出去玩几天再回来。白月亮想到这里，眼睛一亮，对，就这么定了！自己有三千多元的压岁钱，那是外婆和奶奶给的，从未动过。把这些钱用完，再回来。既然爸爸妈妈那么爱做主，就让他们六神无主。

白月亮想着，走着，来到家门口。敲开门，白望龙、黄媛蒂一起站在门边，笑眯眯的。白望龙伸出手，把白月亮身上的书包接了过去。黄媛蒂关上门，说："儿子，看看桌子上，妈妈给你做了什么好吃的。"

餐桌上，一碗鸡蛋蒸肉饼、一盘青蒜回锅肉、一盘芹菜炒牛肉、一盘凉拌薄荷、一碗红豆酸菜、一盘油炸排骨、一盘油炸臭豆腐，都是白月亮爱吃的菜。

白月亮慢慢坐了下去，像个没有食欲的老人，并未出现白望龙、黄媛蒂想象中的大喊大叫的举动。两人对望了一眼，这才觉得儿子的问题真的严重，暗暗庆幸刚才做出了重要决定。黄媛蒂知道了李星星的事，心疼死了，也把她吓了个半死。没有了儿子就什么希望都没有了，还上补习班干吗？她急忙给白望龙拨打了电话，说有世界上最急的事，让他速速回家商议。白望龙不知发生了什么大事,有人招手打的也不管,连忙赶了回来……

黄媛蒂对白月亮说:"儿子,今晚不去名师数学班了,妈妈已经给你退了,两个周末班都退了,你不用再去啦。吃完饭,咱们一家人去看电影,好吗?"

"真的?"白月亮以为他听错了,抬起头来盯住黄媛蒂,再问了一遍,"这是真的吗?"

"妈妈什么时候骗过你呀,宝贝儿子。"黄媛蒂认真地说。

"对,就在刚才,你还未进家门之前,我与你妈妈商量的。从今往后,周末你不用再上任何学习班。你想踢球就踢球,想看电影就看电影。"白望龙一字一顿地说。

"哦耶! 哦耶! 爸爸妈妈万岁! "白月亮大喊了起来,唰地起身,绕过餐桌,来到白望龙、黄媛蒂身边,伸出手臂,揽住他俩,脸蛋紧紧贴住他俩的脸。白望龙、黄媛蒂感觉到脸颊上热热的。他们知道,那是儿子的泪水。他们的眼眶也红了起来。

白望龙、黄媛蒂和白月亮都想不到,自己竟会睡到这个时候,这从未有过。一觉醒来,真的是太阳照到了屁股。

拉开窗帘,蓝蓝的天仿佛被水洗过,白白的云仿佛被漂过。一轮红日照亮大地,穿透城市的每一个角落,也暖了他们的心。

小区路上,白月亮挎着个网兜,里面是一个足球。他一手拉着白望龙,一手拉着黄媛蒂,阳光下他们的影子合在一起,长长短短变换着,仿佛一朵盛开的山茶花在风中摇曳。

白月亮一蹦一跳的。

经过小区百货店,白月亮还在一蹦一跳的。店里张大婶咧开了嘴巴,朝他们笑。白月亮说:"大婶好。"

"好,好,今天真好。"张大婶说。

白月亮笑眯眯的。阳光抹在他脸上,红扑扑的两腮处,团团圆圆的两个酒窝,一闪一闪的,像是在舞蹈。

星星的呼喊

天气晴朗，阳光把山林照得透绿。山坡上开满各色野花，黄的，白的，紫的，红的纷纷往前挤，它们都要饱饱眼福，仿佛朱娜是天外来客。"小羊坡村到了。"司机指指下面。

小羊坡村有八十来户人家。房屋很散，三两户人家挤一处，或独家独户。公路是后来修的，小羊坡村在公路下面两三百米处的坡上。一块相对平缓的洼地上立着一栋漂亮的三层楼房，外墙贴土红色瓷砖，分外醒目。楼顶立着几个金晃晃的大字：小羊坡学校。

车子在校门口停下。阳光洒在朱娜身上，烫烫的。她拉着行李箱，边走边下意识看了一下手表，正好是下午四点。教学楼前一棵雪松下，一个瘦瘦的老者，勾腰驼背，满头银发，正与一个头发比他还白的老妇交谈着。雪松上散落着一群麻雀，也在交头接耳。

老妇身后躲着一个小女孩，头上扎着两个朝天辫，像两只羊角一样。她一只手扯着老妇的裤子，另一只手提着一个塑料袋，里面好像是户口簿。小女孩往老妇身后蹭了蹭，忽闪着两只细眼睛打量着朱娜。

"他是张校长，在小羊坡小学几十年了。"司机介绍道。张校长见有人来，回头说："老人家，你放心，我会安排的。开学时，你领你孙女来。"老妇应着，领着小女孩往大门口走去。小女孩回头望了朱娜一眼，又赶紧转回头，一颠一颠地跟着老妇。朱娜这才发现，小女孩腿上有残疾。

离开校长办公室，朱娜跟随管后勤的老师来到住宿楼五楼靠东的一间。"这就是你的宿舍，朱老师。学校年轻的老师都住在这层楼。"还不错，朱娜转了转。有客厅，有卧室，有厨房，有卫生间，五十来平方米吧，够了，反正她又不打算长住。把行李箱放在卧室的木板床上，她推开窗子，一座座大山就在眼前。怪事了，这些山不像爷爷奶奶家那儿的山，山上树木茂密，直耸云霄，而是光秃秃的，连有多少石头都看得见。她想起来的路上，司机说："我们乡属于贫困乡，你教书的这个小羊坡村更穷，山高坡陡，山不长树，沟不淌水。老百姓说，要想过上好日子，唯有读书，离开这儿。"朱娜抬头望了望四周。这些山好奇怪，石头像癞蛤蟆身上的包包，一个挨一个的。有几棵刺梨树，也躲在山洼处，还长满了刺。怪了，这么多的山，就不长大树，尽是石头和灌木丛。哪里有一栋房子，一眼就能瞅到。听说这地方还缺水，难怪穷。

开学会上，张校长介绍了朱娜，然后开始讲话。听了几句，朱娜才知道，小羊坡小学历史还挺久呢，与自己父亲年龄差不多。有八个班，一个幼儿班，两百多个学生，寄宿生就占一半多。学生来自十多个村民组，都是扶贫对象。

朱娜坐在后面，数了一下，加上自己，有十一个老师，女老师有四个。张校长背后的墙上中间写着：规范学校管理，办人民满意教育。这行字左边写着：团结、进取、务实；右边写着：和蔼、端正、创新；上面写着：勤思、活泼、多练。这应该是学校的办学理念、校风、教风和学风吧，朱娜暗想。

教务主任递给朱娜一张聘她为课外德育辅导员的聘任书，以及三张表。一张是她的任课表，每周十八节课；一张是她当班主任的班的总课表；另一张是她这个班的学生花名册。怎么？还有这样的名字？朱娜望着花名册上一个叫"黑条"的名字，觉得好怪。往后看，后边儿写着女，七岁，汉族。好像没有姓"黑"的吧？

周一。那棵雪松上一群麻雀，叽叽喳喳叫了一上午，仿佛在欢迎新生报到。陆续有家长领着孩子来报名。寄宿的学生带了一些生活用品，叮叮当当直响。这不是那天那对祖孙吗？小女孩跟在满头白发的老妇身后，走路一颠一颠的。还是像上次那样，紧紧扯着老妇的裤子。

"老师，我孙女在你班。"老妇笑眯眯说，脸上的皱纹纵横交错，如同一条条蜿蜒在脸上的沟壑。

"欢迎新同学，你叫什么？"朱娜笑着望向小女孩，拿起笔，准备找对应的名字打钩。

小女孩怯生生的，缩在老妇身后，不说话。

"憨得很，话也不会说，老师问你名字。"老妇往后伸手，要去拽女孩。

小女孩使劲箍住老妇，脸贴在老妇后背，一声不吭，仿佛是哑巴。老妇声音突然高了起来，"躲在那儿闻屁呢！"老妇还想吼，朱娜打断她，说："没事，你告诉我就行。"

"我是她奶奶。孙女怕生，老师莫怪。她叫黑条。"

她就是黑条？朱娜正想问，见后面来了好几位领着孩子的家长，就把书和课程表递给老妇，说："请在那边等着，稍后开班会。"

麻雀叫了一整天，朱娜也忙了一整天。班上有一些寄宿生，安排好了他们，朱娜才回到住处。躺在床上，怎么也睡不着。她想起报到那天，爸妈送她到了乡上，还要送她来学校。朱娜不让再送，说："如果我真的做了警察，要去缉拿罪犯，你们也送我去？"

妈妈反被逗笑了，好像刚哭的不是她，妈妈与朱娜拥抱了一会儿，一步三回头地随着爸爸上了车。

朱娜这回报考教师岗位，是爸爸建议的。谁叫今年公安系统只有几个进人指标，更何况还是她不喜欢的那种岗位。妈妈答应她最多教一两年书就想法把她调走，她才同意报考。接到录用通知时，她有一点点欢喜，被同学说警官学院白读了，她一下子又觉得空落落的。

不知是哪家大公鸡高亢的叫声把朱娜吵醒。唉，头晕，不知昨晚几点睡着的。她起身来到窗户边，拉开窗帘。一股土香味随山风扑鼻而来。山挨着山，仿佛眨巴着眼睛望着她。半山的白云像腰带，把座座山峦缠在一起。住宿楼后面是一棵棵核桃树，青中泛黑的果子密密麻麻地挨着。一群麻雀掠来掠去，叫个不停，像她的学生。昨天开班会时，朱娜以为黑条在奶奶离开时一定会大哭，然而没有，她只是静静地坐着，不哭不闹，不吭不响。旁边那个女孩在爸妈离开时，哭得天昏地暗，像天都要塌下来了。学校有规定，晚上十点必须上床睡觉。朱娜悄悄进了宿舍，黑条静静躺着。旁边的女孩翻来覆去，床发出咯吱声，还夹杂着抽泣声。

不到一周，哭闹的孩子也习惯了，同学们彼此之间也熟悉了，挨在一起玩耍了起来，跳跳闹闹的。黑条悄悄站在柱子后面，望着这一切，眼神忽冷忽热。更多的时候，她一个人坐在那棵雪松下的石凳子上，望着远处，不知在想什么。如果有人走到她面前，她就把头压得低低的。尤其是体育课，黑条的头总是低着的。她独来独往，不与人说话。同学们开始嫌弃她了，她更不出声了。这天，有个男生叫她"黑哑巴"。黑条听到了，转身往外跑，正好被在校门口取包裹的朱娜看到，她把黑条拽了回来。

朱娜当然不允许再这样，她开班会，说再听到谁这样叫黑条，她就要惩罚谁站在黑板面前，还要把家长叫来。这一招，灵，是高年级的学生传下来的，老师叫家长，意味着学生犯了错，是耻辱的事。

朱娜决定家访，第一站去黑条家。"要走十五里。"临行前张校长说。

这个距离，每天来回跑当然不行，尽是山路，不是爬坡就是下坡，不是过河就是过沟，更何况黑条的身体状况不好。朱娜叫黑条带路，她有一条腿短一些，走得很慢。朱娜也不催，两人慢腾腾挪着。

朱娜问："快到了吗？"

黑条摇头。

"还有多远？"

"不远。"黑条说话了，只有两个字。

走了好久，来到一个山坡。黑条站住，指指山脚。茂密的树林中散落着几户人家，清一色的泛黄土基墙。

黑条的奶奶正在剁猪草，哐哐哐，一院子的响声。"朱老师，我家这个猪窝是有福啊，祖上积德了，老师不嫌弃，亲自来到家里。快坐。"说着，黑条的奶奶慌忙搬出一把木凳子，用袖子抹了抹。

朱娜瞧见，慌忙拦住，"不怕的，不怕的。"说着接过凳子，坐了下去。

老人拉过朱娜的手。朱娜竟感到一丝擦疼。她知道，那是老人掌心长年累月堆积的老茧。小时候她摸过爷爷的手，也是这样的，爷爷告诉她，这是摸爬滚打磨起的老茧，庄稼人都有。

"朱老师，我孙女苦喽。"老人说着，混浊的眼睛里突然有一颗亮闪闪的泪珠滚出来，落在地上，碎成一片。过去的一幕幕，在老人口中娓娓道来。

那是一个风大雨大的夜，狗叫了一夜，床上的大肚子女人也痛了一夜。当一抹晨曦从窗户里挤进来洒在床上时，女人生了。男人抱起哭泣的婴儿，脸色顿时阴沉了下来。

半年后，男人女人外出打工，丢下半岁的女孩给奶奶。女孩醒来不见了妈妈，就哭，哭了一夜，奶奶也叹气了一夜。女孩爹妈一去就是五年，中途回来过一次，背着个男孩。在家待了不足一月，又走了，再没回来，除了偶尔打个电话。

小女孩生下来一条腿就短了一些，脚掌畸形，走不稳，经常摔倒在地。一次正好摔在牛屎堆上，蹭了一脸的牛屎。小女孩嗷嗷大哭，奶奶赶来，天啊地啊的边喊着边哭。有人告诉小女孩，说她的病是先天性小儿麻痹症，是娘肚子里带来的。奶奶体弱年纪大，还得管庄稼，不可能整天照看小女孩，要吃饭啊。小女孩可受苦了，直到六岁才适应，找到了平衡，尽管一颠一颠的，好歹能自由行走了。村子饮水都成问题，瘦成一根干柴的小女孩不能洗澡，脏兮兮的，黑黢黢的。爹妈没有给她取名，奶奶就叫她黑条，说贱名好带。小女孩渐渐长大，话却渐渐少了，有时几天不说一句。奶奶说："你再不讲话，就会变成哑巴。"最着急让黑条上学的就是奶奶了，她很担心，孤单单的黑条真的会成哑巴。所以孩子六岁就往学校送，可学校不收。

小女孩的奶奶说着这些往事忍不住又掉下眼泪来，又一把抓住朱娜给她递纸巾的手，哽咽着说："我孙女至今没有喊过一声爹，一声妈，话又说回来，她也不愿喊。"

朱娜眼睛湿湿的，半天说不出话来。她听懂了，这个苦命的小女孩，其实被爹妈嫌弃了，连个名字都不愿给她取。小女孩变得自卑，话自然就会少。小女孩的奶奶姓李，爹爹姓张。朱娜说："李奶奶，得给黑条取个正经名字。"李奶奶说："朱老师你给取一个，我又不识字。"

朱娜给女孩取名张凡星，意为一颗平凡的小星星。朱娜还亲自到派出所说明了情况，把黑条的户口簿上的名字给改了过来。她在班会上宣布，黑条有新名字了，叫张凡星。

睡在床上的张凡星，盯着窗外的夜空，发觉那些星星会笑。

张凡星的细微变化被朱娜捕捉到，她有一种成就感，在朋友圈晒了这件事。朋友圈的大拇指一个个伸了出来。一个同学评论说，小事不小。还说，他被抽到单位的扶贫点采访，采访得知他们的学长做的事也很有价值。学长利用人家的捐资捐物，在扶贫村搞了一个爱心超市。平时对村民进行多方面考核，凡表现突出的，譬如讲卫生的、爱帮助人的、尊老爱幼的、积极脱贫的，都有分，叫积分。这个积分可以兑换爱心超市的东西。朱娜看到这，心里一动，一个大胆的想法冒了出来。

当朱娜把她的想法告诉张校长时，张校长咧开了嘴，翘起大拇指，说:"年轻人就不一样,有想法,聘你为课外德育辅导员太对了。"当即做出决定,叫来管后勤的老师,说:"把一楼最边上那间空教室腾出来,然后把资料室闲置的书架搬进去,交给朱老师,她有用。"

朱娜要在学校办爱心超市。

她先找到小羊坡村的驻村扶贫工作队员,谈了她的想法。扶贫队员非常支持,立马向单位汇报,号召全体职工捐献图书及孩子喜欢的文具等。还不到一周,一辆货车就开到了学校。扶贫队员说:"除了职工捐的,单位还购买了一批新的学习用品和图书。"朱娜高兴得直跳,叫来同学们搬下来,又专门安排张凡星和另外一个同学登记。

班会上,朱娜叫同学们讨论,周积分卡上可以获得积分的项目有哪些。学生们一个个争着抢着说。有说一周不打架不斗殴的加一分;有说按时交作业加一分;有说不损坏公物加一分;有说讲卫生不浪费水和食物的加一分;有说做一件好人好事加一分;有说同学之间互相帮助加一分……一直没有说话的张凡星举手了。朱娜立即叫大伙儿安静,请张凡星说。朱娜等的就是这个。

张凡星站了起来,脸蛋通红,她摸了一下头发,说:"不嘲笑他人缺点的加一分。"

"好!"朱娜给她翘起了大拇指,转身,在黑板上一一写下同学们的建议。她内心热热的,原本她想好了几条准备在班会上宣布,后来她没有这样做,改成大家提。她依样画葫芦,以德育辅导员的身份,挨个班征求同学们的意见。朱娜在笔记上写道:"其实学生们的意见大同小异,但就得让学生自己提出。提的过程就是一堂自我教育课,还是一堂生动有趣、触及幼小心灵的课。尤其是让不说话的张凡星提了一条建议,很值得。"

张凡星和另外两个同学被学校聘为爱心超市的积分卡兑换员,规定每周单日开门兑换。

朱娜在微信朋友圈里倡议自己的好友捐赠图书,尤其是儿时看过的那些漫画书,与其堆在家里占地盘,还不如做点好事捐给山里的孩子。

让朱娜爸妈吃惊的是,朱娜这次回来收拾完家里所有的儿童读物,竟然不在家里住,当天就返回学校了。她到乡下教书后,第一次回家可是住了好几天,时间到了还要打电话给学校请假。他们实在过意不去,便催她赶紧返校,别耽误孩子们的功课,并答应她尽快想办法联系一个单位将她调回来。当时的朱娜听到这句话，就笑了，搂着妈妈轻轻道："我的好姐姐。""去去去，又忽悠我了，还姐姐呢。好好工作吧，等好消息。"妈妈说着，心里甜蜜蜜的。这次的朱娜有点反常，朱娜爸妈对望了一眼，好像在问对方女儿这是唱的哪出戏？

星期一的升旗仪式结束后，朱娜宣布，下午四点半爱心超市开市。

起先，师生观望的多，可谁也没有料到，爱心超市居然火了。张凡星接过一个男生的积分兑换卡，细细的眼睛发光了，说："哇，你有六分，能兑换好几样东西。"男生说："张凡星，谢谢你的夸奖，我要那个足球。"

"换足球就只能换一样。"另一个兑换员提醒他。"我就要那个足球。"男生一点也不犹豫。

"好。"张凡星说完，在空格处盖上"已兑换"字样的蓝色长条章。另一个兑换员取来足球，递给男生。张凡星将盖好章的兑换卡也递给了他。男生接过，"谢谢你，张凡星。"说完转身走了。接着，一个女生将积分卡递了过来，说："张凡星，请你给我兑换。我要那本带幸运草图案的笔记本。"

张校长看在眼里乐在心头，作为学校负责人，他看到的是另外的景象，也是他一直努力却总是难以达到的：学生的阳光向上。

朱娜想的不是这个，她所有的努力，是为了一个人的改变。爱心超市货物充足，各方捐赠的物资时不时送来，朱娜很放心。她细细翻阅了张凡星记录的兑换明细表，字迹没有一处潦草，一笔一画都是重重写出来的。她看了看坐在柜台前的张凡星，稚嫩的脸上挂着自信，细细的眼睛有了亮光。她笑了。回到住处，把洗好的衣物挂在阳台上，水滴滴答答落在大盆里。实在太脏了，她才洗。她在微信朋友圈自嘲："洗完头的水洗衣服更好洗——朱娜定律。"

蓝莹莹的天，白花花的云，连绵起伏的山一望无边。不是说山有多高水有多深吗？饮水怎么会那么困难，要去很远的地方挑。虽然有桶装水送来，可那是要花钱的。朱娜正出神，敲门声响起。

一个上了年纪的小羊坡村村民，提着一篮黑桃，说："朱老师，没有什么好东西，这是我家树上结的，孩他爷刚打下来，很新鲜，送给你。这里的黑桃很出名的。"

朱娜连忙说："我不要，再说，我一个人也吃不了那么多。""老师，你不要，我们全家都不安。孩他爷还要骂我连黑桃也送不掉。我家孙子爹妈在外打工，我们管不住。他三天两头闯祸，自上学后，变得懂事了，像一下子长大了。他有个驼背小叔，他一直叫小叔'黑背锅'。现在，他不再叫小叔'黑背锅'了，改叫小叔。把他那个小叔感动得不行。都是你教得好，太感谢了，朱老师。"

送走家长，朱娜望着黑桃出神。上周，班级征文赛主题是"我最感恩的一个人"，张凡星写道：是朱老师摘掉了我的耻辱绰号"黑哑巴"，还是朱老师给我把那令我自卑的名字"黑条"换掉的。我喜欢我现在的名字——张凡星。我是一颗普普通通的小星星，像萤火虫一样，我也能发光。

朱娜眼前泛起一层雾，她仿佛看到一个小女孩，一颠一颠的，过沟爬坎，望着前方，呼喊，却没出声。前方是一男一女的背影，飞快地移动，很快消失不见。小女孩绝望了，晕倒在地……朱娜一惊，回过神来，愣了一下，急忙下了楼。她要去找张凡星，叫她带点黑桃给她奶奶吃。

张凡星病了，发高热，怕冷，身体有些发抖。朱娜急忙喊来一个年级大一点的同学，将张凡星扶到自己背上，背起她就往外走。张凡星没有说话，只紧紧搂住朱娜的脖子。从她记事起，这是第一次有人背她。朱娜的背软软的，很温暖，让她感到很亲很亲，是一种渴望很久很久的亲。朱娜发觉有什么滴在脖子上，很快便明白了，是张凡星的眼泪。

"没事，凡星，有老师在，你不会有事的。"朱娜说着，脚下没停。来到路上，拦了一辆面包车。

乡卫生院急救室。张凡星的脸色恢复了过来。医生告诉朱娜，病人高热，不及时送来很危险的。

朱娜端来稀饭，张凡星说："我不饿，一点也不想吃，朱老师吃。"一缕阳光穿过窗子打在张凡星脸上，寡白的脸庞透着两朵红晕。朱娜没有吃，张凡星竟然故意生气，发出"嗯嗯"的不满声。朱娜听出了撒娇的成分，心神一动，大口吃了起来。张凡星笑了，笑成了一朵茴香花。朱娜借故喝水，背过脸去，抹抹眼角。

张凡星从自卑中走出来了，她有勇气撒娇，有勇气"逼"朱娜喝稀饭，还能从她内心深处流淌出来微笑，此时此刻，深种在她心里的自卑，已经没有了。

后来，当朱娜与张凡星回忆起这次生病，两人都感谢这次高热让彼此更加亲近。

回来的路上，两人没有坐车，慢慢走。张凡星很主动，拉着朱娜的手，一下在左边，一下在右边。

高高的山，低低的云，弯弯的路。路边，一片片狗尾巴草摇头晃脑。张凡星松开拉着朱娜的手，跑了过去，扯了几根递给朱娜。

朱娜说："凡星，去，站在狗尾巴草边，我给你拍几张照片。"

"好啊！"张凡星欢叫了起来，一颠一颠，跑进草丛中。她站好，露出头来。

"好的，莫扭！"朱娜说着，咔嚓几声，"好了。"

张凡星要求朱娜教她，她要给朱娜照。朱娜欢快地跳了起来，太好了。朱娜把张凡星给她的狗尾巴草高高举起，笑着，摆出各种姿势。张凡星双手拿好手机，左摆又摆，终于对准了朱娜。张凡星双眸里闪动着亮晶晶的光。

两人坐在草丛里，翻看着刚拍的照片，咯咯咯地笑着，抱着，滚着。

张凡星话多了起来，与朱娜说了很多事。她恨她爹，恨她妈，也可怜奶奶养了不孝儿子。奶奶年纪大，盘地里的庄稼很吃力，很多时候照顾不了她。她是在泥巴堆里长大的，村里缺水，她几乎每天都裹着一身泥巴睡觉。喊她黑条，倒是挺合适的。除了过年，平时她与奶奶吃不上几顿肉。有一次，隔壁人家宰猪，翻洗肠子时，将屁股那快割下丢在一边。她趁人不注意，捡了回来。奶奶望着她，混浊的眼睛现出与晚霞一样的颜色。奶奶当即洗净，用刀刮了刮，剁碎，打了一个鸡蛋，蒸了一碗鸡蛋肉饼。那是她吃得最香的一顿饭。

"朱老师，你哭了？我不说了。"张凡星说，低着头，像犯了错误一样。

"不，老师是心疼。你继续说，老师爱听。"朱娜连忙用纸巾擦了擦眼睛。

突然，张凡星跑到路边，弯腰，摘下一棵绿油油的小草，惊喜地说："是幸运草。"

"我们这儿，这草一般只有三片叶子。四片的，奶奶说只有幸运的人才见得到。朱老师就是幸运的人，不然平时怎么没见到，今天有朱老师在，偏就见到了呢？"

说着，张凡星一颠一颠地走过来，把四叶草递给朱娜，顺势抱住朱娜，头往朱娜怀里拱，轻轻喊了一声："妈！"

朱娜的心咯噔一下，仿佛被什么击中，心窝窝深处热热的东西激烈翻滚。她伸出双手，将张凡星搂了过来，搂得很紧，很紧。

一壶村色

一

楚小南讨媳妇,讨来一个北方姑娘。

这消息一传十,十传百,像高音喇叭一样,传遍牛角村每一个角落。就连村口那些茴香花,也迎着风,使劲鼓起掌来。

年轻媳妇们坐不住了,个个来楚小南家,借个碗,借双筷子,借机瞧新媳妇一眼。不一样,完全不一样,新媳妇说话好听得要猫命,像电视里的播音员。笑起来,咯咯咯的,像潇湘河的水鸟的叫声。个子高,皮肤像地里的白萝卜一样白。眼睛水汪汪的,像地里的露珠。名字也怪好听的,叫王描儿。

楚小南的几个哥们更是个个争着请他们吃饭。饭桌上,眼珠子像那盘滚烫的油炸花生米,在王描儿面前滑碌碌转着。个个在想,楚小南,憨憨的,眼睛又小,笑起来都找不着,哎哟,不就是个子高吗,不就是讲义气点吗,不就是职业学院花草园艺专业毕业的吗?真是磕头碰着天,讨了个女明星般的媳妇回来。

老婆婆们也不害羞,用理所当然的口气,说:"就是要看新媳妇。"哎哟,那个乖哟,嫩生生的。有的干脆拉着王描儿,这里摸摸,那里捏捏,把王描儿弄得不知如何是好,那张鹅蛋脸上的表情十分精彩,像她藏在旅行箱里的颜料一样,赤橙黄绿青蓝紫,样样都有。

楚小南他妈更是,走到哪里,头都抬得老高,可神气了。儿子有出息,不用媒人张罗,自己讨个媳妇回来,还是个说普通话的。那个圆圆的屁股，要生多少孙子哟。楚小南他妈笑得差点脱了牙巴骨。

牛角村，唾沫星子到处飞。飞出来的就三个字，"王描儿"。村口那些茴香花，好像都在窃窃私语。石榴树上一群麻雀交头接耳，叽叽叽，喳喳喳，注意一听，叫的好像都是"王描儿，王描儿"。

茴香花淡淡的香味弥漫在村口，一群年轻媳妇和几个老婆婆在叽叽喳喳说话。"其实，楚小南家媳妇也不怎么好看，她白是因为老不出门，不像我们经常被太阳晒，晒出来的人都黑。"

外面的人，不知道牛角村发生了这么一桩喜事。

牛角村两边的河水依旧淌着，左边是南盘江，右边是潇湘河，交汇处淌成了一只牛角。牛角村就在牛角尖尖上。这里的水滋养着铺天盖地的茴香花。村子在城边，村里人进城像去自家地里一样，牛角村方便得很。守着城边，近水楼台，人流量大，来往客人多。牛角村的村民不种庄稼，有的开小馆子、开农家乐；有的种花、种菜、育苗；有的养鱼、养大闸蟹；有的收藏和买卖奇石、根雕、竹雕、书画，常往来于城区的书画花鸟市场。村民们也说不清自己是城里人还是庄稼人，说是城里人，不是，人家城里人来这里会说是出城钓鱼来了；说是庄稼人，也不是，庄稼都不种，吃的粮食蔬果都到店里去买，这算哪门子庄稼人呢？

楚小南家也一样，挖了两个鱼塘，养了几亩花。楚小南他爹以前摔了一跤，打理不了鱼塘，管理不了花地。楚小南他妈打电话给楚小南，要他回家。

楚小南从滇东职业学院花草园艺专业毕业后，在长江边一艘豪华邮轮上打工，其实就是个领班。接到家里电话后，慌忙带着王描儿赶回来。

鱼塘有楚小南打理，他爹他妈就只守花地，隔段时间，打开水龙头，往地里喷喷。楚小南在鱼塘、花地和城里农贸市场、花鸟市场之间来回跑，忙得连走路都像是在跑。

楚小南家靠着潇湘河，是一栋两层高的楼房，米灰色，墙光溜溜的，飞虫落上去都会打滑。楼房东边一栋瓦房独自立着，院子里，几棵石榴树齐齐站着。

风一吹，飘来淡淡的香味。那是王描儿藏在旅行箱里的颜料香味。现在，王描儿在画画。

客厅里，一张小桌子，一盏台灯。王描儿的手捏着一支细长细长的笔，正往一个牛眼睛大的小瓶瓶里伸。怪了，她伸进去一支笔，待拿出来，瓶瓶上就有了一幅画。那个好瞧哟，怎么看怎么像牛角村。王描儿笔一抖，就是潇湘河，再一拖，就是南盘江。隔一阵，朝里面吹口气，水就闪起了波光，一只小船摇摇晃晃划过来。

楚小南他妈觉得稀奇，问七问八。王描儿告诉她，这种画叫内画，就是在瓶瓶罐罐里面画的画。还告诉她，桌上那几个小碟子，是装颜料的，有各种各样的颜色。旁边那个粗笔筒里放画笔。细如竹签的叫擦拭笔，还有个东西叫气葫芦，还有个东西看着像一坨棉花，王描儿说画画时用得着。还有好些东西，楚小南他妈记不清楚。

"这个是玻璃瓶，这个是水晶球，这个是鼻烟壶，还有，还有……哎哟哟，我哪里记得那么多。没听说过，没听说过。"楚小南他妈摇着头，推了一把站在身后的楚小南他爹，走喽，瞧瞧花去。

王描儿正想说内画是工艺品，很值钱的，见婆婆推着公公走出了院子，便摇摇头。以后再说吧，王描儿又坐下去。

其实王描儿呢，是一个内画表演师。

王描儿毕业后到处作内画表演，现场作画。后来，她同楚小南一样，来到那艘邮轮上，在一个门面打工，又画又销。像她这样的女孩邮轮上有好几个，她们统一的称呼是内画表演师。和楚小南好上后，王描儿担心嫁到南方，画不了她的画，因为她听说，南方没有内画。楚小南霸道，指着月亮，说："你信不信，月亮的光照到哪里，我就让你画到哪里。只要你喜欢画，就画下去。如果我说了不算，就让天上的弯月变镰刀把我的舌头割下交给你。"王描儿跺跺脚，捂着发烫的脸，说："谁要你的舌头，又不可当笔使。"

楚小南说话算话，回到牛角村后，仿照邮轮上的画桌，叫人打了一张放在家里。

一晃，院子里的石榴比晚霞还红。牛角村那些年轻媳妇们有了想法。怪啦，这个王描儿，怎么从来不见她出门呢？也从来不见她去鱼塘边帮男人割割草，喂喂鱼。公公婆婆那边，也不见她去浇浇水，守守花。大门不出二门不迈的，是看不起这里的山山水水，还是看不起我们？

有好事的媳妇，悄悄溜进楚小南家院子里往里探。

王描儿在画画呀,画瓶子,画罐罐。这话一传,有人更正,不是罐罐,是鼻烟壶。

"鼻烟壶是干啥用的?"有人拦住楚小南他妈问。"不干啥用,既不能当饭吃,也不能当钱使。"楚小南他妈头低着,阴着个脸,像别人要抢她家的钱一样。

"他楚大妈呀,你好好说给他们听啊,上一次我问你,你还讲得那样细。怎么才一个月脸就垮下来了呢?"一个女人走过来说,胖乎乎的身子像堵墙,拦住垮着脸的人。

"他胖婶啊?我烦呢。我这个儿媳妇,成天只会在家画她那些瓶瓶罐罐,那些东西不能当饭吃,又不能卖钱。"楚小南他妈与胖婶处得好,平日里无话不说。"唉,家里这么多事,地里这么多活,原本指望多一个人多一个帮手。现在倒好,讨来一个吃闲饭的。"楚小南他妈摇着头,叹着气,一颠一颠地走了。

回到家,见王描儿还在画,楚小南他妈憋不住,还是说了出来:"你不要成天只会画那壶壶,干点别的,行不行?"

婆婆声音有些大,王描儿的手颤了颤,张了张口,却没出声。

婆婆又说:"家中有粮,心里不慌,有吃有穿才是最稳妥的事。"王描儿侧头,看看婆婆,看看公公。楚小南他爹不说话,只低着头吸水烟筒,"咕嘟咕嘟——咕嘟咕嘟",像是在说"对对对"。

王描儿顿时没了心情,收起画桌走进厨房。她关上门,把一块牛肉放在砧板上,当当当剁了起来。

变脸比变天快。王描儿本想解释,但见公公婆婆的神情,终究还是没有说。她盼着楚小南回来。

二

楚小南送鱼进城,卖了个好价,就拐进商店,要给王描儿买个坐垫。王描儿天天坐在木凳子上,一画起来,像钉子钉在板板上,一动不动,屁股哪里受得住,就是尊菩萨也受不了。

说实在的,楚小南就是喜欢他媳妇一只手捏住鼻烟壶,一只手捏着笔的样子,就像在打毛线,让他心里暖暖的,踏踏实实的。他是被王描儿画画的样子迷住的。王描儿眼睛睁得大大的，乌黑的长发束在脑后，握笔的手白生生的，翘着兰花指。楚小南一看，便觉得这世界上再也没有比她更好的女子。

有一天晚上，两人坐在邮轮甲板上，望着月亮，听着波涛声，他问她："画画，累不？"王描儿说："画好内画不容易，要耐得住性子，忍得住寂寞，特别耗时光。那笔头是弯的，壶口是窄的，要把笔伸进去反着画。"楚小南听了就说："你说耗时光，我就耗上你了，我们耗一辈子吧。"

楚小南不懂画，但他知道疼媳妇。

可是，这些日子，他真为难。他妈总是在他面前数落媳妇的不是。他爹虽没有说话，只埋头咕嘟咕嘟吸水烟筒，但楚小南知道老头子心里也是不满的。唉，这事情怎么办？

楚小南从城里回来直接去了鱼塘，鱼塘四周静悄悄的，只偶尔听到鱼跳出水面的声音。楚小南躺在草地上，顺手扯下一根草咬着。天蓝蓝，云白白，无拘无束。一群大雁飞过，应该是从北方飞来的吧。唉，王描儿跟着他从北到南，这日子真不容易啊。

这天下午，楚小南家吵架了。听声音，肯定是楚小南他妈和王描儿。楚小南他妈的声音一句比一句高，王描儿好像在争辩，声音很低，听不清。也是，她画这些瓶瓶罐罐有什么用呢？只能看看，玩玩，还不如一把锄头、一把镰刀、一张渔网，放在家里还占地方。

楚小南的脸要垮出水来。他妈也是，也不怕外人笑话，不可以好好说吗？他很担心，再这样下去，王描儿在这个家怕是待不住了。

他爹在院子里坐着，丝丝烟圈袅袅环绕，看不清他爹的脸，不用说，一定像烟一样黑。他妈在洗菜，水哗啦哗啦响，不用看，妈妈的脸一定拉着。厨房门关着，里面传出剁肉声，不用想，王描儿一定很难过。

楚小南推开厨房，射进来的光线铺在王描儿身上。他走过去，抢过她手里的菜刀，说："我来剁吧。"

晚上，家里很静。每一个人都像哑了一样，只有他爹吸水烟筒的声音，显着有些刺耳。

"给我些时间，我会说通爹妈的，其实爹妈这辈子压根儿就没见过内画，我们村里就没有这工艺。"楚小南说完，就听见被子里响起了抽泣声。他心一疼，伸出手，将王描儿揽了过来，像在邮轮上看月亮时揽她一样。隔了一阵,他又说,"有我呢。"

天快亮时,外面下起雨来,雨滴撞在窗子上,噼里啪啦。楚小南急忙起床。

"你要去哪里?"王描儿问。

"我去花地里看看。"楚小南边说边穿衣服。

"我跟你去。"王描儿掀开被子。

"我去看看,还得去鱼塘,今天得送二十斤鱼进城。你在家做饭吧,空闲时想画你就画,别想得多。"说着,楚小南来到门后,扯过雨衣。

"不,我要跟你去。我跟你一起做事,晚上回来画。"王描儿说。

"改天吧,今天下雨,你别去了,我去去就回来。"楚小南回头笑笑,就走了。

刚到村口,胖婶就一颠一颠地跑来,肩上潮潮的,花伞遮不住她的身子。

胖婶说:"你媳妇跟你妈吵架了?你媳妇这样顶撞你妈,怕是不对。不是胖婶说你,讨媳妇做什么?就是帮你分担活计,孝顺老人的。你媳妇一天在家画画玩,那是小娃娃过家家的事。画那些瓶瓶罐罐能填饱肚子?你要说说她。"

楚小南皱了皱眉:"胖婶,你不懂。"丢下这句话,就走了。胖婶摇摇头,雨滴砸在花伞上,好像在说,"不懂,不懂"。"这么大的人,都做了媳妇,还像我孙孙玩泥巴,码锅灶样的。"胖婶嘀嘀咕咕,望着楚小南家方向。

三

楚小南送完鱼回来,老远就觉得不对。他慌忙往家里跑,一看,王描儿画画的小桌子歪在一边,地上有几个残破的小碟子,五颜六色的颜料撒得到处都是。

"妈!"楚小南大喊一声,"这是干什么?"他神情大变,忙去找王描儿,哪里还有他要找的人?

路边的茴香花还在美美地开着,几只蝴蝶顺着潇湘河飞过来,背着一片一片的阳光,洒向整个村子,这样,一幅五彩缤纷的画就被它们勾勒出来了。王描儿没心思看花,也没心思想画。她走得急,直往火车站赶。

还是没有赶上那趟去北方的列车。候车室里人声嘈杂,王描儿坐了下来,她想歇口气,细细想想一些事。从候车室的大玻璃窗望出去,就看见了铁轨。王描儿的心动了一下,她想,铁轨,北方。她想,北方,她的画。她想,她的画,邮轮,还有邮轮上她与楚小南一起看见的一弯月亮,波光粼粼……想着想着,眼泪就落下来了。

架是楚小南走后吵起来的。

婆婆从花地回来,就要扫地。王描儿从画桌前站起来,说:"妈,我来扫吧。"

"你扫!你早不扫,我扫你就扫!"婆婆突然朝她吼起来,摆出一副王描儿从来没有见过的表情,"你就吃你的画吧!我活这么大的岁数,没见过你这种人,讨来供着,养着?"

"楚小南养我。"王描儿没忍住。

婆婆望着王描儿,气得面目狰狞地吼道:"楚小南是我儿子。"

"楚小南是我男人。"王描儿又回了一句。

婆婆被噎得说不出话来,四处看看,突然挥起扫把,咣当一声,把画桌扫到一边,又拎着扫把,一歪一歪地走了出去。

王描儿愣住了,心像被火钳烙到一样,恶生生地疼了起来。她盯住门外的影子,真不敢相信那是婆婆。

楚小南在火车站找到王描儿,风一样掠了过去。

回到家后,王描儿病了。胖婶送来药,交代楚小南如何煎药,如何吃,她老伴是老中医。"别担心,一周便好。"胖婶说。

楚小南整天守着王描儿,不离半步,煎药,按时端给她喝,给她讲笑话,就像在邮轮上王描儿生病那次一样。楚小南他妈也吓着了,做了些合胃口的饭菜,叫儿子端给儿媳吃。

乡亲们议论纷纷,唾沫星子又在牛角村飞。大家都说:"哎呀,这个楚小南他妈也是,迁就一点嘛,王描儿是画个画,又不是乱花钱,更不是打麻将。像西头那家儿媳妇,天天混在麻将馆,一月输一万多,还悄悄把婆婆喂的母猪卖了,那才让人来气呢。"

又有人看法不一样。"哎呀,王描儿真是,太讨嫌啦,公公婆婆年纪这么大,你尽量让着点。万一老人有个好歹,你怕是作死。不就是画个画？又不能当饭吃，又不能卖个钱。白天帮家里做做活，晚上手痒了，再画画。像东头那家儿媳妇，喜欢纳鞋底，人家还不是白天做活，晚上做针线，何况，人家的鞋底还能换几个钱呢。"

两三天后，王描儿有了点精神。胖婶带着她的小孙子来看她，胖婶说："这几日哪里也去不成。儿媳出了远门，我只得在家带孙孙。今天有空，过来瞧瞧你。"

"他胖婶，难为你，全得你家的药，儿媳妇好多了，快坐，快坐。"楚小南他妈连忙指着沙发说。

王描儿泡了一杯茶，递过来，说："胖婶，服了你家的药，我觉得已经好了，让你挂心，真是不安。"

胖婶抬头看看她，说："不要见外，喝一股水，就是一家人，一家人不说两家话。"

突然间，胖婶的小孙子扯扯胖婶，喊："奶奶，奶奶，我要，我要。"

王描儿问："小朋友，你要什么，说给阿姨听听。"胖婶呵斥："小娃娃，不能乱要东西。"小孙子不听，拉着王描儿的手，来到她柜子前，手一指："阿姨，我要那个。"

王描儿一看，愣了愣。那是一个画好的鼻烟壶，叫《小鱼飞天》。画中一条小鱼从湖里跳出来，跳得很高，几乎顶着彩云，天上朵朵彩云在飘。

王描儿正在想，婆婆已从后面伸过来一只手，抓起那个鼻烟壶，递给这个小人儿，说："拿去玩吧，你阿姨画的，多得很，以后想玩，就来拿。"

听到这句话，王描儿差点吓死。心想：赶紧把这些东西收起来，楚小南送一趟鱼，怕也不值这价。

"妈！"王描儿喊了一声。婆婆说："胖婶不是外人。"

月亮猫出来时，楚小南从鱼塘回来。听说这件事后，他安慰她，说："我妈这个人，又不懂行情，又好做个主。等忙过了这几天我跟妈细说，让妈知道你画的是宝贝。"

第二天，阳光暖暖的，王描儿去花地。看着地上自己的影子，又抬头望望天上，微风拖着白云，不紧不慢，在空中耍得欢实。王描儿的心却不这样，有些空。

是她主动提出来守花的。她浇花，带水龙头的乳白色皮管在她身后舞成一朵一朵花的影子。花很美,美得让所有的阳光都朝花涌来。王描儿却喜欢不起来。

一阵摩托声响,惊扰了花地的宁静。楚小南提着一个包,远远走过来,冲她喊:"你看,这是什么?"还不等她看清,楚小南变戏法似的,在地上齐齐排出一套小碟子,一堆颜料,一对笔筒,还有画笔,还有气葫芦,还有……

王描儿内心惊喜,眼泪像潇湘河的水涌了出来。她一把抱住楚小南,说:"不会让你为难的,我白天来地里守花,晚上回家再画。"楚小南一把将她抱起来,扛在肩上,边跑边说:"不,你要是在家闷了,再到花地里来……我是男人……"

又过了几天,楚小南收拾起东边的瓦房来。先把墙刷得像白云一样白,接着,仿照王描儿在邮轮上画室的格局,做了画桌,还做了一排玻璃柜子。王描儿站在里面,恍惚回到了当年。楚小南这么有心,让她哭得稀里哗啦。马上,她又咯咯咯笑了,她看见楚小南把她画好的瓶瓶罐罐放进玻璃柜子,摆得整整齐齐。

楚小南也哈哈哈笑了,傻乎乎的。王描儿看到窗外树影缠绵。

四

牛角村也笑了。

因为王描儿,因为她的画。这种笑,是中了魔的。

胖婶也笑眯眯的。那个《小鱼飞天》,在花鸟市场被一个老板买了,人家给了她三百块。

那天胖婶领着孙子进城,本是去游乐场玩,玩着玩着,孙子又要画沙画。胖婶拗不过,只好领他来花鸟市场,找了一家让他画。

沙画店旁边是一家精品店。老板西装革履,还围着蓝花格子围巾。看见胖婶孙子手上的鼻烟壶,眼睛一亮,走了过来。

"小朋友,把你这个鼻烟壶卖给我,好吗?"

"好。"胖婶的孙子边把鼻烟壶递了过去边转头对胖婶说,"奶奶,要是卖了钱,我还要画一幅。"

"你要多少钱?"那老板笑眯眯问。胖婶连忙说:"他一个小娃娃,懂个什么，你看着给吧。"胖婶说着伸出三根手指头，暗暗心慌。

"好，三百就三百。"老板没有犹豫，掏出三张红票子，递给胖婶。

胖婶张大嘴巴，钱怎么接过来的都忘了。天哪，王描儿随便整两笔，竟这么值钱。胖婶后来满村子到处说，本来她只敢要三十。

听了老板的解释，胖婶才知道王描儿的厉害。

那老板后来笑呵呵对他们说："这是内画鼻烟壶，稀罕货，你们晓不晓得，一个稍微画得好点的，就值三千，有的近万元。洛阳牡丹壶，听说过吗？见过吗？我见过。值一百多张红票子啊！"

胖婶一听就急了，伸手就抢，"你还给我，我还你钱。"老板一把抓牢，说："哪有这样的事？买卖买卖，一个愿卖一个愿买。卖都卖了，还想反悔。"

当晚，胖婶来找王描儿。一家人正在吃饭，胖婶拿出那三百元，塞给王描儿，说："不敢要，不敢要，我老糊涂，不知道你的画是宝贝。"楚小南他妈忙问怎么回事。胖婶一五一十说了。楚小南他妈听得张大了嘴巴，白花花的饭咽也不是吐也不是。

王描儿还火上浇油，来了一句："三百元卖了？可惜了。"

楚小南他妈一把把钱抓过来，塞进自己口袋里，笑呵呵地说："胖婶，送出去的东西，怎么好意思收回来呢。"胖婶晃了晃神，连声说："我憨得很，有眼无珠，有眼无珠，你家这儿媳妇哪里是画画，明明是画钱。"

几天后，楚小南他妈装在口袋里那三百还没有捂热，就听见有人来敲门。她忙拉开门一瞧，哎哟哟，一个西装革履的男人，脖子上还围着蓝花格子围巾，站在门外。

西装革履男笑眯眯地问："王描儿家往哪儿走？"楚小南他妈心慌慌地说："就是我家。"

那时，王描儿正在画画，画的是十二属相中的羊。"有个西装革履的男的来了。"楚小南他妈朝屋里喊道。

西装革履？王描儿抬起头。西装革履男见了，忙过去盯着瞧。

只见王描儿笔一勾，画像活了一样，一头羊咩咩叫着，就站在眼前。那西装革履男看呆了，回过神后忙使劲掏名片朝王描儿递，说："鄙人姓张，鄙人姓张，名富贵，正好属羊，是茗萃园精品店经理。前几日偶得贵作一件，鄙人甚为欣赏，才把玩几日，不想，被人强行买走，甚感遗憾。

今日登门造访，可否与你签一协议，你画，我销，如何？”

王描儿笑笑，没有说话。

张富贵又说：“要么我去买鼻烟壶、玻璃球等一应器具，你画，我付酬，如何？”

王描儿摇摇头，说：“你不明白，画内画的鼻烟壶、水晶球、玻璃瓶什么的，是特制的，内壁是专为画内画打磨的。”

“哦，这样啊！”张富贵摸摸脑壳，“我以为只要是鼻烟壶，都可以画。”

王描儿说：“这么给你说吧，那个《小鱼飞天》鼻烟壶实际值一千多。”

“啊？”张富贵心里一惊，心想，亏了，六百元就被拿走了。几乎同时，门外也“啊”了一声，胖婶来了：“天啊！我孙孙糟蹋了你的宝贝。”

楚小南他妈的脸红一阵白一阵的，恨不得有个地缝钻进去。

正在这时，院子外面又有人喊：“请问，这是王描儿家吗？”

“是。”满头是汗的楚小南正好送鱼回来，碰上了就问，“什么事？”

又是来找王描儿的。他是一家公司的老总，就是从张富贵那儿买走鼻烟壶的那个人。

这一回，王描儿怕是应付不过来了。

五

村里人都说，人家王描儿是干大买卖的，人家那双手是挣钱的，人家坐在家里，笔一弯，钱就来了。人们这才反应过来，楚小南不愧是滇东职业学院的大学生，识货，闷声发大财，悄悄摸摸讨来了一棵摇钱树。

婆婆们在家训斥好吃懒做的儿媳妇：“拽些哪样，看人家王描儿，那才叫能。人家就要去城里大公司上班，拿薪水。知道吧，拿薪水！”在牛角村人的眼里，能干的人挣钱叫拿薪水，一般的人挣钱叫领工资，屄的人挣钱叫挣苦钱，猴的人才叫挣钱。

胖婶坐在村口那棵树下，周围，茴香花有些谢了，牵牛花开得正艳。胖婶身旁围着一群人。他们不理解王描儿的决定，想不通。只要有机会，谁不想往城里奔，王描儿呢，还真的黏上了牛角村。

“你们懂哪样？人家王描儿舍不得离开楚小南，人家过的日子，是你养鱼来我画画。"一个小媳妇嚷了起来。

"什么你养鱼来我画画，什么你耕田来我织布。"胖婶"嘘"了一声，人们立即安静下来。胖婶是谁呀？她可是牛角村的万事通，村里的事没有她不知道的。再说，胖婶与楚小南他妈处得最好。"你们不要乱嚼舌根，王描儿不去自有她的道理。城里那家公司，叫什么？对，三江文化公司，开的报酬低，王描儿才不中他们的套呢，王描儿有本事，要自己干。她跟那个张老板，叫什么？签了协议。王描儿画，张老板销，拿代销费。真正的大头，还是人家王描儿的。"

看着一个个听得张大嘴巴的人，胖婶站了起来，不屑地说："王描儿不愿意受人管，要自己当老板，用电视里的话说叫'大学生回乡创业'。不像你们只会进城打临时工，赚的钱只够你们喝一壶酒，吃一盆肉，抹一嘴红。"

外面的各种传言像一阵风吹进王描儿耳朵里，她只是笑笑，不作任何解释。

楚小南趁机为妻子做了很多事。多年在外打工的经历告诉他，这是一个几十车鱼也换不来的机会。他把瓦房进行了彻底装修，换了彩色琉璃瓦，贴上了墙砖，安上了顶灯，添置了玻璃柜。他虽然不会画，但懂，懂行情，做这些事还是很拿手的。他知道王描儿画内画需要什么。她们那地方的人，做事精细，什么内画外画讲究得很。画画的瓶瓶罐罐用得多。这些家什，别人做不了，只能楚小南一件一件添置。

楚小南还专门请人做了一块牌匾，上刻"王描儿内画工作室"几个烫金大字，挂上去想想，又取下来想想，又叫人重做，变成"王描儿内画表演工作室"，字体也换了，原来胖乎乎的，由于加上"表演"两个字，变得龙飞凤舞。为了图个吉利，也为了宣传，开张这天，楚小南请了很多人。他没有打电话，而是亲自登门邀请，牛角村的家家户户都请到，还去城里请了一帮同学来凑热闹。

张富贵也来了。这回，他不穿西装了，换了红毛衣牛仔裤，像个吉祥物。还送了个花篮，落款："茗萃园王描儿内画鼻烟壶代销专营店。"

张富贵还说："上回的七个鼻烟壶全部卖光了。"说着拿出一摞钱："你们数数，你们数数。"这声音很低，但还是被胖婶听到了。胖婶听到了，就等于牛角村的人都听到了。

楚小南他妈一下年轻了许多，见儿子请客，拉过老伴，给自己打下手，提前三天就做准备。该油炸的提前炸好，现炒的洗干净装好……她还不忘在儿子儿媳面前自夸了一番，精神抖擞地说："嘿嘿，为人家掌厨办酒席多年，今天终于亲自为我家儿媳操劳一次，看妈的，包你们满意。我家儿媳，我家儿媳，你的菜，妈给你专门做，少放辣椒。"王描儿听了，轻轻一笑，说："妈真好。"说完就把头靠在婆婆肩上。

胖婶不失时机抢过话来，说："他楚大妈，什么时候说话这么顺耳了，还我家媳妇我家媳妇地叫得欢呢。你的厨艺在牛角村是属于牛角尖尖水平，这回我要亲自尝尝你做的稀豆粉。""就你馋，吃，管你吃个够。"楚小南他妈与胖婶这对老姐妹，同时朗声大笑起来，不明就里的人们也笑了，牛角村的人都笑了。

牛角村再没人嫉妒王描儿，只有羡慕的份。人家是内画啊，这里手艺啊，谁会嫉妒手艺人，只有敬佩。牛角村比王描儿小的人，叫她王师傅，比她年纪大的人，叫她小王师傅。胖婶把孙孙送来给王描儿当徒弟，还硬要给学费。王描儿拗不过胖婶，只好收了。有几家村民见了，也把娃娃送来。

楚小南他妈见人已坐好，就叫上菜。热气腾腾的菜像王描儿画出来的画一样，被端到八仙桌上。先上一道山药炖排骨汤，其他八大碗依次端来。几乎都是楚小南他妈的拿手好菜——青蒜炒肉片、油炸排骨、煮酥肉、家常豆腐、辣子鸡、酸菜红豆、红烧肉、凉拌粉条，外加每人一小碗稀豆粉。

张富贵吃得汗滴汗淌的，正在大说特说："内画是我国特有的传统工艺，起源于画鼻烟壶，被叫作鬼斧神工的艺术，堪称中国一绝。"胖婶走过去对他说："我说张老板，你可不可以不要吹牛，什么鬼斧神工啊，鬼砍一斧子神砍一斧子，砍出来的东西，哪有我们王描儿画的好哟。"

大家一听，哈哈大笑起来，也不顾别人把饭粒笑喷在自己脸上。

胖婶又指着正在敬酒的王描儿、楚小南说："你们瞧瞧，你们瞧瞧，人家两口子，配合得多好啊，天仙配，天仙配。"

众人听了这句话，又是一阵哄笑。只见楚小南揽着王描儿，嘿嘿笑着，只会说"吃好喝好，吃好喝好"。

六

　　画室里暖暖的。大家吃饱喝足走进来参观。柜台玻璃里的那些瓶瓶罐罐在灯光下闪着奇妙的光。有一个稍大的鼻烟壶，画的是牛角村，大家都感兴趣。这是怎么画上去的？一群村民围着，指指点点。胖婶自然不甘寂寞，挤了进来，指着一栋房子，惊讶地说："这是我家。"另一个村民说："哎，那是我家。"就在这群村民嚷着的时候，那边传来一个女人的声音："哇，这么小一个壶壶，就这样画呀。"张富贵道："这位妹子，你别不信，我请王师傅画上一幅。"

　　王描儿开始画了。大家都挤过去瞧。张富贵的眼睛，也朝里面看，暗想：王描儿画画，这本身就是一幅画啊。

　　胖婶眼睛睁得大大的，"这种画法好稀奇，就像我在酸菜罐罐里掏东西，左掏右掏，掏干净才罢休。"一群年轻媳妇，眼睛也睁得大大的，亮着光呢。等王描儿画完最后一笔，大家才敢出大气。刚才说话的女人摸摸胸口，说："憋死我了。"

　　画上，毛毛狗的长舌头正在舔娃娃的屁股呢。

　　胖婶笑得站也站不稳，那群年轻媳妇更是笑得醉了。

　　"这个我要。"一个年轻媳妇胆子大，趁着醉意，问："要多少钱？"

　　王描儿笑眯眯的，说："你拿去玩，不要钱。"

　　胖婶一听，掏出一百塞了过去，说："我要我要。"一群媳妇就个个跟着拿出钱来。

　　那天晚上，画室里暖暖的，牛角村暖暖的。王描儿不禁想：这儿所有的山所有的水所有的土都是暖暖的吧？

　　这天，楚小南给张富贵送来了一套十二属相鼻烟壶。楚小南看了一下柜台，说："富贵大哥，前些日子送来的货已卖了啊！"看着高过自己一个头的楚小南，张富贵扯了扯西装，紧了紧领带，毕恭毕敬地接过楚小南那套鼻烟壶，一一摆好，这才对楚小南说："难道你还不相信你媳妇？稀罕货，很好卖的，再说，你媳妇画得又好。兄弟，你福气好啊，讨来一个这么能干的媳妇，也给我们这个地方带来了新东西。你要好好对人家，别把好媳妇放跑了。"

　　从张富贵那儿出来，楚小南接到王描儿的电话，要他买饺子皮、新鲜猪肉、小黄姜……楚小南一听，就笑起来，他知道王描儿馋这一口呢，忙往农贸市场去。到家时，王描儿正在洗韭菜。见了楚小南，问："东西买来了吗？""买了！"楚小南提起袋子在王描儿面前晃了晃。王描儿一高兴，拖出一个盆来，说："把肉剁碎了放里面。"

没过多久，楚小南剁好了肉。王描儿将韭菜、姜丝、盐、酱油、蒜泥放入盆里，搅好，拌好，端在桌上，顺便打一碗清水，也放在桌上。

王描儿包饺子像她画画一样，手一动，就是一个，手一动，又是一个。一个个活鲜鲜的饺子，一排一排放在砧板上。楚小南也要来包。

王描儿笑笑，"你媳妇是北方人，你不会包饺子，说不过去。""那是，那是，不是一家人不进一家门。"楚小南拿起一张饺子皮，把肉馅倒在饺子皮上。他把饺子皮一合，肉馅从饺子皮两头冒出来，他赶紧用手堵上，肉馅又从中间鼓出来。看他包饺子的笨样，王描儿差点笑岔气，有两次，把手里的饺子皮都笑得掉在地上。

楚小南他爹和他妈从花地里回来，也跟着笑，挽挽袖子，说："包饺子啊，今天有什么喜事？""不用，不用。"王描儿连忙站起来推开两个老人，说，"你们休息，你们休息，这事我拿手。"两个老人更是笑得淌眼泪。

等热气腾腾的饺子端上来的时候，王描儿又添了一把火，说："爸妈，今天是立冬，也是你们两结婚三十周年的纪念日。在我们那儿，逢这样的日子，也要包饺子吃。"

两位老人一愣，你看看我，我看看你。楚小南他爹要说什么，想了想，又没有说。楚小南他妈也想说点什么，硬是说不出来。楚小南也睁大眼睛，心里被什么碰了一下，又碰了一下。屋里突然静了下来，仿佛能听得见碗里热气升腾的声音。

七

这天，楚小南和王描儿在松林里穿来穿去。

有一只松鼠瞪着他们。楚小南刚想对它笑，那只松鼠斜他一眼，扭扭屁股，转眼不见了。王描儿扑哧一声笑出来，说："你还以为那松鼠是我画的？那么听话。"接着，王描儿一阵惊喜，叫起来，又说，"你看，你看，到处都是。"

他们都回过头，一看，果真，其中有两只松鼠，你追着我，我追着你，它们是在嬉戏，还是在打闹，还是在秀恩爱……真像她和楚小南啊。

一抬头，一群山鸟扑棱着翅膀，从树梢上扑扑腾起，在空中盘旋，不知它们要飞向北方还是南方。

楚小南领她来爬山。

从来到牛角村，王描儿还没这么尽兴地玩过。尽管是冬天，山上的花还是很多。有使劲鼓掌欢迎他俩的茴香花，有黄黄的、四瓣叶子的小黄花。"那一蓬蓬粉红的，是野山茶，还有映山红。灰白色的是铁蒿菊。路边那些红通通的花叫……""这是牵牛花，我知道。"王描儿打断楚小南，跑上去，一朵一朵地亲近，一朵一朵地嗅，像是要把那花的香味都嗅到心里，存起来，画出来。

他们爬到山顶，将城区尽收眼底。从这儿看过去，南盘江、潇湘河像两条缠缠绵绵的情丝，相交相融，波光粼粼，刚好从城市的两端围来。

"我们家在哪儿？"王描儿靠在楚小南的肩上，远远眺望。"你看，牛角那儿。我们家就在牛角尖尖上。真好！你就是牛角尖的尖尖画家，我就是尖尖画家的男人。"王描儿轻轻一笑，来了一句："我画个你，你带着我，我们住在水晶球里。"

冬日的晚霞很吝啬，待他们从山上回来时，夕阳收起了最后一抹霞光。

两人一进村就隐隐觉得不对劲。村民们三三两两聚在一起，脸上泛着愁云，不知说着什么。是不是出什么事了？每次村里有大事发生，牛角村人总是憋不住的，都要出来议论几句。

王描儿说："别停下来，快回家看看。"楚小南一脚油门，往家驶去。见爸妈在家，他们放心了。王描儿端过杯子，喝了一口水，问："妈，发生什么事了？"婆婆朝桌上努努嘴："你看。"

一份搬迁告知书放在那儿。啊，牛角村这儿要建立交桥，一条大街直达对岸。王描儿看看后说："牛角村要拆迁啊。"

楚小南也凑过来，仔细看了看，说："从规划图上看，大街正好经过牛角村，立交桥就建在江河交汇处。立交桥旁边要建一个农贸市场。"

"建农贸市场，好啊！"楚小南说。

"好个屁！"胖婶不知什么时候来到门口，接上话，"金窝银窝不如自家茅草窝。虽说政府划地给咱盖新村，可咱舍不得这儿。牛角村绿水青山，有江有河，是风水宝地，住着安逸，我们哪儿也不去。"

"就是。"楚小南她妈说，"正犯愁呢。搬了，家里还能有这么宽敞吗？这里，我们有画室，搬到什么城市新村，有这条件吗？"说完转过身："老头子，平时你话多得很，你倒是说一句，别只闷头吸你那臭烘烘的水烟筒。"

"我说了管什么用！"楚小南他爹吼了一声，抱着水烟筒，埋下头，又咕嘟咕嘟吸起来。胖婶眉头一皱："难怪人家叫你'闷头吸'，什么也急不了你，一点也不显老，天塌下来有高人顶着。我家老头子急得饭也不吃。你看他，还小你几岁，看着比你老一轮。"胖婶说到这里，转过头来拉着王描儿，说："描儿，把你那个鼻烟壶卖给胖婶算了。"

"哪一个？胖婶。"王描儿觉得有点怪。

胖婶说："就是画牛角村那个。我想留个纪念。你以为我们说不搬就不搬了，我们也就是在屋头发发牢骚，胳膊拗不过大腿。唉，等搬了，我孙孙长大了，就记不得牛角村是什么样了。到时候就拿给他瞧瞧。"

王描儿一颤，这个胖婶，真有心啊！这下，可热闹了。乡亲们听胖婶一说，个个来找王描儿，都嚷着要买。可是画好的只有一个，被胖婶买走了。看着乡亲们真切渴盼的眼神，王描儿只好答应再画。

有急性子的村民，干脆来守着王描儿画。看着王描儿一笔一画，牛角村的一草一木、一瓦一砖活生生冒了出来。在他们眼里，王描儿手里捏着的不是笔，是眼睛，她不是用笔在画，是用眼睛带着他们看。王描儿画到哪家，哪家的红砖绿瓦、院落门庭、犁耙镰刀、网兜鱼叉就出来了。画到路口，路口粉红的牵牛花、黄澄澄的银杏树、绿茵茵的竹林、火红火红的石榴树就看见了。画到潇湘河，柳枝迎风摆动，河水缓缓流动，水草漂浮，翠鸟纷飞。画到南盘江，撑小船的老汉放声歌唱，水鸟惊飞，两岸松涛阵阵，一江春水潺潺。

奇特的是王描儿画的，粗看一样，细看又不一样。村民们把各自的鼻烟壶放在一起，是的，是牛角村，又觉得哪里不同。终于，大家发现了，哪个村民要的画，那画画的就是哪家，哪家就在画的中心。哎哟哟，厉害了王描儿。

看着王描儿整日在画，乡亲们心疼了，总要给她送些吃的，蒸鸡蛋啊，鸡汤啊，鱼汤啊，蜂蜜啊，水果啊。王描儿不要，乡亲们留下吃的就走。

张富贵打来电话，说店里断货了。王描儿没空接。楚小南接的电话，详细说了缘由。张富贵非常吃惊，"给乡亲们画，能赚到钱吗？"

楚小南说："你不懂，这不是钱不钱的事，这是个念想。"

春暖花开的季节，王描儿终于画好最后一个鼻烟壶。"这个鼻烟壶，是画的咱们家。"王描儿眼睛红红的，对婆婆说，"妈，给你。"

楚小南他妈接过来看看，轻轻将王描儿搂过来，眼泪吧嗒吧嗒滴了下来。

一壶生色

一

"离婚！"罗况蹦出这话，拿起茶几上的手机，带起一根粉红色包装条绳。条绳是系在蛋糕上的，这一扯动，蛋糕瞬间滚落在地上。愤然起身的罗况落下的那一脚，正好踩在蛋糕上。咣一声，门被拉开，罗况冲了出去。几个奶油脚印在寡白的吸顶灯光下，显得十分滑稽，像马戏团里小丑的脸。

华茹嬗第一次见丈夫发这么大的脾气，立即蒙了。奶油抹了一半，红蜡烛断成几节，在地板上来回滚动，仿佛疼痛难忍。好半天，华茹嬗才回过神来。罗况刚说了离婚，是的，没错，是他说的，是那个咬着自己耳垂说过多少遍"我要陪你慢慢变老"的人说的。她再也控制不住自己，瞬间，眼睛一酸，泪水溢出。华茹嬗猛地站起，朝那残缺的蛋糕使劲踢去。一只拖鞋带着半截蜡烛，往门外飞出，砸在墙上，嗵一声，拖鞋反弹，落在楼梯上。哐哐两声，鞋子翻滚了几圈，躺在楼梯角落里。蜡烛碎了一地。

咣当一声，华茹嬗重重关上门。脚下冷冰冰的，她这才发现自己光着一只脚，干脆抬脚一甩，余下那只鞋飞了起来，不偏不倚，砸到挂在墙面的相框上。哗啦一声，玻璃掉了下来，碎落一地。相框似乎舍不得玻璃离去，在墙上拼命摆动。相框里的一张照片，摇摇欲坠地挂在那儿。照片上，罗况与华茹嬗一起抬着托盘，托盘上是十二个精致的鼻烟壶，分别画了十二属相的图案。

华茹嫥光着脚，颤抖着身子，跑进卧室，把头埋进被子里。呜呜呜的哭泣声让屋子里冰凉冰凉的。

华茹嫥做梦也想不到，她精心策划的结婚六周年纪念日竟变成这么一个令她伤心的日子，她不明白，罗况怎么会突然变成这个样子。

罗况满脸怒气从家里走了出来，鞋帮上还粘着乳白色的奶油，一路走一路掉。寒冬的冷风将他包住，他忍不住倒吸了几口冷气。离开小区，他漫无目的地走在冰冷的街道上。他感到越来越冷，才发觉身上只穿着单衣。他蜷缩着身体，双手用力来回搓，想增加点温度。

他来到烧烤摊，垂头丧气地坐了下来。老板朝他点点头："请坐！"

罗况点了一盘炒黄豆、一碗蒸鸡蛋、一瓶小青酒。他嚼着黄豆，吃着鸡蛋，喝着酒。这是他最喜欢的吃法，这家店以前也常带华茹嫥来。

罗况火大得很，婚后一直温柔的妻子最近像变了个人，总是做一些让他想不通的事，他都忍着。终于，他忍无可忍了，她竟然把她最喜欢的那个鼻烟壶送给了刘云轩！

刘云轩是罗况的朋友，是西平市医院内一科主治医师。在刘云轩那儿，他发现那个画有兄妹尽孝图案的鼻烟壶——华茹嫥的获奖作品，被张扬地放在刘云轩办公室的资料柜上。那可是她的珍爱之物，那天她获奖回来，高兴得转着圈圈，还搂住他的脖子。她说了几遍要好好收藏，因为这获奖作品也有罗况的功劳。罗况一直以为她把鼻烟壶收在一个隐秘的地方，竟没想到，送给刘云轩了。他心想，朋友妻，不可欺。刘云轩，你这个道貌岸然的家伙，连朋友的老婆也敢伸手！华茹嫥，你平时的乖巧原来是假的啊！我辛辛苦苦地为这个家早出晚归，就是要让你过得舒服安逸。我上山走村，常年在野外干活，多挣些钱，不都是为这个家吗？你居然与刘云轩旧情复燃！"你，你们真无耻！"罗况还是忍不住骂了出来。

几杯酒下肚，罗况心里翻腾得厉害。结婚以来，夫妻那点事总是他说，华茹嫥顺从，她从不主动提。可是，最近貌似变了。她表现得极为主动，临睡前总要换这件睡衣那条睡裤给他看。两人正在兴头上时，她突然会拉一个枕头来垫在身下，甚至示意他换一个姿势，她趴在床上将臀部高高翘起。她以前从来不这样啊，平时也没听她谈起过这事，她怎么会的？想到这里，罗况眼前出现了刘云轩的办公室资料柜上的鼻烟壶，继而出现了刘云轩油腔滑调的样子。对，一定是他，难道他们？罗况突然觉得恶心起来，胃里翻江倒海似的，他一手捂住嘴巴，忙奔到一棵树下，"哇""哇"吐了一地。

旁边一个小孩正在玩耍，突然捂着鼻子，来回扇着，喊着"妈呀"跑开了。

吐了，罗况觉得好受些。擦完嘴巴嘟囔道："华茹嬗，我成全你。"

二

华茹嬗不知哭了多久，渐渐平静了下来，这个家完了。罗况在市电力公司工作，是一名工程师。由于工作养成的习惯，罗况是说一不二的，不轻易说，说了就会做。不用说，他是在意了。她还一直以为他不在意呢，话又说回来，他是该在意的，是一个男人就该在意的。哪有结婚六年，还未有一男半女呢？结婚前两年，罗况与她商量过，一个孩子迟要早要都是要，加上才结婚，条件不具备，无心理准备，且居无定所，决定暂时不要。第三年，他们决定要孩子了。每一次罗况回家，华茹嬗都做足了准备，对他百般温柔。她觉得真的该要一个孩子了，是她自己认为该要了。母亲、婆婆都委婉地问过自己，她们想抱孙孙的那种迫切愿望，明晃晃地写在每一条皱纹上。母亲多次暗示，或者干脆直接询问："你们夫妻那事正常吧？"直问得她脸发红！婆婆呢，不好问，却总是三天两头做一些有利于备孕的饭菜送过来给她吃。年初，她悄悄去医院检查。那天，她给画廊老板刘师傅请假，推说身体不舒服。她去了医院，在门诊大楼前徘徊。她自己真的不好意思去排队检查，她说不出口。

"茹嬗，你在这儿干啥？"见人问，她神色慌乱，抬头一看，是刘云轩，穿着一身白色大褂，手里拿着一个绿色的病历夹，朝她走来。"哥！"她顿时眼前一亮，有了主意。

没有多长时间，检查结束。"没事，没事。你的子宫略微后移。"她又问什么意思，女医生说子宫后位毫不影响怀孕。既然没有影响，她就没有吱声。说那些器官的名字总是不好意思的，从小到大，她几乎没有出声地说过那些令人害羞的器官名称，什么阴道、乳房、子宫、卵巢啊等。检查之后，她没跟任何人提过，也没与丈夫罗况说。

夜深,更冷。整个天空漆黑一团,月亮星星不知躲到哪儿取暖去了,路上行人少了起来。罗况歪歪扭扭往回走,手里还提着半瓶酒,时不时地举到嘴边,仰头喝一口,然后嘟囔:"离婚,要离婚。"快到家门口时,他抬起头来,咕噜咕噜地把余下的酒全倒进嘴里,随手把酒瓶丢入垃圾桶。

罗况推开门,一头冲进卫生间,只听得哇哇一阵呕吐声。

华茹嬛紧皱眉头,从客厅沙发上站了起来,走进厨房,翻出一块红糖,捣碎,放入碗里,倒了半碗开水,兑了点冷开水,搅匀,端着,走了出来。罗况正好要往卧室走去,华茹嬛紧走几步,来到他面前,把那碗红糖水递了过去。

罗况看都没看一眼,手一抬,啪嗒一声,碗碎在地上,红糖水洒了一地,溅了华茹嬛一身。

"罗况,你是不是男人?"华茹嬛声音很高,却是一字一顿。她平时叫他"况哥"。

罗况身子抖了一下。

变了,真的变了!第一次用这样的声调说话。罗况站住,转过头来,盯着华茹嬛。

两人静静地盯住对方。

罗况眼睛血红。

华茹嬛眼睛通红。

足足有三分钟!

终于,华茹嬛泪水再次滚落。她感到从未有过的冷,是心冷。她哽咽着说:"罗况,我知道,你,你嫌弃我。我不就是不会生,生娃娃吗?我成全你,同意离婚。明天就去办。"

"好,就这么办。但不是你成全我,而是我成全你。"罗况冷冷地回答,语气比外面的天气还冷。

"你!你欺负我!"华茹嬛说完,跑进卧室,钻进被子,身体在被子里抖个不停。

华茹嬛想不通,他们没有孩子难道就是她的错?难道就该遭到罗况的嫌弃和粗暴对待?她一直不忍对罗况说,叫他也去医院检查一下,怕伤他的自尊心,也担心影响他们的感情。没想到他竟然变得如此让她寒心,提出了离婚,让她苦心经营的温暖小窝毁于一旦。对,是温暖小窝,至少今天以前是。以前的罗况,唉,那一桩桩往事,如走马灯似的,在她眼前晃来晃去。

罗况蜷缩成一团,睡在沙发上,就像街上的流浪汉,身躯蜷曲紧缩睡在街道角落一样。

华茹嫒,你厉害了,竟敢这样用眼睛瞪我,知道你有靠山了,不就是那个小白脸刘云轩吗?刘云轩,你算哥们吗?你算个狗屁!兔子都不吃窝边草,你连兔子都不如。罗况越想越气,拿出手机,把刘云轩的电话号码从通信录里删除了。

三

罗况本不认识刘云轩,是因为华茹嫒而认识的。罗况与华茹嫒是初中同学,他一直追求她。华茹嫒正是他喜欢的那种女生,文静、柔弱,说话时总是轻轻的,声音很好听,人长得很好看。因为有两颗小虎牙,她从不大笑,总是抿着嘴笑,笑时爱低头。她身上的每一个动作,都让他喜欢,他发觉自己爱上这个女生了。然而,华茹嫒却不关注他,偶尔在路上遇到,也是低头匆匆而过。他发觉,华茹嫒放学总是与一个男生结伴而行。这个男生不如他高大,只是长着一张好看的脸。他猜想这个男孩可能是她哥哥。但是他很快就失望了,这个男孩拉着她的手,两人之间的亲昵动作不像兄妹。他暗暗跟踪并通过别人了解,原来,男的叫刘云轩,是市南湖广场内画艺人刘师傅的儿子。他还听到班上消息灵通的人士说,刘云轩、华茹嫒正在谈恋爱。罗况的心情一下跌到了低谷,他只能远远地关注着他心中的女神,没有再靠近。

初三毕业时,罗况以优异的成绩考入市一中。刘云轩考入市二中,华茹嫒却报名去了刘师傅招的内画班。他不清楚她为啥不读高中,却去学习内画。慢慢地他知道了,华茹嫒是单亲家庭的孩子,母亲身体不好,不能做重体力活,靠在家做刺绣赚钱养活她们母女。

华茹嫒不愿意母亲操劳,主动提出愿意学习内画,学一门手艺,想去做内画表演,靠手艺养活母亲和自己。鸣翠画廊艺人刘师傅,内画技艺全市闻名,培养了很多优秀的内画表演弟子,这些人的收入很可观。

华茹嫤心里还有一个小九九：她喜欢的刘云轩是刘师傅的儿子。她在那儿学习内画，就可以经常见到他。

华茹嫤的母亲香云很宠爱女儿，女儿说啥她都应允。当女儿说要去跟着刘师傅学画，香云很惊讶，眼神有些异样。华茹嫤问她是不是不放心，她连忙回答说不是，继而又说，很放心，跟着刘师傅她最放心，就是不知会不会收你，他收弟子很挑剔的。

“你怎么知道？”华茹嫤问。

母亲看着窗外，轻轻地说：“我听人家说的。”天空，几朵白云悠闲地飘着。一只鸟儿从窗前急匆匆闪过，似乎在寻找它的归宿。

华茹嫤成了鸣翠画廊的弟子。刘师傅见华茹嫤有点绘画基础，字写得工整清秀，就像她的人一样，清秀清纯，很喜欢这个女孩子，就收下了她。刘师傅叫她先看看，先认识材料，了解操作程序。内画班的学员有和她一样大的男孩女孩，也有比她大的。她进来才听说刘师傅很久没有收弟子了。

华茹嫤十分勤奋，好学好问，很快就熟悉了这儿的一切。画廊的安排很简单，上午只是画鼻烟壶，下午是对外的内画表演、展示。内画表演、展示没有收入，收入是靠卖鼻烟壶及其他内画作品。画廊每天都能卖出一些工艺作品，好卖时卖得多些。后来，刘师傅教华茹嫤认识内画成品鼻烟壶，还有水晶球，生肖葫芦、花瓶、屏风等，也教她认识外画，如水彩画、水墨画、油画，横轴、竖轴，小屏条等，兴致好的时候，刘师傅还指给她认一些珍珠饰品、水晶饰品，红木小件，以及各种小工艺品、小玩具等。

华茹嫤手灵巧，学得专注，深得刘师傅喜欢，认定她是一个学内画的好胚子，有心好好栽培她，于是，讲解得越发仔细。“茹嫤，水晶、玻璃或玛瑙、琥珀等材料是内画鼻烟壶的主要材料。”他一边说着，一边告诉她水晶与玻璃的区别，并告诉她，“这是琥珀，这是玛瑙，还有那是……”

四

华茹嫤暗暗注意着刘云轩的一举一动，却未想到她的同学罗况像她关注刘云轩一样留意着她。

罗况放不下华茹嫚，好不容易挨到国庆节，学校放假，他决定去南湖广场鸣翠画廊看看。似乎老天有意成全，连日的阴雨，一到节日晴了。

南湖广场公园，像过节一样到处是鲜花。串串红，红似火；菊花，一簇簇，金黄的、粉白的、通红的；茴香花，随风摇曳，散发芳香，招来彩蝶。公园中央的水柱，如条条玉带，向蓝天飘去；草坪上的洒水器喷出的水如细雨纷飞，彩虹也被招引而来。罗况没有心思欣赏这景致，直奔鸣翠画廊而来。

鸣翠画廊大门紧闭，罗况绕到侧边，从一道小门闪入。画廊正厅无人，他往里走去。一间四面全是玻璃木窗的房间，里面坐着十来个少男少女。那一排排桌子，看来是他们的画桌。每一个人面前的桌面上，非常有秩序地摆放着两个小碟子，一个盛墨汁，一个盛水。他们右手前方，摆放着一个非常精致小巧的搁笔架，笔架上放置着几支小巧精致惹人喜爱的弯头小毛笔，还有一支竹签做的弯头擦拭笔，一个气葫芦，有些像医用洗耳球，还有一块药棉。他们左手前方，摆着十二个生肖小球。正前方放着一排生肖葫芦。很快，一个熟悉且令他怦然心动的人吸引了他的目光。

这人就是华茹嫚。她正在作画。看她全神贯注的模样，红红的嘴唇紧紧闭着，似乎大气都不敢出，紧紧盯住手里捏着的物件，白皙的小手，行气于笔，给人的感觉，是将大画之精神融于方寸之间一般。

"她拿着的东西一定就是鼻烟壶了。"罗况心里对自己说。

"小家伙！"肩上轻轻被拍了一下，罗况回头一看，一个五十岁模样的男人站在他身后，微笑着对他继续说，"学画时不许偷看。你可以下午来观摩，专门有画鼻烟壶的表演。你若喜欢可以买一个，也可以现订，指定工艺画师给你画。"看着男人离去的背影，回味他刚才说的，罗况心中一动，一个念头闪过。

下午一点，罗况从正门进入，来到画廊观看表演。他这才发现，今早拍他肩膀的人正是鸣翠画廊老板刘师傅。刘师傅简要介绍了他的几个出名弟子，最后一个介绍华茹嫚，说她画的小动物很有灵气。接着，他又介绍展出的作品。一共有十六个柜台，里面整整齐齐摆放着鼻烟壶、花瓶、水晶球、屏风等内画工艺品。过了一会儿，刘师傅邀请大家观看他的弟子表演内画技艺。

罗况呢，当然兴奋地来到华茹嬅桌前。他轻轻坐下。

见华茹嬅是那么投入、安静、心无旁骛，罗况轻轻咳了一声。

华茹嬅看到他，微笑了一下，说："罗况同学，是你？"

罗况点点头，轻轻"嗯"了一声，不敢看她的眼睛，只盯着她的手。只见华茹嬅左手紧紧握住一个水晶鼻烟壶，看她的模样，似乎很用劲。她右手握住一支精巧的弯笔，伸进里面去画。那支弯笔，笔身较长，牙签粗细，笔毛和笔身成直角，像一把长钩钩。

看着罗况那一脸迷糊的样子，华茹嬅忍不住笑了，露出两颗白白的小虎牙，说："内画看似神秘，其实主要是讲技巧。你看，这是画画的竹笔，顶部是弯曲的，方便绘制图案，有时再在顶部绑上狼毫，伸进纤细的壶口，在壶的内壁反向作画。画猫狗兔啊、虫鸟啊、花花草草啊、仙女神鬼啊、神话传说啊，甚至写字。你看，就这样画。看到没？看到了啊，好，你从外面看到的就是正向的画面。"

罗况听迷了，原来画鼻烟壶时，在里面作画，与在纸上作画正好相反，内面反着画，外面才能是正着的呀，这里是一个很神秘的世界。不过，对他来说，面前这个女孩更加神秘，更加可爱。

"你会画老鼠吗？"罗况问道。

"会啊！"华茹嬅一脸的自信。

"我要订一个鼻烟壶，画上老鼠。"罗况留下这一句话，站了起来，"我去付押金。"

过了一个月，罗况来取他的老鼠图案的鼻烟壶，同时，订了牛图案的鼻烟壶；又过了一个月，罗况来取他的牛图案鼻烟壶，同时，又订了虎图案的鼻烟壶；再过了一个月，罗况来取他的虎图案的鼻烟壶，同时，又订了兔图案的鼻烟壶……第十二个月，他来取猪图案的鼻烟壶，同时带来了以前绘制的鼠、牛、虎、兔、龙、蛇、马、羊、猴、鸡、狗，加上刚刚画好的猪图案的鼻烟壶，刚好凑齐十二属相。

刘师傅赞叹道："准确，逼真，形神兼备，栩栩如生。线描富于变化，设色协调雅致。而且，画面背景用清淡而洒脱的笔墨描绘，与主图形成强烈对比，勾勒清晰，极富艺术特色。"

罗况笑了，说："刘师傅，你这么一说，我更加喜欢这十二属相鼻烟壶了。我想请它们的作者与我合影，永远收藏，好吗？"

"好啊！你这想法很好，你很有耐心。我已经知道这件事，你不提前，不推后，一月一个，就是要求精益求精啊，难得小小年纪就有如此心思。你这做法恰恰又逼迫华茹嫚严谨作画，一丝不苟，对她帮助很大啊！"刘师傅意味深长地说。

于是，罗况与华茹嫚一起抬着画托，画托上是十二个鼻烟壶，分别画着十二属相图案。随着快门一按，这场景被定格了下来。刘师傅点点头，后来对华茹嫚说："你这个同学不错。"

画廊尽头，一面墙长满了爬墙藤，叶子随风翻转，秋色尽染，绿中泛红。此时，谁也没有注意到，一个人冷冷地站在那儿，望着。他是刘云轩，刘师傅的儿子，华茹嫚喜欢的人，也是喜欢华茹嫚的人。刘云轩考入本市医学高等专科学校。虽然他的父亲是省内外出名的内画大师，他却不喜欢内画，不愿意跟着父亲学习。无奈的刘师傅，管得了别人却管不住自己的儿子，只有由着他了。好歹刘云轩考入医专，也没让刘师傅失望。

刘云轩心里长了一个苦疙瘩，那就是罗况与华茹嫚走得太近了。每当他们在一起时，华茹嫚提起罗况，刘云轩的脸色顿时晴转多云，弄得两人不愉快。为了安慰他，华茹嫚拉着他的手说："那就把我们的事公开，让师傅知道，让我妈妈知道，也让其他人打消不必要的念头，行不？"刘云轩想了想，说："好是好，但父亲不喜欢我读书期间恋爱。还是等我毕业吧，就差几个月了。"

五

"丁零零"，一阵闹钟响起，华茹嫚醒来了，她感觉自己眼睛涩涩的，酸酸的。昨夜不知哭了多久，迷迷糊糊的，好像天快亮了才合上眼睛。她迅速穿好衣服，来到镜子面前一照，水泡眼，眼睛肿得厉害。她急忙找来墨镜戴上，走出卧室。既然罗况要离婚，离就离，谁离了谁都照样过日子，省得被人嫌弃，省得伤心。

来到客厅，正要说："走吧，既然要离婚，就去民政局吧。"却见罗况在沙发上鼾声正浓，看样子睡得好香，哼！你倒是好睡。华茹嫚等了一会儿，还不见罗况醒来，她决定不等了，她拿出笔来，写了几个字。

鸣翠画廊今天有一个展出，华茹嬗必须到场。刘师傅已经很老了，几乎不管正事，他已经当着所有弟子的面宣布，由华茹嬗全权负责鸣翠画廊的所有事务。看到刘师傅这么器重自己，华茹嬗更是倾其才华和智慧打理画廊。今天的鸣翠画廊，不仅成了省内负有盛名的艺术之地，而且收益很好。华茹嬗自然也成了市里甚至是省内有名气的内画师。

罗况一觉醒来，天已大亮。外面闹市嘈杂的声音已经传进来。他一看手表，九点钟了。此时去上班已经迟到了。他给办公室主任和野外线路班头儿分别打了电话，要求请假一天，说要办一件急事。当然，他没有说是办离婚。

打完电话，罗况一骨碌从沙发上坐了起来。家里一片狼藉，到处是碎玻璃片，破碎了的蛋糕，就如他碎了的心情一样，更糟糕的是，没有早餐。往常，华茹嬗早已把早餐做好，喊他了，甚至挠他胳肢窝了。

光线穿透玻璃照在碎玻璃上，折射的光芒分外刺眼。他不禁扫了一眼卧室，门是开着的，却无动静。他急忙站起来，穿上衣服，来到卧室一看，没人。嘿，昨晚不是答应了吗？怎么躲起来了，难道不愿意离？那不行，必须离。头怎么这么疼啊，昏昏沉沉的，昨晚酒喝多了，加上心烦意乱，一直没有入睡，直到后半夜才渐渐睡去，还尽做噩梦。他又来到客厅，发觉茶几上有一张纸条："成全你！你想什么时候离都可以。你醒了可打电话给我，我直接去民政局等你。"

"虚伪，是我成全你！这么多年来竟然没有发现，好虚伪！"罗况嘴里骂着，把纸条揉成一团，丢在地上。

罗况来到外面，找了一家早餐店，吃了一碗面条，往广场走去。他决定去鸣翠画廊喊上华茹嬗去民政局。到民政局要经过南湖广场。

这条路，他不知走过多少次，皮鞋穿烂多少双。在省城读大学期间，他的才貌是有名的，多少女生给他抛出橄榄枝，却始终走不进他的心里，他心里装的全是华茹嬗。然而，在他与华茹嬗之间，始终隔着一个刘云轩，让他十分郁闷。问题是他们好在先，自己才是插一杠子的人，没有理由埋怨刘云轩啊。大学期间，他每一个假期都要来找华茹嬗，但他约不出来华茹嬗，华茹嬗总是推辞。他只有不停地订做鼻烟壶，以此找机会与华茹嬗接触。他对她说，他是鼻烟壶的爱好者，到了痴迷的程度，他也无数次暗示，他更喜欢这些鼻烟壶作品的作者。每当华茹嬗听到这儿，总是低头转移话题。

在一条背街上，他被刘云轩拦住了。刘云轩叫他离华茹嬗远一些，说："罗况，你当我是傻瓜！谁都知道你爱好鼻烟壶是假的。司马昭之心路人皆知。"

"放狗屁！我找她与你何干？你是她什么人？有资格站在这儿说话？"华茹嬗的装傻充愣让罗况的气正没处撒，见刘云轩主动找来，话说得毫不留情。两人说不上几句，就动手打了起来。尽管刘云轩很拼命，但他哪里是高大魁梧的罗况的对手？几个回合下来，刘云轩已是鼻青脸肿，罗况的手也被刘云轩咬出血来。

当刘师傅来派出所领人时，他看到了罗况，顿时啥都明白了。刘师傅走过去对罗况说："小伙子，你不错的，我看好你。我儿子糊涂，这样的事情，以后不会发生了。"说完领着刘云轩走了。

罗况要去实习三个月，实习地点很远，他打算去找华茹嬗说一下。他想了一个理由，要送同学礼物，因为要毕业了嘛。对，这个理由很自然，不会引起刘云轩的误会。当他快要走到南湖广场的时候，忽然看见华茹嬗低着头，急匆匆的，只顾往前走，抹着眼泪。这是怎么回事？罗况远远地跟着。华茹嬗走到广场的另一角，这儿还未开发好，很少有人来。华茹嬗没有继续走，扶在一棵婆树上轻轻哭泣。

罗况远远地站了一会儿，想了想，走上前去，递上纸巾。

华茹嬗抬头一看是他，有些惊讶："是你？"

"是我。我要去实习三个月，想来告诉你一声。"罗况缓缓地说。

"你去实习与我有什么关系？"华茹嬗擦了擦鼻涕，止住哭声说。

"我们是好朋友嘛，难道你不愿意我做你的朋友？"罗况被她的话弄得有些尴尬，辩解道，"我知道你与刘云轩是特殊朋友。我与你是普通好朋友。"

"不要提他。从今以后，我与他不再是朋友了！"华茹嬗又哭了起来，很伤心。

罗况不知道发生了什么事，只好静静地站着，华茹嬗也不管他，只管轻轻哭着。过了一会儿，见他还站着，说："你怎么还不走？管我干什么？"

"我是担心你。"罗况低声说。

"谁要你担心？"华茹媸说，"我与你没关系。"

"难道你真的不知道我的心？"罗况提高了声音。

六

罗况与父母商量，毕业回南江市工作，就不在省城打主意了。主要是省城人员密集，找好工作很难。回市里回旋余地大，最重要的是与父母在一起，心里踏实些。父母听了，夸他懂事，赞成他的想法。于是，罗况回到南江市，考入市电力公司。年轻人都要磨炼，这是电力公司的要求，于是罗况被安排在线路组。其实他心里还有一个念头，那就是离华茹媸近了。

那天，从华茹媸断断续续的诉说中，他知道了大体原委。刘师傅不允许华茹媸与刘云轩谈恋爱，理由是他们还年轻，刘云轩还在读书。刘师傅私下对华茹媸说："我的规矩是不让我的儿子与我的弟子谈恋爱。"

华茹媸心想，只要是刘云轩不怕，她就继续与他来往。可是，那天刘云轩给她说了一句："我们不适合在一起！"刘师傅说了那么多，华茹媸都没有流泪，而刘云轩这一句，让她悲伤不已，一时控制不住，哭着跑了出去，碰巧被罗况看到。

还让罗况诧异是，刘云轩主动找到他，向他道歉，并祝福他与华茹媸。罗况就是从那个时候开始与刘云轩成了好朋友的。

从那以后，罗况频繁与华茹媸约会，他不用顾忌什么。刘师傅，还有刘云轩都有意无意地对华茹媸说，罗况是一个很优秀的男孩。

罗况本来就很帅气，高鼻子大眼睛。以前呢，华茹媸的心思在刘云轩身上，对他没有过多关注。现在，刘云轩的淡漠让她逐渐失望。她开始接纳罗况，把罗况带回家。

华茹媸的妈妈也对这个女婿十分满意。第二年，他们走进了婚姻的殿堂。

想着，想着，罗况已经来到南湖广场的鸣翠画廊，看到了正在忙碌的华茹媸戴着茶色墨镜。

画廊门前竖着大幅宣传广告，上面写："由南方中国鼻烟壶联合会、中国南方工艺美术学会鼻烟壶专业委员会主办,南江市鸣翠区政府承办的南方五省共十六位中国内画艺术大师作品联展,欢迎社会各界人士莅临!"

罗况来到一棵树下,选了一个不起眼的地方站着,看着华茹嬟忙出忙进。

大厅灯火通明,正中央,几十个柜台摆放成椭圆形状。柜台里面整整齐齐地摆放着南方五省共十六位中国内画艺术大师的作品。柜台玻璃内摆了各种形状、不同尺寸、风格各异的鼻烟壶。几个保安来回巡视。人越来越多,人们见着华茹嬟,华老师长华师傅短地与她打着招呼。华茹嬟一一回礼,然后,用她那好听的声音介绍:"内画是中国特有的传统工艺,它起源于画鼻烟壶,被誉为'鬼斧神工的艺术',堪称'中国一绝'。今天,许多参展的艺术家是老一辈内画艺术家的徒弟,他们带来了精彩的内画鼻烟壶作品。请大家慢慢欣赏!"说完,领着来参观的人往里走去。

罗况不得不承认,华茹嬟的确是内画天才。这么年轻,就挤入南方五省十六位内画艺术大师的队伍中,没有她的勤奋与天赋,是不可能的。他陪她第一次去省城参赛,画的是一对兄妹尽孝图。记得当时从北京来的评委给予了这幅图充分的肯定,大意是意境深远,气韵生动。当获奖通知送来时,一进家门,她就兴奋地拿给罗况看,还搂住他的脖子,热吻他。罗况仔细地看这件参赛作品,虽然他不会画,但与妻子生活在一起,他还是会鉴赏的。这件作品的画法是以特制的变形细笔,深入在水晶壶坯内,绘出细致入微的画面,格调温暖,笔触精妙。记得华茹嬟当时还得意地说:"怎么样?我要收藏起来,作为我的藏品。"然而,怎么也没有想到,她竟然把这幅第一次获奖的作品悄悄送给刘云轩,可见他们藕断丝连,这是自己的底线,是不能容忍的。华茹嬟,你置我的脸面于何地?好吧,看在你现在忙碌的份上,我就再等一等。想到这里,罗况转身往外走去。

七

睡在沙发上的罗况被响声惊醒了,抬头一看,天亮了。

华茹媸从卫生间里走了出来，她刚洗完澡。洗完澡后的她，脸庞通红，额头、鼻尖沁出了一层细密的、亮晶晶的汗珠。她还是那么美，身材甚至比以前更丰腴。

华茹媸见他醒了，急忙退回卫生间，往身上裹了一条白色浴巾，这才走了出来。要是在往常，她不会的，可此时此刻，两个即将要离婚的人在这样的场景下，似乎有些尴尬。罗况扭过头，朝向一边。

华茹媸穿好衣服，吹干了头发，走进厨房。不一会儿，端着一碗面条出来，说："展览结束，今天有空了。吃完就去民政局，会顺你意的。你的面条在厨房里面。"

清晨，冬日的阳光从窗户照进来，落在沙发上。罗况无心享受，起来穿好衣服，往厨房走去。

两人一前一后走在广场上，去民政局的路要从鸣翠画廊门口过。画廊展览已结束，放假一天。其实这是华茹媸的特意安排，一是大家确实累了，让大伙儿休息一下；二是趁今天满足罗况的愿望，离婚。让他去找其他的女人生娃娃吧，免得自己耽误人家，拿自己发火，出气。自己又不是靠他养着，家里的收入，自己还多他一倍呢！不必为变味的爱情而卑微地活着。

"茹媸，罗况，两口子大清早就起来锻炼啊！好习惯！"背后传来刘师傅的声音。刘师傅真的是显老了，脸上皱纹明显增加，两鬓斑白，然而他的精神很好。他一手拉着小孙孙刘亮亮，一手提着一个鸟笼。鸟笼里面两只画眉鸟叽叽喳喳，跳来跳去。

"记住啊，这个周末，到家里来吃饭。"刘师傅说。

"嗯！""啊，好！"两人尴尬地回答着刘师傅的话，简单地告别后，迅速朝前走去。

民政局与计生委在一起。计生委门口几个穿白大褂的人正坐在那儿谈笑，见人就发避孕套。很多人摇摇头，迅速走过。一个中年妇女见罗况与华茹媸走过来，就拿起几袋，说："给你们的，今天免费发放。你们拿去用吧。"华茹媸没有说话，快步越过。罗况生气地说："用不着。"见两人走进民政局，中年妇女说："我也是多手。也许人家就要离婚了，还发给人家，这不是作孽吗？"旁边一个男人哈哈大笑："你是做好事。很多夫妻离婚，但还是睡在一起的，更用得着呢！"才说完，就被中年妇女的拳头击中肩膀:“胡说！离婚还睡在一起，就叫通奸。”

两人来到婚姻登记办公室。一个四十岁左右戴着眼镜的女人坐在里面。办公桌上有一盆文竹，郁郁葱葱的。

看到办公桌上的岗位介绍，罗况知道这女人叫王小丽。

“王同志，我们来离婚。”罗况说道。

“离婚？”王小丽面无表情，瞥了两人一眼，“我在这个岗位上工作多年,我的主旨是宁拆十座庙,不散一桩婚。只有万不得已才同意离婚,严防那些男人打着离婚的名义欺负女人。你们离婚是什么原因？”

罗况有些生气，说:“王同志怎么这么说呢？我没欺负她。”

华茹嫤抢过话头:“那是我欺负你了！是谁先提离婚的？是谁把家里的蛋糕推倒在地上的？是谁嫌弃我不会生娃娃的？”

王小丽一听，紧皱眉头，抬高嗓门，对罗况说:“你这位兄弟就不对了。不会生孩子不是女人的过错。可以领养的。”

“我身体没有问题，我检查了。”华茹嫤说完，眼圈一红，泪水滚出。

王小丽嘭地起身，说:“这位兄弟，不要陷害女同胞，看来是你的问题。回去好好检查一下，现在科技发达，会有孩子的。祝福你们！回去吧，啊？”

“不，必须离。不是这个原因。”罗况坚持。

“那是什么原因？”王小丽追问。

“她喜欢上别人了！”罗况说。

“胡说！”华茹嫤一听，脸都气白了，“你，你怎么这么无赖，平白无故陷害人呢？”华茹嫤开始还强忍着，说着说着就控制不住了，低下头，捂着脸大哭起来，泪水像涌泉，从指缝里淌出来。

王小丽说:“你要有证据，不能瞎猜的。”

罗况说:“我有证据！”

突然，办公桌上的电话响了起来。王小丽示意两人不要说话。她接起电话:“嗯。什么？你也会啊？你不是说这事是我的专利吗？原来你也会啊！活该。嗯，好好，你稍等，马上到。”放下电话，王小丽脸上有了一丝笑容，说:“你们两口子稍等，我家那位回家进不去啦，忘了带钥匙。我给他送去，快得很，我们就住在后面。不要吵啊，好好商量，好漂亮的一个媳妇，这位兄弟怎么舍得离呀？”话才说完，人已经溜了出去。

华茹嫤哭着问罗况："你……如果这件事说不清，不还我……清白，我不会饶……你。"

"男的就是刘云轩！你们是旧情复发，藕断丝连。你送他的《兄妹尽孝》鼻烟壶，我在他办公室看到了。那就是铁的证据！"罗况眉头紧锁，脸红脖子粗，双眼通红，大声说了出来。

华茹嫤听了，愣了一下，顿时止住了哭声，脸色逐渐缓和，眼睛直溜溜地看着罗况，一句话也没有说出来。

"咋个？无话说了吧？自己敢做就应该承认。你说，这婚该不该离？"罗况气急败坏地说。

华茹嫤缓缓地站了起来，轻轻地说："罗况，你真是一个男人！一个小肚鸡肠的大男人！你一个人留在这儿离婚吧。"说完，还未等罗况说话，她人已经飘了出去，留下罗况，丈二和尚摸不着头脑，一个人呆呼呼地坐在那儿。

八

与华茹嫤通完电话，罗况刚好回到家门口。开门进来，他还以为走错了。家里被收拾得整整洁洁。沙发上的被子枕头已被收回卧室。华茹嫤的枕头上放着一本书《教你怀孕》。这时，响起了敲门声，他知道，岳母香云来了。

"儿啊，你糊涂啊。"香云一进来就拉着罗况说……

当岳母说完，罗况十分吃惊，觉得如听天方夜谭。

"况儿，你真的好糊涂啊，自己的媳妇你都信不过。"香云坐在罗况对面，缓缓地说，"如果嫤儿真的有错，你即使离婚，也要先与我讲一讲，我会说她的。我看你们两个都长不大。"

罗况一脸愧疚，低头说："妈，我错了，我不该瞎猜疑，让茹嫤受到伤害了。"

香云脸色凝重起来，轻轻地对罗况说："况儿，以前没有告诉你，是我的意思，所以你不知道。这下你明白了吧？我当初愿意把嫤儿交给刘星程师傅，是因为他是她的亲生父亲嘛。那年，当他知道嫤儿与刘云轩有那种意思时，非常震惊，就对儿子刘云轩说明了真相，但嫚儿不知。嫚儿是我独自带大的，我不愿意她过早背上心理包袱，还会影响她学习内画。刘云轩是嫚儿同父异母的哥哥，那《兄妹尽孝图》鼻烟壶，是嫚儿得知他是哥哥时送给他的，意思是两兄妹要好好孝敬我与刘师傅。刘云轩的母亲是一个善良的女人，我不能伤害她，后来，她不幸病亡，我才将真相告之刘师傅。你们结婚后的第二年，我才告诉嫚儿这件事。要不是你们两个闹出这么大的风波，我还是不想让你知道，这是我一生的痛。"

勾起岳母心里的伤痛，罗况擦了擦脸上的汗，说："妈，对不起！不会再发生这样的事了，一切都会好的。"

"妈相信你们。妈去广场走走。"香云说完，走了出去。

罗况看着岳母佝偻的背影，心里酸酸的，大脑里浮现出岳母刚说的那些揪心的往事。

雪覆盖了整个城市，冷清清的，风像刺一样，扎得脸恶生生疼，人们都在家里取暖。即使在这样的时候，香云家也不得安生，发生了让香云一生都难以忘怀的惨剧。几乎是滚来报信的刘星程，见情形危急，慌忙把香云藏在楼梯脚下面的储藏间。刚来到客厅，几个年轻人就砸开了门。他们进来，一句话不说，捆走了香云她爸——当地有名的民间内画大师，画院院长，还砸毁了他家里所有的东西，包括橱柜里所有的鼻烟壶藏品。

"他女儿哪里去了？"那些人粗暴地推着刘星程问。

"我真的不知道。我刚来，趁大雪天没事做，向师傅请教学习内画的。"刘星程上牙不断咬着下牙，战战兢兢地回答。

"你是她父亲的弟子会不知道？一有消息就告诉我们。"带头的那个指着刘星程，不相信地说。

"好。"刘星程连连点头。

"我们留几个人在这儿守到半夜，不相信他女儿不回来。"带头的那个又说。

"没我的事，我回去了，我儿子才半岁，夜里闹得很，他妈妈最近身体不好，动弹不得，我要回家照顾他们。"刘星程说着就要往外走。

"不准走，你要通风报信去是不是？你再不听话，连你一起收拾。"

一个戴红袖章的扭住刘星程，大声说。

刘星程只得坐了下来，他本是想着出去给香云弄些吃的。她的家里被搜得一无所有。

这伙人直到凌晨一点才撤走。刘星程确认他们走了后，急忙打开储藏室，香云脸色发紫，身子抖个不停，早已冻得说不出话来。刘星程吓得急忙把她抱出来，放到她卧室的床上，给她盖上被子。室内冷得不得了，刘星程不停地跺脚。外面还在下大雪，嗖嗖嗖，冷风还在吹进来。

刘星程手一摸，被子里面冷冰冰的。香云冷得直打战，缩成一团。刘星程急得团团转，又不敢生火，怕会被发现。突然，他对香云说："香云，对不住你了，已经没有办法了。你会被冻死的，只有冒犯你了。"

刘星程迅速脱去他和香云的衣服，钻进被子里，紧紧抱住香云……

香云的父亲拒绝为造反派头头画鼻烟壶，死在关押处。几天以后，香云就从这个城市消失了。刘星程悄悄把师傅掩埋了，一把大锁锁了香云家。当香云再次来到这个城市时，已过去十三年了，女儿华茹嬅刚好读初一。香云后来结过婚，却再不会生育，男人是独子，他们只好分开。离婚后的香云没有去处，只得回到家乡，好在老屋还在。这些年，一直是刘星程替她照看着房屋。香云靠自己的刺绣手艺独自支撑着她和女儿的生活，没有依靠刘星程。刘星程已经结婚，有了儿子刘云轩，靠办内画培训班谋生。香云不愿打扰刘星程的生活，他对她有恩。直到刘星程的妻子，也就是刘云轩的母亲不幸病逝以后，他们才有了接触。不过，刘星程并不知道华茹嬅是他的女儿。后来，华茹嬅投到他门下，香云找过他，请他关照华茹嬅，说女儿是她唯一活下去的希望。刘星程说："香云，你放心。你的孩子是师傅的血脉，我要把师傅交给我的尽数教给华茹嬅，以报答师傅的知遇之恩。"在教华茹嬅内画时，凭自己的感觉，他觉得这个女孩子身上有自己的影子，便数次与香云沟通，起先，香云支支吾吾，后来才告诉他真相，也是在答应她不让任何人知道自己后才告诉自己的。刘星程得知华茹嬅是自己的亲生女儿，哭得稀里哗啦，拉着香云，要把她接过来一起生活，要照料她的后半辈子。香云说什么也不答应，她告诉刘星程，为了孩子，不要让他们背负得太多了。在她心里，刘星程早已是她的亲人。

自此，刘星程百般疼爱华茹嬅，悉心教授。华茹嬅天赋极好，学得极快，并有自己独到的风格，深得业内高手称赞。

刘星程欢喜得不得了，对外宣称华茹嬗是他的关门弟子，如有学习内画的，可拜华茹嬗为师，因为她早已超越她的师父了。

后来，孙子出生了，加上儿子刘云轩很忙，他把孙子接了过来，干脆把鸣翠画廊交给华茹嬗管理，他养鸟带孙子去了。

罗况的回忆被华茹嬗的开门声打断，见她下班回来，他连忙起身接下她手里的一袋蔬菜，另一只手伸出去揽住她，轻轻道："对不起，茹嬗。"

"况哥，你真傻！"华茹嬗闭上眼，仰起脸。

罗况吻了她。

屋里，暖暖的温馨。

"况哥，妈妈呢？"她亲了他一下，问。

"妈妈去广场走走，说吃饭时回来。乖啊，别担心，我出去叫妈妈。"罗况说完，开门跑了出去。

华茹嬗进了厨房，她知道罗况爱吃蒸鸡蛋。她取出两个鸡蛋打在碗里，用筷子搅了搅，倒了些开水，又搅了搅，然后放些盐、酱油、食用油，再次搅了搅，就放入蒸锅里。

"老公老公我爱你……"手机铃声响了。

"妈妈，嗯，我在炒菜，他呀，嘻嘻，乖着呢！他去接丈母娘了。"见是婆婆打来的电话，华茹嬗心里暖暖的，一定又要交代做啥对生育有好处的食品了，"好的，一定按照妈妈说的做了吃……"

话还未说完，华茹嬗突然感到胃里一阵难受，恶心，慌忙跑到卫生间。

"哇，哇！"

打油巷十号

一

自由撰稿人范静文正在搬家，原来住的地方要拆迁。

经杂志社的朋友介绍，城中村打油巷十号正好有一空房，合他的要求。于是，他搬了进来。他搬家很简单，无非是一些书籍、被褥衣服、一部手提电脑和几样简单的炊具，两辆人力三轮车一趟便搬完，仿佛出差，而不是搬家。

几天后，范静文有些烦。打油巷十号是一个小院坝，全是老宅，进来再出去，必须原路返回。小院坝里住着六户人家，户数不多，却很嘈杂。他是搞写作的人，需要安静的环境。

早上，天还未大亮，六号住户就在房间里扯开了嗓子"啊啊啊啊"练嗓，练完还唱歌。隔壁的人告诉范静文，练嗓的叫微子，是市花灯团的女演员。微子大约练半小时，然后出门跑步。

这个时候，五号住户黄云奎与老伴黄大妈又开始喊了起来："毛毛，起床！奶奶给你做好早点，吃完赶紧上学去，不然会迟到的。"当毛毛吃完早点，黄云奎与老伴黄大妈领着孙子出门匆匆往学校赶去。

范静文以为可以安静了，却不料，二号住户女主人张嫂家响起了锅碗瓢盆的声音，以及在院子里生炉子火的声音。不一会儿，张嫂喊着"饵块包油条，两块一个"，边喊边推着早点活动摊车往外走去。这一喊不打紧，范静文才发现饿了，于是推开窗户大声叫到："张嫂，我要买一个。"从那天起，张嫂早上干脆直接来到他的房间门口喊他："范作家，饵块油条一个。"从此，范静文的早餐几乎全成了饵块油条。

院子里终于安静下来。四号住户与范静文的三号是隔壁，这是一对在公司里上班的白领族，早九，晚五，中午不回来。

一号住户是母女二人，她们很漂亮很安静，母女俩如同一个模子里倒出来的一般，长得一模一样，只是年纪不同而已。从范静文住进来到现在，他几乎没有见过这家的男主人，他也不好得问。只听说女儿是公务员，母亲李丽是个体裁缝，每天在家缝制衣服，有固定客户。

一月后，范静文摸透了打油巷十号的作息规律。这儿的白天反而相对很安静，上班的上班，年纪大的去公园，小的上学，整个院子，白天几乎只有他和李丽在。李丽住的房间隔着二号，所以缝纫机的声音几乎传不过来。这个发现让范静文不得不更改了自己的作息规律。以前是白天睡觉，晚上写作。现在他只好白天写作，晚上入睡。还有一个原因，晚上他也写不成，他的邻居四号，是两口子，夜里要么过夫妻生活时响动很大，扰得他不得安宁，要么为点小事大吵大闹，扰得他心烦，哪里能静下心来创作呢！

范静文长相文静，中等身材，稍胖，虽然常年写作，眼睛倒不近视。今年刚到而立之年，还是单身，不是没有女孩子喜欢他，据他对朋友丁舒舒说，那个围城，他还没有进去的欲望。

他父母拿他无法，母亲曾经很生气地说他，你就与你那台电脑生活一辈子吧！

二

范静文应《乌蒙山小说》杂志社约稿，要求提供一篇主题为夫妻为对方着想的小小说。他觉得有些滑稽，自己没有结婚，如何写得出来夫妻双方彼此为对方着想呢？他已经构思了好几天，总不满意，写了又删，删了又写，最后还是不满意。时间就这样流逝了，火红的太阳正在落往西山，打油巷十号的人陆陆续续地回来。院子里又热闹了起来，范静文关了电脑，走了出来。

刚回来的张嫂，正在家门口卸车上的东西，范静文跑过去帮忙。

"谢谢大作家啊，别做这些粗话，细皮白嫩的手，不适合做这个。"

张嫂打趣地说，"我是戴着手套的，诺，你看，这双手套是我家那位牛人从东北买来的，说是虎皮手套，鬼相信他的话，哪有这么多的虎皮呀！"

"你好幸福啊，张嫂，张大哥可是关心你，为你着想呢！"范静文边说便把火炉子提下来。

张嫂眼角已有了皱纹，听了范静文的话，脸上绽开笑容，鱼尾纹更明显了："我也关心他呀，他有鼻炎，尤其闻不得长发透出的味道。你看，我那一蓬黑幽幽的长发，被我剪了呢！"张嫂说完还故意低了低头。

"哈哈，张嫂，又在晒你的幸福了。一不小心被作家写入他的小说里，你就出名了。"随着清脆动听的声音，微子回来了，不愧是花灯团的名演员，微子穿着时尚光鲜，身材姣好，凹凸有致，白皙的脸庞没有一丝的细纹，无处不透出一种优雅的气质。

范静文朝她点头，她笑笑，轻盈地走了过去，回自己的家忙去了，留下一股淡淡的香味。

张嫂轻轻拍了一下望着微子背影出神的范静文，说："大作家，眼睛都掉在人家身上啦！"

范静文尴尬地笑笑，赶紧继续帮张嫂抬车上的一个大盆。

张嫂压低声音："微子很可怜的，别看她外表光鲜。她为了保持好的身材，保住剧团里台柱子的地位，一直没有要孩子。结果丈夫背着她，在外养了一个小三，生了一个孩子。微子一气之下，离婚了，把丈夫赶了出去。这几年，就这样一人生活着。"说到这里，张嫂又叹了叹气，"家家都有一本难念的经啊！"

"是的，屋子漏雨，主人方晓。但张嫂就是幸福的女人。儿子在外读大学，你们两口子身体健康，虽然经济紧张，但自己可以挣，这样的日子，却是踏实的。"范静文看到摊车上的东西已经全部搬下来了，就站了起来说道，"你忙啊，张嫂，我走一走。"

夕阳把小院坝染得通红，愈发把古老的住宅装点得古香古色，给外人一种神秘的感觉，仿佛从哪里穿越来似的。微风过处送来阵阵饭香，还有那熟悉的曲调，一下让人又回到现实。

微子的房间传出歌声，范静文一听就知，这是本地最有名气的花灯调。歌声很美，似乎唱的是很遥远的故事：

"金藻奎，你又把花招耍，

那一年，你弃农经商走邪道，

多次教育仍无悔改……"

"范叔叔，你好！"一个充满了童趣的声音传进了范静文的耳朵。他一看，原来是黄大妈领着孙子，从外面走了进来。

"毛毛，放学了啊？好好学习啊！"范静文摸摸毛毛胖嘟嘟的脸蛋，笑着说。

"范叔叔，你是大作家，你帮我看看，我的作文错在哪里？爷爷奶奶也不知道。"毛毛拉着范静文的手说。

坐下来后，毛毛从书包里取出作文本。黄大妈赶紧去泡了一杯茶来。

"就是这篇。范叔叔，你看看，老师说有大错，叫我拿回来反省。可是，爷爷看了，发现不了错误。"毛毛似乎很无奈地说。

范静文一看，乐了，很快发现错误。作文的题目是《飘舞的桂花》，毛毛写道："今天，我们在校园里玩耍，看到桂花树上的花瓣被风一吹，飘舞了起来。我爬上桂花树，摘了一枝下来。同学们个个争着来闻，都说好香啊。我把它们吹开后，就会从里面飘出朵朵花瓣。

桂花的颜色是乳黄色的，小瓣小瓣的。它轻轻地在空中飞舞，像柳絮一样。花瓣你追我赶地在空中玩耍，它们一定是好朋友吧！偶尔有一朵不小心碰到我们的脸上，痒痒的。我想，它们一定是想和我玩耍吧！我们也能成为好朋友。

我喜欢飘舞的桂花！"

范静文读完，略一思考，启发小家伙："毛毛，你的作文写得好，努力，你一定很棒的。你们校园很美吧？"

毛毛骄傲地说："我们校园非常漂亮，像一个花园。"

"那老师有没有交代过，要如何保护你们美丽的校园？"范静文进一步问。

"交代了啊，星期一升国旗，不是校长讲，就是副校长讲话。要爱护校园里的一草一木，别踩踏，别采摘。"毛毛大声回答，突然，他机灵一跳，"嗷嗷，我知道我的作文的大错在哪里了，奶奶，我知道了，谢谢范叔叔！"

"黄大爷呢，没回来？"看着毛毛高兴地蹦跶出去了，范静文站了起来，准备告辞。

"他呀，看见下象棋的就如蜜蜂见了花一样，盯着不走了。还在街上呢，小范，你别忙走，喝完茶再走，免得浪费了这杯茶水。"黄大妈煮上饭，走过来说道。

三

范静文想想也是，便坐了下来，与黄大妈聊了起来。当黄大妈知道范静文的邻居经常吵架，就说，现在好多了，你来之前吵得更凶，后来儿子读学前班了，两口子收敛了很多。现在，儿子送到他姥姥家。儿子一不在，两口子又开始吵闹。周末儿子回来，他们又不吵了。

"那这是为什么呢？"范静文问道。

"唉，还不是女人放不下一桩事。"黄大妈说了起来。

女人叫赵燕，男人叫刘海。她认识他，最先是经人口口相传。属于那种未识人，先知名的类型。刘海是他们公司基层的普通职员，赵燕是公司总部的科员。在他们公司，她职级比他高了好几级。他们相识，据说是因为他的业务需要经常要去找她报批。这一点，从他口中印证过。

他们走在一起开始就不顺利，职级高低是一个因素，另一个是，她比他大三岁。她家人是极力反对他们在一起的，因为她是本地人，而他，在她家看来，只是个外来打工仔。也许是因为恋爱是盲目的，也可能是反作用力，家人越反对，他们越坚持。当然，是她坚持得比较多，也许也印证了后来的那句：爱情里，谁主动，谁先输。

五年之后，他们结婚了，奉子成婚。因为年纪和身体原因，这次怀孕，让他坚信，他们能在一起的。她怀小孩的整整八个月里，头四个月，除了上洗手间，基本上都是躺着，因为医生说，按预测，这小孩怀的位置太浅，离宫口太近，一不小心，哪怕是打喷嚏重些，都可能保不住。起先，他是感动的，因为她的坚持。再后来，他就有点莫名的烦，可能是来自她家庭的压力太大，也可能是太年轻，对家庭的责任心，还没升华到无私奉献的境界。谈恋爱的时候，因为一直得不到她家人的支持，他一直受着冷脸，其实他有过打退堂鼓的念头。

儿时的刘海，很聪明，但是心不在学习上，小小年纪就在社会上混，他在老家有个青梅竹马的小女朋友，但是遭到双方家长的极力反对，一来年纪太小，二来女方家里势利，她们想找个更有钱的。他一气之下，远离家乡，到这里打工。因为口才不错，脑子转得快，几经周折，进了现在这家还不错的大公司。虽然是基层，但他业务开展得不错，与老家的小女友也断了联系。后来，他的小女友为了他，瞒着家里出来，听说也到这儿打工。想到在她家受的屈辱，气血方刚的他，赌着一口气不去找她。关于她的消息，他还是陆续知道一些。因为他和小女友的公司有业务往来，要知道关于小女友的消息，还算是比较容易的。只是，他的小女友，却不知道这一切，只知道他从来避而不见，不念旧情。然后，一直到他结婚的前一天，刘海跟赵燕说："你知道，我和你结婚，大部分原因是因为小孩。我心里有个人，不确定这辈子能不能完全抹得掉。你要想清楚，要不要嫁给我……"换了任何一个女孩子，结婚前听到这样的话，心里都会特别地想不开吧。可是赵燕坚定地说："我会让你忘掉她的。"

然后，他们结婚了。小孩早产，在保温箱里放了一个月。

终于，这个家，守得云开见月明。

只是近几年来，赵燕经常旧事重提，两口子就吵了起来。赵燕说过，她见刘海与那个小女友在一起好几次。

她就劝刘海："不要轻易打扰人家的幸福。"

刘海不听，说："结婚时就说过，我有过一个女友，那时就约定，不提这事的。"

赵燕生气了，说："是有过约定，但你现在又与她来往，是你逼我提她的。"

于是，两口子开始争吵了。但吵归吵，两口子感情还是蛮好的，从未开口提过离婚两字。

黄大妈正说得起劲，老伴黄云奎慢腾腾地走了进来。

"还知道回来呀？"黄大妈白了老伴一眼。

黄云奎没有回答老伴的话，却说："我见到李丽去邮政局寄东西，她告诉我是给她丈夫寄一套绒衣绒裤和一封信，叫他好好表现，争取早日出狱。可怜的女人！"

"可怜？她丈夫在台上时，她可怜吗？我们请她家丈夫给儿媳调工作,解决儿子儿媳夫妻分居的问题,他答应了吗?嗯嗯啊啊的,打官腔!还不是因为没有给她家送钱。最后还是请你老战友出面,才给解决了的,你忘了?你还说她可怜,谁叫她丈夫贪污受贿那么多钱呢?作为妻子,为什么不劝劝自己的男人呢?"黄大妈愤愤不平地说着,抬着一盆白菜去厨房了。

黄云奎摸摸脑袋,朝范静文尴尬地笑笑:"女人,什么事都记得住!"

晚上,范静文躺倒在床上,辗转反侧。透过房间的窗户,他看到深黑的天空,皎洁的弯月散发出淡淡的银光。远处,高楼大厦的玻璃上反射出道道五彩斑斓的光芒,一片又一片,波光粼粼。他没有想到,这个小小的城中村打油巷十号就如一个小社会一样。

隔壁两口子据说回老家了,这个夜里静悄悄。范静文想到张嫂剪发为老公不犯鼻炎的举动,以及丈夫给她买手套的一幕,这不正是夫妻互相为对方着想的活生生的实例吗?他突然觉得灵感爆发,一下子掀开被子,披衣起床,打开手提电脑,"哒哒哒"地敲得键盘直响。很快,一篇题目为《风含情水含笑》的小小说一气呵成:

进入腊月,她这几天沉醉于腊肉熏香的喜庆日子,忙里忙外,打扫清洗,因为自己的男人要回来过年了。

半年前他被总部抽调到边陲地区开拓保险市场。昨天他特地告假返回,要与妻儿团圆。他电话里告诉她:"亲爱的,想你和宝。都快要想死我了。想看着你睡熟的样子,听你说着梦话。"说完还在电话那头直笑。

她倍觉甜蜜,脸上泛起两朵红晕,答道:"我可不想你,还有好几天才过年呢,你就兴师动众地着急回来。几点的车?我与宝来接你。"

他叫她"亲爱的",叫他们的儿子"宝"。

电话那头传来他的声音:"明天下午三点。"

"为啥呢?"她一听马上说到:"那要后天晚上才到得了呀,既然已请假了,就坐今天三点的嘛,一点也不心疼人家,都盼你半年了……"

他听到电话那头一阵阵哽噎声。

结果他是坐当天下午三点的车，今天晚上到。他告诉她，到小巷路口等他。

小巷路口，寒风刺骨。

她站了好久了。

路口小商店里，胖胖的中年女店主关切地问她："你做啥呀？"

"等他。"

"几点到啊？"

"八点。"

"那还早呢，现才七点过一点点。太冷了，进来坐坐，暖暖身子啊？"女店主把取暖器面朝她："你的长发这么美，我们都羡慕的要命。你咋个怪舍得剪了呢！"

"还不是因为他。"

原来，他患有过敏性鼻炎，特别到冬季更显严重。她在前段时间清理洗衣物时，发现他衣服口袋里有一张医院检查单，上面说他的鼻炎过敏源可能是卧室里的纱棉丝尘或毛发。她想到自己的长发常常散落在他身上，会不会与这个有关？他婚前没有发作过鼻炎。

他特别喜欢她的长发，常把她拥入怀中，抚摸着她柔顺的长发，用歌声赞美道："有个姑娘，美丽的眼睛长长的黑发，长长的黑发，我好喜欢！"

他最喜欢用手梳揉着她的头发入睡。

其实她比他更喜欢自己黑黑的长发。

但她还是下狠心剪了！

"嘀嘀嘀"，传来一阵喇叭声。

"他来了。"他怀里抱着个精美盒子笑眯眯地下来了。

她一阵风似的冲出小商店，跑到他身边。

他愣了，盯着她的短头发，嘴半张着……

这时，路口小商店里传出声音："你的好老婆为了你的鼻炎不再犯，剪了她心爱的长长黑发。你愣啥？"

他没有说话，突然，默默地伸出双手把她揽在怀里。

"嘭！"的一声，他手里拿着的精美盒子掉在地上，打开了。

她一看，啊？是一把晶莹剔透的乳白色象牙大梳子！

路口小商店里，胖胖的中年女店主目睹着这一幕，眼泪不禁夺眶而出，她背转身过去了……

看到自己的小小说终于完成，范静文不禁长长地出了一口气。写完读一遍，他突然为自己的设计竟然有些欧·亨利式的风格，以及《麦琪的礼物》般的温馨而感到好得意。真的好巧合！他自言自语地说道。他起身，倚窗而望，满天星斗散在苍穹，亮晶晶的，像一粒粒白色珍珠，似一块块耀眼的白玉，撒落在碧玉盘上，此刻显得那么宁静，安详，甚至很温暖。

五

"啊啊啊啊"的练嗓声，把范静文从与周公的约会里拽了回来。昨夜写完小说后，已经夜里三点了，他仅仅睡了三小时。他知道再也无法安静地入睡了，他起床洗漱。

微子的房间传出了练嗓的歌声：

"金藻奎，你又把花招耍，

那一年，你弃农经商走邪道，

多次教育仍无悔改……"

"范作家，你好！"一声甜脆欲滴的声音在身后响起，范静文停下手里的扫把，回过头来一看，刚才还在练嗓的微子不知何时站在自己的门边，正看着自己问好呢！

"你好！"范静文赶紧回答，看到对方玲珑通透，自己却这般邋遢，脸上现出尴尬的神色。

"范作家，请你帮我看一下这个故事蓝本，有没有价值改变成花灯剧本，最近我们正要进行新的剧本排练。我觉得这个故事富有生活化，时代烙印强。"微子轻轻地说，声音很好听，犹如小鸟唱歌。

"说句实在话，对花灯剧我还真是门外汉。我先看看，下午再与你交流，好吗？"范静文不好直接拒绝，他没有说谦虚话，对于地方戏种，他真的提不出什么意见。

"好吧，我下午找你。"微子说完，嫣然一笑，转身走了，很快，她屋子里又传出花灯歌声："歪门邪道很危险，小洞不堵大洞出……"

一小时后院坝里又恢复了安静。范静文赶紧把自己创作的小小说《风含情水含笑》修改了一遍，发在《乌蒙山小说》杂志社编辑丁舒舒的邮箱里。之后，他拿起微子请他看的故事蓝本《错位》。

故事发生在八十年代。陈老大和香凝是被棒打的一对鸳鸯。两人自小在相邻的两个村里长大，情投意合。然而，此事却遭到香凝家人的极力反对。她的父亲，是在厂里上班。父亲即将退休，他要安排女儿顶职。他认为女儿很快成了公家的人，不能再从农村找丈夫，不然，会受苦一辈子的。

后来，香凝被她的父亲安排到离家将近一百多公里的厂里顶职了。香凝痛苦万分，开始哭闹不愿与陈老大分开，后来以死相逼，均得不到家人的同意。陈老大的父母知道这事时，大怒，你家不愿意嫁，我家还更不愿意娶呢！于是开始为儿子陈老大张罗媳妇。陈老大本身也自卑，在各种压力之下，便和同村的另一个长得姣好的女孩阿花结婚了，阿花比他大两岁。

婚后，平静日子大概过了有八年的样子。

时间进入八十年代末期，工厂扩大生产规模，要大批量招收工人。这时，香凝第一时间通过关系帮陈老大报了名，她对组织上说的是她家亲戚。

陈老大因此顺利地进了厂里。从田地里脸朝黄土背朝天的恶劣环境，进入厂区干净卫生的车间，他很珍惜，也是为了感谢香凝，他最大限度地做好分内的事。因为工作表现很好，很快得到了提拔，成了车间主任。

香凝已成家，有一个一岁多的女儿。一年后她离了婚，前夫也从单位辞职，从此再也没有露过面。

陈老大把小儿子从农村接来厂里子弟学校上学，由于他很忙，加上单位宿舍是分散的，他的宿舍在山顶上，很远。陈老大就把小儿子交给香凝代管。因为香凝家在山脚下坝子里，离学校很近，交通便利。于是，陈老大的小儿子吃住都在香凝家，小儿子叫香凝为小姨。

暑假后，小儿子从老家回来，开始在同学中埋怨他的妈妈，不只一次抱怨，说他妈妈很烦，总喜欢没事找事，在他们子女面前，永远的话题只有他们父亲负了她，然后末了还连带着说他们兄弟姐妹几个不是，说是被狐狸精迷了眼，胳膊肘往外拐。

陈老大几乎不回家，平时都在厂里。当孩子们去上学后，陈老大就去了香凝家。

慢慢地，厂里风言风语四起，说陈老大在厂里养起了女人。

陈老大的原配妻子阿花一直在农村，照顾公公婆婆。厂里的传言她很清楚，她也不公开闹。随着时间的推移，二十多年晃眼过去。岁月的磨砺让她不再年轻。村里的人发现她过得很不开心，一个女人，过得好不好，从外表上是可以看得出来的。现在，她的子女都已在单位上班，工作都不错，孙子也上幼儿园了。陈老大给她买了养老保险，每个月能按时拿养老金。她对人说，她的日子不错了。

可是，村里的人能感觉出来，阿花言语间透露的委屈和无奈。

村里的人认为香凝是小三，当香凝偶尔回来，人们远远地躲开。

陈老大后来干脆不回家，吃住都在香凝家。阿花成了一个尴尬的角色，自己在农村家里呆着也不是，在厂里男人单位宿舍呆着也不是，碰到香凝，倒像是自己才是"小三"一样，反而躲开。

人们私下议论，说实话，别说过着像她那样的生活，就是想像着她过的生活，都非常难以接受。

后来听说，当初香凝之所以离婚，是因为她丈夫发现自己戴了绿帽，香凝的女儿其实是陈老大的。

2011年冬天，一场大雪后，陈老大患肝癌医治无效，永远闭上了眼睛。他有两个存折，一个给了香凝，一个给了阿花。

不管恩怨如何，一切在男人化为一缕青烟时尘埃落定。

出殡那天，哭得最凶的，是香凝。

阿花神情淡定。

一个月后，她对邻居说，他的死，在她心里，是很难过的。只是，现在这样，对她自己算是一种解脱吧，自己一辈子得不到，从现在开始，别人也没办法得到了。

陈老大死后，阿花被儿子接回家里居住，香凝被女儿接回去住。

阿花后来对人说，她守住了一个家，却丢了一颗心。

范静文读了，暗想，确实是一个好的题材，但要修改，等与微子见面时再说。

六

中午，微子叫了两份外卖，来到范静文住处。

范静文闻到微子身上飘来的阵阵淡香味，不免心神一动。微子问："范作家，有什么意见？"

"哈哈！什么作家？你叫我的名字吧。"范静文指了指沙发，"请坐！"

"好，叫你名字，那你也叫我名字，我叫微子。"微子笑道，"当然，你喊我姐更好。"

"我比你大，好不？"范静文回答。

"你哪年生啊？敢充大？"微子白了他一眼，"我属猪的。"

"巧了，我也属猪。我是元宵节那天生的，你不可能比我大吧？"范静文追问。

"我是六一儿童节那天生的。"微子有些不好意思。

"哈哈！小朋友啊！快叫哥！"范静文得理不饶人。

"好，范哥。叫了吧，看你得意的。这会可以开始提建议了吧？"微子笑了起来，两个酒窝一闪一闪的，两人一边吃着外卖，一边交流起了故事。

范静文提出了自己的看法："这个故事不错，是真实的生活再现，这样的现象不少呢，但要搬上舞台，必须得润色，得提炼出精华，结尾应该改一下。最好在中间，让阿花与香凝有过矛盾冲突，不能这样相安无事。这样一改动，舞台效果会更好表现。因为，文学作品来源于生活，但必须高于生活，所以少不了文学艺术加工。"

微子听了大为佩服，说："不愧是作家，真是看法独到啊！谢谢你了，范哥！等到演出时，请你到场观看啊！"

"一定去！微子。"范静文笑答。

"不要忘了我们的约定啊！"微子走到门口，回头一笑百媚生。

过了几天，范静文从乡下回来，才进入打油巷十号，毛毛就跑了过来，大声说道："范叔叔，你看，你帮我修改过的作文，在我们校刊上登载了。"说完把一份小报递了过来。

范静文一看，这是毛毛所在学校的校刊，毛毛经过修改后的作文果然在列。他赞扬道："努力，你一定会不断进步的。"

"好的，我长大要像范叔叔一样当个作家，写书赚钱。"毛毛用那稚气未干的话语说道。

"别学我，你会穷的。向你爸爸学习，当企业老板。"范静文拍拍毛毛肩膀。

"我才不学他，妈妈说他在外养小三，他们天天吵架，才把我送到爷爷奶奶这儿。"毛毛说着，眼角已经滚出泪珠。

"毛毛，以后不要在外面说爸爸妈妈的事。大人的事小孩子莫管，啊？"微子不知什么时候来了，站在后面，轻轻地说。

毛毛点点头，抹着泪，回去了。

"范哥，剧本由编剧写出来，你看看。你最近九天哪儿去了？"微子问到。

"九天？没有吧，不就一个星期吗？"范静文说，"上周二去的乡下采风，市文联组织的。"

"今天星期三，就是九天了。以后你去哪儿，通知我一下，免得找不着你。好吗？"微子似乎不经意地说。

"噢，你找过我？"范静文问。

"是啊，根据你的建议，剧本作了修改，我想找你再看看。"微子摇了摇手中的剧本。

"那走吧，到我那儿。"范静文说。

"还是去我那儿吧，你那儿去过几次了。你还未去过我那儿呢？难道你担心什么，我会吃了你不成？"微子粲然一笑。

"哈哈，看你说的。那就走。我先把这些东西放回我屋，我再过来。"范静文指了指地上的旅行箱。

女人住的地方就是不一样，干净整洁，房间里氤氲着一股清香的味道，范静文心里很感叹。他想起自己的房间，凌乱不堪，甚至有一股不好闻的气味。他安静地读着修改后的剧本，显然，他提不出再多的建议了。微子也没有再问剧本的事，而是与他谈起了自己，那不堪回首的一段婚姻。

　　"我还是给他机会的，毕竟以前真正爱过，可是，他自己不珍惜。在我多次正告无效的情况下，他愈发变本加厉，连续几夜不归家，我打电话叫他回来，他竟然关机。直到有一天，那个女孩肚子大了，他才来告诉我。我认为这是有预谋的，我差点想死的心都有了，后来，我挺了过来。我们离婚后，他走了，再也没有回来。"微子望着窗台上的盛开的菊花，缓缓地说道。

　　突然，毛毛跑了进来，气喘吁吁道："范叔叔，微子姨，赵燕阿姨在前面的路口与一个女人厮打了起来，刘海叔叔劝不开。我爷爷奶奶、李丽婶他们也劝不住，打得可凶了。那个女人的衣服被赵燕阿姨撕破了。那个女人已经给她丈夫打了电话，奶奶怕出事，叫我来喊你。"

　　范静文一听，摇了摇头，说："嗨，这刘海，吃着碗里的还望着锅里的呀！我去看看。"说着，人已闪出门外。

　　"我也跟你去。"微子随手关上门，跟在范静文身后，往小院坝外面跑去。

七

　　打油巷十号路口，往左走一百米，是一个不大的街边花园。原来是一栋老房子，拆迁后，没有再新建房子，而是修建成一个小花园，附近的居民喜欢在这里活动活动。此时，已经围了很多人。

　　范静文与微子赶到时，赵燕正揪住一个女人厮打，那个女人一只手揪住赵燕的头发，另一只手往赵燕身上乱抓。刘海站在旁边，一下说说这个，一下说说那个。

　　赵燕破口大骂："你这个婊子，无耻女人，你不把别人的家庭搞散你不罢休啊！"

　　那女人也不依不饶："呸！你才是荡妇！刘海本来就是我男友，还不是你端了飞簸箕！"

　　旁边有人听到这儿，悄声问："什么是端了飞簸箕？"

　　"就是抢走了别人的恋人！是本地的土话。"一个人随即回答道。

　　范静文与微子挤了进来，见到这情形，皱了皱眉头。他上前说道："两位美女，别在大街上打架，有话好好说。"

"呸！她算美女，婊子还差不多！"赵燕边说边抬起一只脚，踢向对方下身。

"比你美，你嫉妒了，你这个黄脸婆，臭不要脸的！"那女人不甘示弱，一边嘴里回击，一边伸脚过来踢赵燕踢向她的那只脚。

"对不住两位了！你们真的不能再打了！"范静文说完硬挤进两人中间，用力一掰，把双方分开。而此时，两个女人踢向对方那用力的一脚，同时踢在范静文身上。

"刘哥，你还不把你女人拉开呀？"微子见状，急了，忙对站在旁边手足无措的刘海说道。

刘海这才一把抱住赵燕，赵燕动弹不得，急得往他肩上双手乱捶，嘴里大哭大闹："你们成心不让我活，我就死给你们看。"

正在这时，一个男人赶了过来，双手分开人群，挤了进来。他看见范静文正拦住一个女人，大怒，一拳朝范静文身上砸了过来，口里骂道："哪里来的野种？敢欺负我的媳妇！"

范静文一见，慌忙往旁边一闪，说道："哟呵！这位哥们，你误会了，我可是劝架的。"

突然，一个瘦弱的身躯拦在范静文身前，对那男人怒喝道："我说是谁呀？原来是你，你打来试一试。真个是物以类聚人以群分，还是管好你的女人吧！"

这突然而来的变化，让范静文和那个男人大吃一惊！原来是微子站在他们中间。

"是，是你？"那男人收住拳头，惊讶地问道。

"是我。我说是哪里冒出来的一个女人？原来就是她为你生的孩子呀！"微子转向那个女人说道，"你真不知羞耻！你以前把我的男人抢走了，还不知足啊，现在又来抢赵燕的男人。你要几个男人伺候啊？你应该去宾馆里找鸭子啊！"

范静文这才反应过来，原来这个男人竟然是微子的前夫，而给他生了孩子的眼前这个女人，恰好是刘海老家的那个小女友。哎呀！真是人生何处不相逢啊，不是冤家不聚头啊！

微子的前夫与那个女人顿时像泄了气的皮球，灰溜溜地走了。

回到小院坝，大家纷纷挤到四号刘海家，你一言我一语地劝说还在哭哭啼啼的赵燕。李丽、张嫂一人拉住赵燕的一只手，不断地安慰她。张嫂说："赵燕，这个女人过日子啊，不能太较真，会伤身子骨的，其实有的事情啊，没有你想象的那么严重。"

黄大妈则对刘海说："刘海啊，你现在终于知道了吧？你以前这个小女友也不是一个好人。以后别再与她来往了，好好与赵燕过日子吧，赵燕是多么好的一个妻子，真心实意对你，一心一意地对你们这个家，别辜负人家，啊？"

刘海点着头，不断地唉声叹气，他有些后悔了，沉默了一会，对赵燕说："我哪知道她这些情况啊？对不住了。也对不住范老弟。特别是微子姐，我真的不知道她就是那个破坏你家庭的女子。"

大家纷纷说："好了，过去的事不提了，你们今后好好过日子吧。"

这件事以后，刘海与赵燕还真未争吵过，他们还把孩子从他姥姥家接了回来，与他们在一起。

一晃到了年底，打油巷十号也发生了许多变化。

微子的花灯新剧本，经过辛苦的排练，演出很成功。范静文依约前往观看，并在演出之后，到后台给她送花祝贺，他分明看到她眼角渗出的泪水。

张嫂的摊位，在她丈夫的努力下，在公园旁边小吃一条街租得一个摊位，免了早晚推车的艰辛。由于是小吃街，人也相对集中，生意比以前好了许多，张嫂的脸上开心的笑容更多了。她已经知道范静文把她与丈夫互相体贴的事写成了小说，还发表在《乌蒙山小说》杂志上，她丈夫也读了，很感动，对她更体贴了，不然怎么会主动在小吃街给她租一个门面呢！张嫂逢人就说，范作家写了她，以后有可能把她的故事搬上电视。她听范作家说，他正在写一部长篇婚姻情感小说，里面有一个角色，她就是原型。

毛毛的爸爸妈妈终于离婚了，爸爸是过错方，所以毛毛判给妈妈，被妈妈来领走了。走时哭哭啼啼的，不愿意走，硬是被也哭成泪人的妈妈强行带走了。黄云奎与黄大妈仿佛一下老了许多，添了许多白头发，精神大不如以前。

裁缝师李丽的漂亮女儿出嫁了，小院坝的人都参加了她女儿的婚礼。女儿婚后，家里只剩下李丽一人，在缝纫机响声的陪伴下，数着日子，等候着监狱里的丈夫。

除夕这天，一场大雪悄然而来，一夜之间，覆盖了大地，覆盖了城市，覆盖了打油巷十号。

打油巷十号院子里的花草，都如盖上了一层白被子似的。范静文从窗子里望去，盖上雪的花草像极了梨花，而那红红的三角梅却像粉红的桃花。范静文不禁脱口而出："忽如一夜春风来，千树万树梨花开！"

由于在老家的父母被大哥接去海南过年，再加上自己的长篇婚姻情感小说《约定》正写到关键处，范静文没有接受大哥的邀请前往海南与家人团聚，而是留在打油巷十号。

当然，范静文自己也有说不明道不清的原由，他听说微子春节期间要在社区演出，也不能回去与家人团聚。他们约定，除夕晚上"AA制"，每人做上四个菜，凑合在一起，过一个温馨的年。

范静文开心地跑出去，冒着天空中飘飘洒洒的鹅毛大雪，在洁白的雪地里"咯吱咯吱"地走了一圈，留下一串脚印。然后回到房间，他打开取暖器，在电脑里写道：

人生，总是在欲望中成与败，阵痛之后认清自己的方向。

婚姻，总是在经历爱恨别离，这些爱恨别离在我们的人生舞台上不断地上演、谢幕，再上演，再谢幕。

那无穷无尽的不如意就是延绵不绝的日子。

成长伴我，走过了那难忘的岁月。

成熟伴我，让回忆充满了苦涩与温暖。

自信伴我，见证了一路的奋斗与辛酸。

坚守伴我，守得云开见明月。

……

下午四点，范静文合上电脑，开始做菜。

爸爸

"师傅，素炒白菜一份。"水芹说着将碗递过去。

食堂大厅闹哄哄的，大学生们叽叽喳喳，推推搡搡。饭菜香味，撩拨着他们身体的每一个细胞。水芹端着碗来到大厅靠后的一张桌子，坐下。她舀了一勺米饭塞进嘴里，又夹了一片白菜嚼着。然后她把碗放在桌子上，拿出手机，输入"假期打短工"几个字。

"水芹，你也太抠门了吧，像个吝啬鬼。"张瑶端着饭盒，在水芹身边坐下，说，"顿顿白菜，清肠寡肚，瘦得皮包骨，小心没人要你。"

水芹白了张瑶一眼，又继续看手机。张瑶拍了拍桌子说："手机里有肉？周末回不回家，我爸开车来接我。"水芹刷着手机，头也不抬，说："不去，我有两节家教课。"

张瑶是水芹的初高中同学，一起考入省城的大学，同系不同班。张瑶的父母做生意，住在水芹家那条街对面的小区。两人上中学时就常在一起，张瑶胖，水芹瘦。

街邻的议论，像瑟瑟的冷风，吹到水芹爸爸田大富耳里，凉到心里。他们说田大富的女儿顿顿白菜，吃不起肉，早餐只吃一个馒头，有时干脆不吃，好可怜。田大富心里那个疼，像被人用刀剐一样的，一句一刀。

这天，水芹面黄肌瘦，走路摇摇晃晃，才进图书馆，便晕倒在地。"水芹！"田大富惊叫了起来，才发觉自己做了一个梦。他抓过被子蒙住头，号啕大哭。作为父亲，居然让水芹过这样的日子。她正长身体，营养跟不上，读书又辛苦，身体垮掉咋办？可是，自己一个下岗工人，还是求熟人帮忙，才找到帮人看仓库的活，每月有两千元的收入，除去生活必须开支，剩下的全给了水芹。

"亏啥不能亏身体。"田大富在电话里反复交代。水芹说："好的，爸爸，我周末当家教，赚的钱都用来改善伙食。爸爸也要记住啊，亏啥不能亏身体。"父女俩每次打电话都向对方说同样的话。

水芹从不给她妈妈打电话，当然，她妈也不会打电话给她，甚至连抚养费也未曾给过一分。她妈在她上幼儿园时嫌家穷，跟了一个有钱人。后来，水芹对田大富说："爸，我不会做像我妈那样的女人，全身没有一根傲骨。"

田大富不准水芹再讲这样的话，说是自己没本事。

这天中午，田大富像往常一样，坐在仓库值班室看着监控视频。值班室里没有一丝风吹来，热得要命。墙边那棵柳树下，几个临时工蹲在那儿打瞌睡，一辆大卡车驶入仓库，他们立马围过去卸货。卡车师傅拿着一张报纸往脸上扇着，朝值班室走来，嚷着要水喝，说这个鬼天气开车不是人受的。田大富说辛苦是当然的，但拉大卡车挣得着钱，就值。师傅说，挣得着个啥钱，真想去医院做护工。师傅喝了一口水，在田大富对面坐下，说了起来。前些日子，他老丈人在省城第一人民医院住院时，他去照看过一段时间。同病室的老人九十高龄，患了直肠癌，住院期间，因两个子女工作非常忙，就请了一个护工照料。护工招呼老人吃喝拉撒睡，全天候陪护，每月有五千元的报酬，哪像他这个开车的，路上交这费那费，到他手里就没几个钱了。还有，没有货就只能干瞪眼，车子坏了还要自己倒贴钱修。

护工每月五千元的报酬？田大富听了，暗暗打起了主意。

经过几天的考虑，田大富决定去省城医院做护工，那儿没熟人，水芹不会发觉，也想不到。再说了，离水芹近，自己还可以悄悄到学校去看看她。更重要的是收入高一些，水芹就不用这么亏待自己。

田大富知道，水芹不会同意他去医院做护工。一年前，公司经理的父亲卧床不起，恰好经理被总公司指派到外地学习一年，他想请一名家庭护工帮助他照料父亲。仓库库长说田大富为人厚道，本分实在，是最适合的人选。田大富动心了，与水芹商量，水芹不同意，说她陪一个同学去医院看过她瘫痪的奶奶，她奶奶由护工抱出抱进，擦屎擦尿，那个辛苦呀，不得了。水芹特地回家一趟，交代他，不准他去做护工，太累，伤身体。水芹还说如果他坚持要去做护工，她就不再读大学，去沿海一带打工。

水芹说："爸爸，不能让你太苦，我可以勤工俭学，假期、周末可做点事，打点工，挣点钱补贴费用。爸爸，你的健康就是对女儿最大的爱，你对女儿最大帮助就是你健康。等我毕业，有了工作，我养爸爸。"

田大富眼睛湿漉漉的，连声说："好，听你的。"

可现在不是听不听水芹话的事，而是她的现状必须改变，没有健康一切都是白搭。

走前，田大富给水芹打电话，没有点破她舍不得吃肉，只是从侧面说学习需要加强营养。水芹说："爸爸，女儿懂。我隔天吃一次肉，早餐换着吃。反倒是你，要照顾好自己，想吃就吃。还有一件事，女儿早就想对你说，如果有中意的阿姨，你就考虑。有人照顾你，女儿放心。"

风一阵阵吹，窗户咯叽咯叽响，阳台上水芹栽的那盆串串红摇头晃脑，仿佛窥破了田大富心思。田大富走过去给花盆浇了点水。这个鬼丫头，心细，居然考虑起爸爸的个人大事。他没有接这话头，没有反对也没有赞成，这件事他早有考虑，水芹工作前他不会再娶。这回他去省城，得瞒着她。田大富对水芹说自己在同城另一个地方找到活计，报酬高一些，得试一试。水芹高兴地说要得。之后，田大富悄悄踏上去省城的火车。

田大富记得那个师傅说的话，到省城第一人民医院附近的陪护中介公司报名。中介公司负责与医院打交道，医院安排病人家属与护工双方见面并商定报酬。田大富没想到有那么多的人来做护工，有的做了好多年，像他这样新来的也有。从和这些人的交谈中，他得知省城医院的护工虽然收入不低，但工作难度高。照顾生活不能自理的病人，不是辛苦两个字讲得清的。端屎端尿、换洗脏衣物、擦洗身子、喂药喂饭，夜里还要陪护。被病人辱骂是常有的事，这能忍，不能忍的是病人家属的指责。田大富陪护的第一个病人就是这样的。但为了钱，为了水芹，他不怕。

这个病人生活完全不能自理，有一个离异的女儿，还领着一个孩子。病人住院两个月来，都是他女儿在照顾，不分白天黑夜，终于把自己"照顾"病了，无奈之下只好请全天候护工。她看了几个护工的情况，最终选了田大富。就这样,田大富开始了他的全天候特别护理工作,每月护工费六千。田大富很满意。

病室有两个病人,都是上了年纪的人,除了田大富照顾那个,另一个有一个儿子两个女儿。夜里两个女婿轮换守夜看护,白天两个女儿交替照料。儿子有时也来看望一下,说几句话就走了,说在哪里做生意,很忙。两个病人同病相怜,都感叹:"还是养女儿好呀。"田大富咧着嘴,说:"是的,是的。"田大富早上七点准时给病人擦洗身子,端水给病人漱口,然后去医院食堂用餐,再给病人买来吃的。病人每天吃啥是病人女儿定的,写在纸上,交给田大富,要求他按照纸条上写的打来给病人吃。病人吃完,田大富洗病人的衣物。这些事情做完,已是上午九点左右,医生来查房。他还要记住医生的交代,并转告病人的女儿。查房结束后,要伺候病人吃药。之后给病人按摩腿脚,活动手腕。病人女儿说,父亲睡觉时长时短,长的时候三小时,短的时候一小时左右。田大富可以在病人睡着的时候,抓紧休息一会儿,病人醒来会叫醒他。

病人长期卧床不起,皮肤红肿。田大富很小心,给他轻轻翻身,轻轻擦洗。擦洗时,田大富尝试着和病人聊天,病人听力很好,说起往事滔滔不绝,待说完,田大富也擦洗完了。田大富给病人翻好身,盖上被子,问:"您老多大年纪了?""七十七。""哇,不简单啊。"田大富说。病人聊着聊着就睡着了,田大富赶紧闭上眼睛休息,这段时间他几乎一直没睡好。病人醒来发现田大富睡着了,怔怔望着他,也不叫醒他。

一晃三个月,田大富瘦了。病人女儿已恢复,本可以自己来照料父亲,但见田大富做得比她还好,便放心让他继续照料。

田大富每月领到六千元,除去上交中介公司和医院的有关费用,以及伙食费和必要开支,每月净剩四千元,全部打到水芹的卡上。打钱的时候,田大富哭了,是笑哭的,他从没这么高兴过。女儿呀,这回你想怎么吃就怎么吃,想买啥你就买啥,不必过得太抠门,不要因为别人的轻视而产生自卑的心理。田大富认为既然当爸,就应该有个当爸的样子。脏,累,委屈,算个什么?

下了一周的雨,终于停了。这天,病人女儿做了吃的,送来给她父亲。她说在医院待两小时,叫田大富出去走走。他出来后,看正好是吃饭时间,便跑到水芹学校,远远看着她端着碗去了荤菜窗口区,他美滋滋地悄悄离开。

可是水芹最近打来的几个电话，打得田大富措手不及。水芹说暑假到了，自己就可以回家了。田大富急了起来，他得做好安排，免得水芹知道自己在医院做护工。之前，他说给一家建筑公司做账，给的报酬很好。水芹深信不疑，她知道爸爸以前做过财务，说她是世界上最幸福的女儿，是爸爸的掌上明珠。

田大富左想右想，暑假水芹要回家，他也必须回家去。看来只好先辞去护工的工作，开学后再来。怎么与病人开口呢？不能与病人说，得与他女儿说，要好好想一想怎么说。这几天，病人咳得厉害，痰特别多。医生交代要特别注意，别让痰卡着嗓子。

病人又咳了起来，田大富把痰盂提起来，方便病人吐痰。这时，手机响了，田大富没有接，听着音乐铃声就知道是水芹打来的。他生怕病人的咳嗽声被女儿听见，被她觉察。

处理完，扶病人躺在床上休息，他悄悄走出门外。"女儿啊，你打电话给爸爸要说啥呀？"

"爸爸，告诉你一个好消息。我们宿舍四个女生一起去一家公司打暑假工，我就不回来了。爸，我也该打工挣点零花钱，不能老让爸爸辛苦。你说好不好，爸爸？"

田大富一听，眉毛顿时舒展开来，说："好的，出去闯一闯好。"

"好的，爸爸，我会常给你打电话的。"水芹说完挂了电话。

田大富心上悬着的石头落了地。一个月后，这个病人出院了。病人女儿结账时，多给了田大富一千元表示感谢，说是他父亲的意思。

寒假，水芹提出由她用打工挣的钱陪爸爸去西双版纳过年，去看大象，还说吃住行都被舍友安排好了，她是西双版纳人，自己只管付钱便是。田大富不准水芹出钱，他出。父女俩相持不下，争了好久，最后决定一人出一半。

田大富现在想起来都还觉得好笑，女儿懂事了，真的应了那句"穷人的孩子早当家"。这次在版纳玩，都是水芹说话，田大富静静听，偶尔插几句。水芹谈得最多的就是今后的打算。什么毕业回来工作，爸爸只管栽花养草；什么今后不愿嫁人，要陪爸爸到老，报养育之恩；什么找一个合适的阿姨，陪爸爸说说话等等。

这让田大富很吃惊，他不得不重新认识自己的女儿，不仅人长大了，心也长大了。他没反对她的话也没有赞成，笑了笑，说为爸爸着想，想得周到，不过现在还是应多想想读书的事。其他的，毕业后，再谈也不迟。

刮春风了，路边的迎春花黄生生的。田大富望着水芹坐上车，消失在远处，那是他满满的希望。水芹上学去，他也该启程了。

田大富接到一个活计，照顾一个七十来岁的病人。病人已换了三个护工，都是被气走的，连招呼都没有打。果然，是一个难伺候的主儿，嫌弃田大富这样那样，田大富总是忍住，悉心照料。一两个星期以后，他就对病人情况知道个大概。病人曾经长期当过一个什么部门的人事科长，最近患上腰椎间盘突出。三个儿子轮番照料，不到一个月，就因照料老人闹得不和。不和的原因是儿媳妇们较劲，这家媳妇说，在那家少待了一天；那家媳妇说，这家衣服裤子都不洗，就把人送过来。风光惯了的老人，哪里受得这口气，嚷着要进医院。住进来后，因照顾护理问题三家闹得更凶。病人大为生气，提出请护工，三个儿子平摊费用。

病人的二儿媳，说话最苛刻。一次，二儿子夫妇来看老人的时候，正好老人拉了大便在床上。二儿子见了起来收拾，却被二儿媳拦住，说："护工在这儿，用得着你去吗？我们开钱给他，就该他干，不然要他干什么。"田大富皱皱眉头，说："看见自己的爸爸拉屎在床上，收拾是孝心。你这样拦他，是不对的。我拿看护老人的钱，那是我应该得的。我可以不做，你另找人。"

田大富才说完，老人就把二儿媳骂得个狗血淋头，叫她马上从医院滚出去，并不准她再进来，说："这个田师傅我喜欢，就要他做我的护工。你们若换人，我死给你们看。"骂得二儿媳灰溜溜走了，老人才住口。老人出院时，对田大富说，如果还来住院，就点名要他。田大富笑笑，说，莫来住院了，好好的才好。

趁没接活的这个空挡，田大富想与水芹聊聊。

水芹提着行李箱，走下校车，哼着歌，往宿舍去。实习结束，就意味着在校的时间不多了，也就是说可以找工作了，爸爸就轻松了。"看你美美的，想啥呢，田水芹？"张瑶靠近问，"是不是工作有眉目了？去哪里？我想在省城找工作。"

水芹回答："张瑶，我支持你。不过我的情况与你不一样，你是知道的。我已决定回家乡工作，我爸需要我照顾。"正说着，水芹手机就响了起来。

"水芹，你下乡参加社会实践活动回校了吗？"是爸爸的声音。

"爸爸你忙糊涂啦！社会实践活动早就结束了。这回是实习，爸爸，我刚刚到学校，三个月啊，好长哦！爸爸，女儿想你。"水芹捋了捋头发，嗲声嗲气对着电话里说。

"爸也想你，水芹。今天是啥日子啊？"啥日子啊？这一问，倒让水芹糊涂，今天实习才回来，一时竟想不起来。

"今天是你生日啊！"田大富在手机那头说。水芹一听，哎呀叫了起来。这实习太忙碌，忙得自己连生日都忘了。读大学以来这还是第一次。虽然每次爸爸都要打电话来提醒，可自己也是记得的，还邀约同学一起过呢。田大富在那头又说："水芹，爸昨天有事到省城，忙着要赶回来，没有等你。记得你今天要返回学校，就给你订了一个蛋糕。蛋糕会在下午六点前送到你宿舍。你好好与同学一起过生日，吃蛋糕啊。"

水芹惊喜地大喊："老爸万岁！谢谢爸爸。"说完猛拍走在身边的张瑶一掌，"今晚吃蛋糕，我的生日。"张瑶哇哇大叫："有蛋糕吃啦，我不吃晚饭，留着肚子，吃你一顿。"水芹只是笑笑，笑成滴滴泪珠。

这一点没逃过张瑶的眼睛，她知道，水芹不容易，水芹爸也不容易，父女相依为命，走到今天太不容易了。

水芹不想让张瑶瞧见自己落泪，脚下起了风，步子快了起来。记事以来，妈妈的模样是模糊的。那时候，爸爸总说妈妈出远门了，直到自己懂事了，他才告诉自己真相。爸爸妈妈所在的单位属于污染型国有小型企业，被关停。他们同时下岗，那时自己还在上幼儿园。家里生活非常困难，靠爸爸在外做些短工维持。妈妈过不了这个苦日子，与爸爸离婚，嫁给一个刚死了老婆的有钱人，那人大妈妈十多岁。此后，爸爸奔波在艰难的岁月里，抚养自己上幼儿园、小学、中学，直到大学。爸爸始终没有再找一个女人，就这么领着自己过。从幼儿园至今，年年生日爸爸都要提醒她，祝她生日快乐，从未漏过一年。这些年，晚上她做作业时，爸爸就在家打扫卫生或坐在旁边静静看书，从不看电视，也不出去玩。水芹不傻，明白得很，爸爸是在家陪她读书。爸爸在家，她踏实，作业做得认真。这些年，爸爸换过好多工作，骑三轮车给人送货，修下水道洗厨房，上工地扛水泥，搬家，做仓库保管员等，现在好了，做财务工作。为养大她，爸爸忙得像个陀螺似的。下学期结束她就毕业，就可以工作，该到爸爸享福的时候了。爸爸，女儿爱你，永远爱你，我的好爸爸。

张瑶在水芹出神的时候悄悄跑出去，买了一束鲜花，挂上"生日快乐"的卡片，放在宿舍中央的桌子上。几个舍友将宿舍清扫干净，摆上瓜果，准备为水芹过生日。

"请问谁是水芹？"一个穿职业装的女孩捧着一个大蛋糕笑眯眯地站在宿舍门口。

"我是。"水芹一跃而起，迎了上去。

晚上，水芹没有想到，班主任刘青老师会来。"张瑶告诉我的，她买鲜花遇到我，被我审出来的。"说完哈哈笑了起来，"怎么，不欢迎我参加？"

"欢迎刘老师！"众人齐刷刷喊了起来。

刘青欣赏自己这个学生。水芹自身家庭情况不富裕，从不与其他同学比吃比穿比玩。她谢绝过很多同学间的社交活动，把大把的时间花在图书馆。她不像有的女孩子爱赶时髦，也不像有的女孩子醉心于花前月下。她成绩优秀，刘青很是喜爱。学校扩招，需要大量的教师，校领导找刘青老师谈，要从她这个红旗班上推荐一名品学兼优的学生留校任教。自然，水芹的名字就蹦了出来。刘青有心培养水芹，准备在毕业时再告诉她。

在刘青的眼里，水芹朴实、安静，有主见，特别在当下这样浮躁的社会，一门心思扑在学业上，作为一个女孩子，十分难得。她对周围同学成双入对进出出没有丝毫羡慕。不是水芹身体心理有啥问题，这女孩子很健康，人也长得清秀，早有追求者，但都被她婉言拒绝。刘青老师看在眼里，赞在心头。在大学里做学问，就需要这样的人。否则，静不下心来，沉不下身子，浮躁不安，何来的学问？

校领导听了，基本满意，要求刘青进一步考察。这期间，刘青的孙子数学成绩一落千丈，儿子让她这个做奶奶的给辅导一下。刘青哪里舍得批评孙子，长期对孙子的溺爱，使孙子在奶奶面前嬉皮笑脸，说话不听，辅导成了泡影，数学成绩毫无起色。刘青突然想到数学成绩不错的水芹，便叫她每周两次来给孙子补数学课，每节课六十元。水芹答应，但不同意要钱。

刘青批评她，说："我去外面请家教也要出这钱，还比这价高，我还不放心。别争了，何况这钱不是我出，是我儿子出。"其实，刘青知道水芹家庭困难，正好借机帮帮她。

水芹耐心、认真、严肃，果然镇住了这个顽皮的孩子，数学成绩一天天提升，孩子别提有多高兴了，亲切地叫她水芹姐姐。刘青说，看嘛，这就叫用人所长。

水芹来给刘青孙子补课的时候，正是刘青去医院看望老伴的时间。六年前，她老伴在北京做脊椎手术后，性命无忧，但只能在轮椅上生活。她听说脊椎里面长瘤子三百万人中才有一例，概率很低的，可偏生自己的老伴遇上了。既然摊上了就要面对。前些日子老伴重感冒，不得已住院治疗。刘青有一儿一女，女儿在国外读博士，儿子在一家外企工作，担任业务主管，整天忙得不见人影。儿媳是公交司机，平时也没什么时间照顾孩子，所以孙子几乎都在爷爷奶奶家。老伴住院，尤其是周末，就无人带孩子，因此水芹就帮了大忙了，孩子放学时水芹就过来照料，除了两次数学辅导外，其他时间就是陪陪这个孩子。

这天上午，水芹辅导完数学，对刘青说："刘老师，我看您瘦多了。"刘青笑笑，说："这一段时间辛苦你，水芹，我就不说客气话。这几天，老头子好一些，我不用每天都去医院。我们在医院找到一个好护工，他照顾病人就如待自己的亲人一般，我家老头子很喜欢他。夜里我也不必在病房，可以在家好好休息。再这样下去，非把我这把老骨头整散架了。"

水芹说："刘老师，有个护工好，上年纪的人，处处小心才是。"

刘青点了点头，想了一下，说："水芹，你能不能与你父亲商量一下。今年你就别回去过年，就在我家过。老头子那时万一还不好转，我们得去医院，这孩子没人照料也不行。他妈妈去年轮休，今年轮到她上班。你知道的，公交司机越逢年过节越忙。他爸爸得在医院照料老头子啊！我那个在国外读博士的女儿靠不住，去年才回来过年，说好的今年不来了。"

水芹面露难色，说："刘老师，怕要让您失望了。我答应过我爸爸的，今年一定要回去过年。要是我不回去，我爸爸一个人，孤零零冷清清，会难过的。刘老师，这样，我可以在同学中帮您问一个离家远的，今年又不回去过年的同学来照料您的孙子。您看怎么样？"

刘青老师没有直接答复，说："我就是考虑到你的特殊情况，原本并未有此打算，是刚才临时给你说的。护工说他过年不能在医院照料，不然的话，有他在，一切问题迎刃而解。说来也是巧得很，那护工也是答应了他的女儿，一定要回去与他女儿过年，真是一个好父亲啊！"

水芹说："刘老师，您碰到好护工了，是师伯伯有福。还有，师伯伯住院以来，我还没有去看望过。要不今天下午我陪您去看看师伯伯，好吗？"

刘青很高兴，说："好，我正要叫儿子过来带一床被子给护工，他的被子太单薄了，晚上很冷。你这一说正好，我儿子就不必过来，开车来来回回，太麻烦。"

水芹本来也是打算星期天约几个同学去看刘老师爱人的，刘青老师是他们爱戴的好班主任。刘青抱了一床被子出来，说："水芹，你叠一下，路上好带，我去挑选几个水果。"

水芹叠着被子，被子是新的。刚才刘青老师说到的护工，也是答应他女儿要回去过年，让她心里好生感动。这个护工是个好父亲，像自己的爸爸一样。

不知怎的，今天天蓝得让水芹觉得有些恍惚。她抱着被子，跟在刘青旁边。又是一个暖冬，她暗自感叹，希望陪爸爸去西双版纳过年的日子，天也是这么蓝，云也是这么白。

田大富端来一盆热水放在床边，用手试了试水温，把病人的双脚轻轻放进水里。他握住病人饥瘦如柴的脚轻轻按了按，揉了揉。揉按了一会儿，拿过毛巾，擦干净，然后缓缓把病人双脚放进被子里，盖好被子。

这正好被走到病房门口的水芹看在眼里。田大富背对着门，可水芹一眼就认出，那背影是那么熟悉，那么亲切，不是爸爸还会是哪个？

水芹突然鼻子一酸，心中悲喜交集，无法控制自己，抱着的被子掉在地上。她靠着门框，泪水决堤。

"爸爸。"水芹叫道。

飘落的松毛

一

今天发生的事，明珍做一万个梦也梦不到。

明珍早早起来，像往年一样，在腊月里切白萝卜片。

咣当咣当的切菜声，像有魔力一样，唤来了阳光，塞满院子，挤走了刺骨的晨冻。明珍切好白萝卜片，用稻草串起来，挂在竹杆上。串串白萝卜片随风摇晃，闪着银光，飘散出淡淡的清香味。她深吸一口香气，很得意，看了一眼正在耳房前喂牛草的男人，说："够明年吃的了。我去做早饭。"

"嗯。"男人回答。

男人叫老土豆，他看了一眼妻子的背影，又看了看挂着的白萝卜片，心里热和和的。老土豆抱了几捆松毛，看看牛圈铺得差不多了，转身到门口，端起盆，给老黄牛喂水。

"慧珍回来了！"堂哥肖天所跑进院子，扯开嗓子，对着老土豆说，声音大得像炸雷一样。房顶上，正在嬉闹的几只麻雀吓得展开翅膀飞走了。

肖天所是卧萝村出名了的"传话筒"，最喜欢东游西逛，成天在人多的地方凑热闹，什么事他都是第一个知道。

"你说啥，哪个来了？"老土豆似乎还未反应过来，懵懂地问。

"慧——珍——回——来——了！"堂哥抬高嗓门，一字一句地说。咣当一声，老土豆手里的盆落了下去，掉在地上，水花四溅。老黄牛蹭着圈门，对着主人哼叫起来，似乎在表达它的不满。

明珍从厨房里跑出来，院子里只有牛在瞪着她，牛舌在两个鼻孔下舔进舔出，舔得她心慌意乱。

"明珍，真的是慧珍。骗你是小狗。"老土豆是一路飞跑回来的，说完这几句话，就往鸡圈大步走去，"已跟她说好，晚上来我们家吃饭，到时好好唠唠。"老土豆拉开圈门。鸡"咯咯咯"乱叫乱窜。他抓住一只老母鸡，掂了掂，又放进去，再次抓出来一只，点点头："嗯，这只壮些，就杀这只。明珍，你去后山菜地里拔几棵白菜、大葱、蒜苗。"

慧珍来了，真的来了？明珍背着背篓，念着，走着。长满蚊子草的地埂路在她脚下蜿蜒向前。她低着头，高一脚低一脚，往后山走。路边有人一样高的倒挂刺树，树上的刺刮破她脸颊，她像没有知觉一样，不知道疼。

明珍来到后山，一时竟想不起来干什么。她呆呆地看着山脚，那儿有条河，河上有座桥。桥是新的，是上面来的人牵头筹措资金修建的。宽宽的水泥桥面，壮实的石砌桥墩，过车、过人、过牲口，非常方便。桥修建以前，可不是这样。那时，这里是一座木桥，木头腐朽，桥面泥滑，很窄，过桥得十分小心，稍不留神，就会滑进河里。

明珍就这么直愣愣地看着，想着。当年的一幕幕，就像河水一样哗啦哗啦从大脑里淌过。她与慧珍同岁，她生在年尾，慧珍生在年头。两家的地紧挨着，大人做农活时，就把她俩放在一起滚泥巴。两人你抓我一把，我抓你一把，抓着抓着，就抓到念书的年龄。她们上的小学就在隔壁村子，十几分钟就到。两人手拉手，脚挨脚，一起上学，一起放学。放学时，不是明珍等慧珍，就是慧珍等明珍。两人回到家，放下书包，挎上大花篮，拿起钉耙，在土桥上相遇。她们去山里抓松毛，或搂树叶子来垫圈。

明珍呼哧呼哧地喘着气，来到土桥，慧珍早已在那儿等着。路上，经过小麦地时，慧珍瞅瞅四周，要明珍放哨，她跑进地里。青黄色的麦浪在风中窃窃私语，麦穗丰盈，麦粒饱满。阳光洒下来，仿佛到处都是跳跃着的碎金。很快，慧珍摘得两把麦穗，递给明珍一把。到了山上，她们点燃松毛，烧麦穗，揉去麦壳，吹着吃。有时，慧珍会带上几个洋芋，在山上烧了吃。柴火烧熟的洋芋，吃起来又沙又面，两人吃得舔嘴抹舌，即使今天想起来，明珍依然淌口水。日子就这么在刨洋芋、抓松毛和找猪草中悄悄溜走了。两人一晃长成大姑娘，长着一样的瓜子脸，有着一样的水汪汪的大眼睛，爱扎着一样的麻花辫。唯一不同的是，笑起来时，慧珍有两个好看的酒窝，但明珍没有。明珍搂着慧珍说，分一个给我。外村的人以为她俩是双胞胎姐妹，常在她们身后议论，看，是卧萝村的两朵花，不知哪家男娃有福气，能讨到她们。她俩听了，不说话，只顾低着头，脸羞得红通通的，红成了山上的松毛尖，把路都染红了。慧珍的妈妈逢人就说："明珍慧珍不是姐妹胜似姐妹。"慢慢地，两人有了难以启齿的心事。明珍永远也不会忘记，那些被心事塞满了的日子，黑了又亮，亮了又黑，心事不分黑白地疯长。

两姐妹犯愁了，暗暗喜欢的人，竟然是同一个，这让她俩多了一份不自然的羞涩和尴尬。

自从有了心事后，明珍的梦境里开满了洋芋花，落满了黄生生的松毛，她常与那人在金黄的松毛上缠绵。梦境很美，只有他们两个人。

"慧珍，经常梦见一个人不会是一种病吧？"明珍手里拿着一根松毛，望着脚下的泥巴路，用脚尖踢着石子，轻轻问。

"傻妮子！"慧珍背着松毛停在柳树下，回过头来说。慧珍额头沁出微微的汗珠，顺着脸颊，落进酒窝里，一缕乌发黏在脸颊，脸红通通的，赛过山上的三角梅，"也是一种病，相思病。我昨天对你说过，咱俩都患病了。"慧珍声音似柳枝揉春光。

"可是，治相思病的药只有一副，患病的却是两个，咋个办呢？"明珍来到土桥上，低着头，望着河里滔滔的洪水，内心汹涌澎湃。她把手里的松毛丢入洪水里，松毛瞬间被卷走。

"那就凉拌！"走在前面的慧珍，头也不回地说完这句话，咯咯咯地笑了起来，身上背着的装满松毛叶子的大花篮随着笑声一耸一耸的，几根黄色松毛飘入桥下奔腾的洪水中。

想到这里，明珍叹了一口气，唉，都过去二十多年了啊！可那一幕，就如长在她大脑里，生了根，让她疼得常常做噩梦。醒来时，她一身的冷汗，心怦怦跳个不停，就像慧珍从里面跳出来站在她面前似的。

"妈！"身后一声喊吓了明珍一大跳，回头一看，是儿子小海，"妈，菜拔够没？爸等着用。"

"我还没拔呢，儿子，来帮妈妈。"明珍这才反应过来。

二

虽然离开卧萝村二十多年，可这儿的一切，对慧珍来说，还是那么熟悉，那么亲切。

踏上桥的一刹那，慧珍的心仿佛扎进一根针，一阵阵疼传遍全身。她紧锁眉头，倚在桥栏上。愣了一会儿，她对身边的父子俩说："这就是我说的土桥，现在变了，是新修的。"

河堤上一排排的柳树枯黄，光溜溜的枝条抽打着寒风，似乎要抽出藏匿于慧珍心底深处的伤疤，让她感到刺痛噬骨。慧珍望着哗啦哗啦往下奔腾的河水，她的心也哗啦哗啦地淌着血，连泪水也哗啦哗啦地涌，溢过她脸颊，流进岁月的长河里。

那年，正逢雨季，连日的大雨，像是水从天上泼下来一样。好不容易盼到太阳露脸，在家窝了几天的慧珍，约上好姐妹明珍，上山抓松毛。她最好的伙伴就是明珍，谁要是找不到明珍，问她保证知道，同样要找她，问明珍就行。平时一有空，两人就上山抓松毛。松毛垫圈最好，猪呀牛呀睡在上面最舒服，时间久了，松毛腐成了粪，就成了种洋芋最好的肥料。村里种植洋芋大户老土豆（她俩亲切地喊他豆哥）就喜欢用这种肥料。有人说豆哥最傻，放着化肥不用，偏要用牛圈猪圈里的粪，费时费力不说，收成也不如施化肥的。有一次慧珍问："豆哥，你咋个不像其他人一样用化肥，多省力啊！"老土豆露出憨厚的笑容，反复搓着手，就像多搓几次，就会搓出一大堆农家肥似的，他说："我不喜欢用。我发觉用过化肥的土壤，硬板得很。还有，长出来的土豆，没有用农家肥长出来的好吃。"慧珍听了，就回去给爹说了，爹却说："仗着他多读了几年书，多喝点墨水，就啥都知道了。放着洋芋不叫，偏生叫什么'土豆'，半土不洋的，我咋个觉得这么别扭呢。难怪人家喊他'老土豆'！我种了一辈子的庄稼，筹备农家肥的辛苦，哪个不知哪个不晓？用化肥省时省力还丰收。他怕是没钱买化肥吧？""我豆哥有钱！"慧珍嘟囔道，不满地看了爹一眼。"有钱有钱，他有个啥钱！你豆哥，你豆哥，你少与他来往。爹听说村头明珍喜欢他，爹只有你一个闺女，不想让你受气。"

慧珍听了，脚底抹油，早溜出门去了。

慧珍与明珍一到山上，各自抓好松毛，装满大花篮，两人有说有笑地背着松毛走下山，走过田坝，来到这座当时还是土桥的桥上……

"慧珍，过去的就过去吧，不要去想了。走吧，回家看爹妈要紧，他们看到失而复得的女儿，不知会高兴成什么样子。"男人温暖的催促声，打断了慧珍的思绪。

慧珍抹抹眼泪，抬起头来。熟悉的路段，埂子上熟悉的串串打浪碗花，花朵笑眯眯的，就好像想起她来了，似乎在欢迎她。前面，飘来熟悉的味道，披着金色阳光的卧萝村，家家房屋上升起缕缕炊烟。

对，过去的事就过去了，又算个什么呢！慧珍紧锁的眉头舒展开来，笑意填满圆圆的酒窝，脚下的步子轻快了起来。爹，妈，女儿回来了。

三

院子里，鸡咯咯咯地惊叫着，碎鸡毛和着灰尘，尽往阳光里飞。老土豆抓住鸡，把鸡头往后捏住，扯下一些鸡脖子上的绒毛，刀使劲一划，一股鲜红的血液滴在碗里，碗里是放了盐的清水。看鸡血淌得差不多了，就把断气了的鸡放在盆里，提过烧好的开水，往盆里倒。浸泡了一会儿，老土豆把鸡翻了过来。他先把鸡嘴壳子扒下，又把鸡脚鸡腿上的皱皮抹下，这才开始一把一把地拔鸡毛。

"嘿嘿，真没想到。像做梦，慧珍竟然活得好好的。"老土豆嘟囔着，那些过往，就如一根根鸡毛似的，在眼前晃动起来。

那天，天与洋芋叶一样绿，朵朵白云，就如盛开的洋芋花。也许是下雨的缘故吧。老土豆决定把屋后的几座粪堆搅拌一次，让粪堆捂得更肥些。他都是头年把来年需要的农家肥准备充足。

老土豆很自豪，他搅拌粪堆是有绝招的，多少粪渣掺一粪箕石灰、多少粪渣泼上一桶粪，便达到最好的肥力效果，他都心中有数。拌了四五个钟头，全身是汗，腰酸溜溜的，他放下钉耙，来到黄皮梨树下，坐在那个早已废弃的磨盘上。磨盘上放着一壶水和一块沾满汗渍的蓝色毛巾。他拿过毛巾，擦擦汗，拿起水杯，喝了一口茶，一种沁心的舒服感觉让他咂了咂嘴。"今年又是一个丰收年。"他自言自语地说。

"老土豆！"堂哥肖天所脸色寡白，慌慌张张跑着，看见他，就喊，"慧珍掉进河里了。"

咣当一声，老土豆手里的茶杯落在地上，瞬间碎了。"这该死的洪水！"他疯了般往河边狂奔而去。堂哥也跟在他屁股后面拼命跑。

老土豆个子高，身体壮实，五官端正，虽然长有抬头纹，但其实并不老，才二十来岁，与慧珍明珍是同班同学。初中毕业后，没有考上高中。慧珍明珍卷起铺盖回家，他选择读职中，学农作物种植。两年后毕业回到村里，承包了十几亩土地。这些地是去外地打工的人家的，这些人都乐意租给他。他的承租费很低，土地闲着也是闲着，有人经管，不长杂草，地就不会荒。他专职种起洋芋来。村里人叫洋芋，他自个儿叫土豆，收起后，他种植黄萝卜白萝卜。不几年，置办了农用汽车、牛车、马车，修通了去地头的路，解决了原来人背马驮运肥料的艰辛，一时出名了起来。但真正让他出名的，是他从不使用市场上卖的化肥，只使用农家肥，就是猪圈牛圈里那些腐质。现在，他的洋芋才出地，就被运走，主要客户是城里的饭馆和蔬菜市场的商贩。人们都说他家的洋芋好吃，沙沙的，面面的，香醇可口。他笑呵呵地说："咱种的土豆啊，有老土豆的味道，醇香，纯沙。"于是，"老土豆"的名声响了起来，也成了他的名字。

山上的松毛落了一拨又一拨，地里的洋芋花开了一茬又一茬，老土豆对慧珍、明珍格外地好，笑称他是她俩的保护伞。其实，两个女孩子的心里早就有了他，常豆哥长豆哥短地呼叫。起先，三人经常在一起玩，后来，明珍慧珍常常有意无意地单独约他。

老土豆赶到河边，山洪咆哮的声音不断地撞击耳畔。山洪狰狞，似一群受惊的野黄牛，顺下游狂奔，势不可当。

桥边，一个装满松毛的大花篮躺在那儿，明珍靠在花篮上，脸色灰得像洋芋地里的泥巴。她坐在稀泥巴地上，身子起伏着，双眼使劲地瞪住洪水，眼泪簌簌地流着。

老土豆呼喊着慧珍的名字，一遍又一遍地骂着"该死的洪水"，顺着河岸疯狂地往下游奔去，几次跌倒，爬起来又跑，弄得全身黄泥稀稀的。

四

"明珍,你看,谁来了?"正在厨房剁肉的明珍紧绷着脸,听到"慧珍"两个字,手不自主地抖动一下,差点被刀切着。她按住胸脯,深深呼吸了一下,忙迎了出来。

真的是慧珍,除了体态有些发福外,基本没有变化。明珍呆呆地站着,似乎还没有从意外中回过神,神色有些迷茫,脚下沉沉的,似有千斤坠。慧珍一眼就瞧见明珍,心里咯噔地疼了一下。岁月真是一架水磨石,把明珍磨成这样!才四十多岁的女人,两鬓咋个白得这么厉害,额头上布满了皱纹,皮肤粗糙,当年的风采呢,难道埋在洋芋地里了?

两人静静地站在彼此面前,静得听得见彼此的心跳声。

"明珍!"慧珍盯住明珍,先叫道。

"慧珍!"明珍应了一声,手往旁边伸过去取凳子。

"二十多年没见面,你变了,都长出那么多的白发啊!"慧珍站在那儿,一直盯住明珍。

"慧珍,咋个你一点也没变,头发还是那么黑油油的,皱纹也少,脸色红润。这些年你过得好啊!"明珍看着着慧珍身后的人说,"他们是你的老公和儿子吧?"

"是,这是我老公阿泰,这是我儿子小伟。"慧珍望着身后的人,眼神顿时亮了起来,透出慈爱。阿泰朝明珍点点头。

"儿子都这么大了?"

"读大学了!"

"进屋说,进屋说。先喝水吧。"老土豆嘴咧着,一直咧着,从明珍手里接过凳子,给慧珍一家递了过去,然后又去端茶水。

明珍说:"慧珍,见到你,我真没想到,我太开心了。你们唠着,我做菜去,做你喜欢吃的菜。"

"听说你们回来,我呀,高兴得直跳,中午就催明珍到地里拔白菜、大葱、蒜苗。我呢,在家把鸡宰好了,还把洋芋粉搅拌好,自己种的,用现在时髦的话来说,是没有施过化肥的生态食品。"老土豆边倒水边说,"先喝点茶水,马上就吃晚饭。"

"豆哥,咋个?你现在也说洋芋了,记得你以前都说土豆的。"慧珍笑道。

"哈哈，得随大流。我改口了，可村民依然喊我老土豆。"老土豆笑呵呵地说，"先喝着水，我去厨房看看。"

老土豆来到厨房。"明珍，咋个发呆呢？看，锅里的开水溢出来了！"

"哦，一下就好，一下就好。"明珍忙把豆腐圆子倒进锅里，锅里白菜已煮熟。看着满桌的菜，慧珍说："豆哥，你们太客气了，我们又不是外人，都是一起长大的。明珍从小与我一起长大，是我最好的姐妹。虽然说二十多年没见面了，但我们依然是好姐妹。明珍，你说是吧？"

"是，是。慧珍说得对。"明珍连忙回答，赶紧夹菜给慧珍。

"那年，我与明珍去抓松毛，回来时路滑，我不小心就跌进洪水里。万幸的是，我还背着一大花篮松毛，没有沉下去，被发疯了的洪水裹着，顺着下游冲去。我以为完了，连呼喊救命的念头都没有了。就在这时，我被一根木头撞着头，就晕了过去。"慧珍说到这里，抹着眼泪。

老土豆望着慧珍，静静地听。见她抹眼泪，忙起身拿了一包纸巾递给她。明珍低着头，没有说话，她听见自己的心跳声。儿子小海瞪大眼睛，禁不住"啊"了一声。

阿泰拍拍慧珍的背，笑笑，说："都过去了啊！我替你说吧。我当时骑着单车，走村串寨，销售我家治疗胃病的祖传秘方，赚点小钱。那几天常常下雨，我只得闷在镇上的小宾馆里。好不容易放晴，我就翻过山，来到山里小坝子兜售我的药。记得当时天不早了，药卖得差不多了，我要回镇上去。有一段路是沿河而走，就看到河边一棵垂倒的柳树枝上挂着一个人，慧珍当时已晕了过去。"

阿泰喝了一口茶水，接着说："我发觉她还有气，就把她扶在单车上，往镇上赶，想救治她。路上她醒了。我问她家是哪儿的，打算送她回家。让我吃惊的是，她啥也记不起来了，连她叫什么名字也说不上来，她身上也没有什么证件，我只好把她扶上单车，带到小宾馆，给她头上包了药，守着她调理了几天。后来她还是啥也想不起来，我知道，她失忆了。那时，小宾馆也没人认识她。就在这时候，我老家来电话，母亲病重，全家着急万分，叫我赶紧回去，去晚了恐怕就见不到母亲的最后一面。我只有领着她回贵州老家，也是想给她慢慢治疗，恢复了让她回家，她家人一定着急的。后来几年过去了，她还是记不起来。她很喜欢我，走到哪里都要跟着。几年相处下来，我也喜欢她，村民、家人也不断地撮合，我们就成家了，第二年我们就有了儿子小伟。"

"原来是这样啊，那就好。"老土豆听到这儿，嘴咧开，"那就好。"

"那慧珍的记忆恢复了吗？"明珍一直没有说话，听到这里，抬头望向阿泰，问道。

"那一定恢复了啊，不然怎么会回来。"老土豆笑了，看着明珍接口说。

"是的，恢复了。"阿泰看了慧珍一眼，给她和小伟各夹了一块鸡肉，接着说，"三年前，我们住进了新房子，老房子关牲口。到了雨季，雨下得很大，发生了泥石流，老房子和牲口都被埋了。当时慧珍正要去喂牲口，亲眼目睹了这可怕的一幕。她似乎想起了什么，大叫一声，跑回来喊我。我把牲口救出来后，发现慧珍性情大变，不吃不喝两天，躺在床上不说话。我急了，以为她咋个了，其实是她恢复记忆了，过去的点点滴滴慢慢地记起来。后来，慧珍告诉我，她背着一大花篮松毛，没注意看路，经过土桥时，滑落到滔滔洪水里……"

"都过去了，不说了，说这些干啥呢？现在不是活得好好的嘛。其实，得感谢那次洪水，不然我怎么遇得上阿泰，这应该是我的命吧。"慧珍接过话头，微笑着说，酒窝一闪一闪的，就像所有的过去，都被她装进去了。

"对对对，这就叫缘分！吃菜，吃菜，光说话，菜都凉了。"老土豆笑呵呵地说着，站起身给众人夹菜。

明珍站起来说："菜都凉了，我去热。"

厨房里烧着的一壶水腾腾地冒着热气，壶盖呱嗒呱嗒地响着。明珍呆呆地站在厨房里，直到老土豆来喊。

五

看到爹妈衰老得不成样子，尤其是爹病重得已经下不了床，慧珍心里那个疼啊，心里直骂自己不孝。

妈悄悄说："人都会老的。你爹没有多少日子了！"妈佝偻着身子，走路歪歪斜斜的，偶尔还会晕倒。慧珍与阿泰商量，决定留下来陪陪两个老人。

阿泰也是这意思，老家贵州那边，父母都离世了，几个哥哥过得都挺好，没啥牵挂的。慧珍真的不容易，爹妈原本就只有她一个女儿，这时候是最需要人的，是该好好尽尽孝了。慧珍感激地望着丈夫，忍不住又掉了眼泪。

妈告诉慧珍："这些年，全靠明珍，她把我们当成她的父母一般，逢年过节送好吃的。耕种收割时明珍、老土豆还会来帮忙。明珍是好女人啊，不然我与你爹也过不得这么顺当。慧珍啊，难得明珍与你好姐妹一场，每年每逢到你落水那天，都去河边烧纸钱点香，哭得不得了。真的难为她了。"

慧珍听了，也哭个不停："妈，女儿不孝，让你与爹受罪了。这回，你女儿、女婿回来了，你就把心放在肚子里吧。我们不走了，你们就等着享福吧！"

妈抱着慧珍，眼泪汪汪的。二十多年了，除了爹妈模样变化极大，家里没有变化，连那些家具的摆设也是慧珍在时的样子。看到妈床头还挂着她做姑娘时的照片，慧珍心里头一热，紧紧抱住妈妈，任凭泪水流个够。听说了慧珍他们要住下来，老土豆放心了。他认为应该这样，大家对慧珍男人阿泰很满意，慧珍有福了。

老土豆心里一直有个疙瘩。他不是木头，那些年，他知道慧珍、明珍都喜欢他，他也喜欢她们。两个人都私下问过他，甚至在一起时当面也问过同样的话："豆哥，你喜欢我们中的哪个？你说一个名字，没说的一定不会有意见，会成全你看中的，会很快远嫁他乡的。"

每次他听了，红着脸，不知道该怎么回答。村里同年龄段的女孩，早就出嫁，当了妈妈。直到后来慧珍落了水，都以为她死了，他才讨了明珍。自那以后，他心里一直不好受，如果早日表明态度，也许明珍慧珍有一个就会嫁出去。答应明珍，慧珍嫁出去后，就不会再去抓松毛，也就不会赶上洪水，就不会失去宝贵的生命。老土豆越想越觉得他是罪人，对不起慧珍，对不起慧珍的父母。这些年，他把慧珍父母当成他的父母对待。好在明珍非常善解人意，理解他，与他一样，对慧珍的父母很好。看到两个老人脸上终于有了笑容，老土豆心里才好受些。现在，慧珍竟然没有死，还活着，还活得好好的，有了家庭，有了爱她的丈夫，也有了上大学的儿子，老天真是长眼啊。老土豆一下子轻松了起来，心里那块沉石终于可以搬走了。他捡了几袋洋芋，连同明珍包好的几袋白萝卜片，送了过去。他们一下子多了三个人，需要吃的。他种的洋芋可是出名的，都是饭桌上的宝贝货，供不应求的。明珍做的白萝卜片，也是村里有名的，用来炖排骨，味道鲜得很。

老土豆回来后，告诉明珍："慧珍特地说，她最喜欢你做的白萝卜片。"

"那就好。慧珍回来，她爹妈有她照顾，我就省心了。"明珍接着说，"我得趁做得动，多做点，咱们儿子要读研究生，需要钱。"

"那是！"老土豆朝屋里喊道，"儿子，你小伟弟对这儿人生地不熟，你多去找他玩玩，免得他不习惯。"

明珍道："天都要被你喊破了。儿子在复习，考研，时间金贵着呢，让他安心复习，就不要打扰他吧。"

"两个孩子在一起玩玩就影响复习了？"老土豆不满地望着明珍。

明珍听到责备的话，眼泪突然滚落出来，她没有接话，背起背篓，默默地往外走。这些日子，慧珍可是一个大忙人了，阿泰在地里忙，她在家里忙，把家里收拾得干干净净。爹妈的被子、穿戴的衣物全部清洗了个遍。今天又是一个好天气，她抱出被子，爬上楼顶，将被子晾在竹竿上，让太阳晒晒。被子多晒晒，干净松软，不潮湿板硬，爹妈睡着舒服。

嘿，那不是明珍吗，背着背篓去哪儿呢？可能是去地里割猪草吧。

"明珍，明珍。"慧珍挥着手，大声喊道。

没有回应，可能她没有听见。唉，明珍整个人的精神状态很差，面容憔悴，身子也有些弯曲，尤其是头发，长了那么多的白发。明珍还小自己好几个月呀，但看上去比实际年龄起码大了十岁。看来，耳朵也有些背。

看着明珍远去的背影，慧珍又叹了一口气。过去的事不想，其实做不到，明珍与她同时喜欢上了豆哥，暗暗发誓非豆哥不嫁。

那年秋天，两人决定与豆哥摊牌，她们约豆哥上山抓松毛。深秋的乌蒙山连绵蜿蜒。山坡上，一蓬蓬的红叶红通通的；山谷中，满谷的树叶黄灿灿的；山涧，小溪潺潺地流，唱着她们特有的歌谣；低处，一汪一汪的清水静悄悄的，树叶一落，微波荡漾，揉碎了水中的树影。慧珍清楚地记得，豆哥被两人问急了，流着汗，红着脸，说："你们谁先嫁出去，剩下的那个,我就讨她。"慧珍、明珍听了,更是羞红了脸,没有再说话,只顾低头抓松毛。天渐晚,下起了小雨,三人背着松毛,默默返回。山路向远处延伸,似乎走不到尽头,风轻轻地吹,雨轻轻地下,三人就这样,背着松毛,走着,心里各有说不出的滋味。

"慧珍!"一声喊把慧珍从回忆拽到现实。

"妈,我在上面晒被子。"慧珍回答。

"下来,扶你爹到院子里晒太阳。"

"好,马上。"慧珍走到楼梯口,自言自语地说,"唉,不再想了,痛也痛了,伤口已长疤,就翻过去吧,都不容易的。"

暖暖的金色阳光,从树叶间隙洒下来,落在楼梯上,如细碎的金子。慧珍朝爹走去。

六

妈对慧珍说:"有你们在,农活轻松了很多。"慧珍笑笑,给妈捋捋散在脸上的几根白发,然后把爹换下的衣物抱到外面,放进洗衣机清洗。这些日子,她与阿泰在地里忙碌,太阳落山时他们才回来。妈已经煮好了饭。刚吃完饭,小伟从省城打电话回来,快要挂电话时,说:"妈,小海哥考上了研究生。"

"啊,真好!"慧珍放下电话,走出来,对正在院子里喂猪的阿泰说,"小海考上了,我告诉明珍去。"说着,就要往外走。

"慧珍,明珍他们一定知道了,你想,小海会在第一时间告诉他们的。干脆等几天,小海回来,我们把小伟也喊回来,两家人在一起吃一顿饭,好好庆祝一番。"阿泰在围腰布上擦着手说。

"好吧,还是你想得周到。"慧珍赞许地说,她对自己的男人特别满意,认为他样样好。自来到卧萝村,白天干活,晚上还给村民看看病,抓抓药。当年,她恢复记忆后,把自己以前的点点滴滴都告诉了他。只是,还有那么一点,她没有说,她不想说,深深地埋在心底最好。

阿泰走了过来,放下猪食盆,压低声音,说:"我怎么感觉明珍有些躲我。难道我哪里做错了吗?"

慧珍一听,心陡地疼了起来,忙说:"你误会了,男女有别啊,她与我就是无话不说的。你别多想了。"

"我看明珍对你也是有些躲，这里面一定有误会，有机会我找土豆哥说说。"阿泰继续说。

慧珍从阿泰手里接过猪食盆，叮咛道："千万别说这事。你碰到明珍还是要热情的。听我的，好吗？"

阿泰露出迷茫的眼神，说道："好吧，听你的。你与明珍原本就是好姐妹，你们互相了解。我就不说了。"

"这还差不多。人家今晚想早些睡，你看你这一身臭烘烘的，白安装太阳能了，还不去洗洗。"慧珍突然扭捏了起来。

阿泰大喜，顺手在慧珍身上掐了一把："好呢！"

小浴室的水哗啦哗啦地响，慧珍的心也在随着响声翻腾。丈夫说的这些，其实她早已看出，有好几次，与明珍路上遇着了，明珍总是要拐个弯，往另一条岔道上走去。明珍啊明珍，这些年，不管怎么说，多亏了你照顾我的父母，我是不会忘记的。你也有亲人，我同样要像你对待我父母一样善待他们。好好过日子吧，过去的事就过去了。有的事不宜再揭开，明珍你也要跨过你心里的坎。

外面一阵嘈杂声，慧珍打开院门走出来。人们慌慌张张从门口往西跑去。老土豆的堂哥肖天所慌脚慌手地跑了过来。慧珍忙问："天所哥，咋个啦？"

"明珍喝农药，死了！"肖天所说了这么一句，人已经跑远了。

"啊？啊？咋个这样呢？"慧珍一时手足无措，大脑空空，靠在大门上。

夕阳掉在西山梁上，血红血红的。明珍的生命落在这个血色残阳的傍晚。

按照卧萝村的风俗，村里的人死在外面，就不能把尸体运进村。老土豆、肖天所以及阿泰等人，连夜砍来几棵柳树和很多青柏树枝，在大河桥边那块空地里搭起临时灵棚。上了年纪的几个老太太在灵棚上挂上许多白色的布条，夜风一吹，沙沙作响。

慧珍默默来到灵堂前，燃香，烧纸，望着明珍的遗像，心里说道："明珍，我们可是好姐妹啊！你把我推入滔滔洪水里，我至今没说什么，也没对任何人说过，对你依旧好。咋个啦，你反倒想不开，竟寻短见了呢？"

夜色沉沉，冷风阵阵，似乎有无奈的叹息声。

那个叫朱海的男人

天色越晚，朱海越急。终于赶到西平市南湖小区，他拿出纸条，五楼左边，他步子快了起来。爬到五楼，他喘个不停。就是这里，他抹了一把汗，"咚咚咚"，敲门。

哐当一声，门开了一条缝。一个胖女人探出头来，圆乎乎的脸上有一双细长的眼睛，头上缠着很多发卷。她望了望门外站着的男人，问道："你是哪个？来找哪个？"

"朱海。我找李嘉。请问他在家吗？"朱海连忙赔着笑脸。

头缩了回去，门哐当一声重新关上。朱海一愣，难道找错了，这个地址是陈莉告诉他的。他怕忘记，还专门写在一张纸条上。他急忙拿出纸条，边看边逐一对照，没错啊，就是这儿呀。门哐当一声，又开了。一个理着平头的中年男人堵在门口，白净的脸上没有任何表情。"找我有哪样事？"他盯住朱海，问。

"耽误你点时间，有事。"朱海说得很轻、很慢。李嘉不说话，盯住朱海看。朱海移开视线，看了屋里一眼。房间装修豪华，正门对着的那面墙边摆着两盆吊兰。缠着发卷的女人穿着睡衣懒洋洋地坐在沙发上。朱海急忙收回视线，压低声音说："我们去院子里说，我是雪琴他爸。"

李嘉脸上露出惊讶的表情，从上到下，把面前站着的男人看个遍。他犹疑片刻，回头对屋里说："我出去一下。""快些回来啊，给我解发卷哦。"女人的声音从里屋传了出来，软绵绵的。

"知道了。"李嘉拉上门，紧了紧衣领，对着朱海说："走吧。"

深秋的夜晚有些冷，院子里没有人，连小猫小狗也没有。李嘉来到一个石桌旁，往石凳子上吹了吹，坐了上去，然后努了努嘴，示意朱海坐下。朱海坐在他对面，摸出一包皱巴巴的紫云烟，掏了一根递过去。李嘉接着，朱海拿出打火机给他点上烟，顺手把打火机与烟盒放在石桌上。

"怎么不抽？"李嘉问。

"戒了。"朱海用手摸摸自己有些银色的鬓角，低声说。

"戒了？"李嘉低头吹了一下桌面，一片叶子随即飘去，很快消失不见。

"对，戒了，为雪琴。"朱海说得很慢，显然，他要李嘉将每一个字都听清楚。

李嘉重重吸一口烟，抬头看着他，说："为哪样事找我？"

"为雪琴母女。她妈残了，她失忆了。"朱海脸上阴沉沉的，眼睛红通通的，仿佛几天几夜没睡觉。

"残了？失忆了？"李嘉身体颤了一下，抖了抖烟灰，狠命地猛吸几口，吐出青烟。

朱海望着青烟一圈一圈的，一个比一个大，在他与李嘉之间不断扩散，扩散。那些事儿在烟圈里，一桩一桩地浮现出来。那时，朱海还不知道有李嘉这个人，是雪琴的事，才让李嘉这个名字出现在朱海的生活里。

朱海戴着遮凉帽，扛着一桶水，陈莉挎着包包，阳光洒在他们身上，两人一路说笑着往家里走。

开门，进屋，家里静悄悄，雪琴还未起床。

陈莉很失望，眉头一皱，正要发火，朱海摆摆手，摇摇头。他接过她的包包放在沙发上，把水放下，再抱起，安在饮水机上，按下电源，红灯亮了起来。他向厨房走去，很快，厨房就响起了切菜的声音。

那声音像一股暖流，入心入肺，陈莉顿时感到心里暖暖的。朱海就是这么一个人，什么都包容得下。有一本书说有的男人心胸宽广，像大海。他就是这类人，自己与女儿雪琴有那么多的毛病，他从不在意，从不指责。尤其是雪琴，对他这个继父的态度极为不恭，像仇人相见一样，他却从不计较，总是以自己的方式容忍、呵护着她们母女。

早上，陈莉走时还特意交代雪琴，说："趁今天周末，妈与你爸去爬山。妈这身子骨，再不动动，将来你结婚生子，我就带不动孙子了。你在家做饭吧。"

可爬山回来，雪琴还没起床，这么大的人，还这样，真不像话！平常都是朱海做好饭，她与雪琴吃现成的。唉！真叫人生气啊，怪平时对她太溺爱了。

朱海却不赞同陈莉的想法。他觉得他有福气，是陈莉给了他一个家。陈莉从不嫌弃他，不向他索取什么，而是和和乐乐与他过日子，这不正是他追求的生活吗？雪琴对他这个继父有看法，不理解她妈再婚，也不了解他，心里有气，他能理解，她毕竟是小辈嘛！更何况她正陷入情感的痛苦之中，一直未走出来。失恋两年了，就这么把自己封闭了起来，像套上了一层外壳，将自己包裹得严严实实的，不向他人打开心扉，也包括他与陈莉。唉，这孩子，何苦呢，天下好男人多的是，何必在一棵树上吊死呢？朱海曾试着开导雪琴，可她不愿意与他说话。有一次竟恶狠狠对他说："你是哪个？管起我来。"陈莉的话也不听，为此陈莉不知哭过多少次。

陈莉走进厨房，说："我帮帮你。"

"不用，你去叫雪琴起床，吃饭。"朱海一边应着，一边炒菜。他炒了几个菜，都是雪琴爱吃的，又做了一个酸菜红豆汤。

雪琴开门出来，她垮着脸，牛仔衣裤下的身子显得很单薄。朱海指着摆好的菜饭，说："雪琴，饿了吧，快来吃。看我给你做了你爱吃的。"

雪琴没有回应朱海，对着正在添饭的陈莉说了一句："妈，我不在家吃，有事要出去。"话音未落，人已出门去。

陈莉忍无可忍了，声音大了起来："你……"却被朱海用两个指头压住嘴唇，说："算了。"陈莉白了他一眼，说："你呀，就是太好，太惯她，她才这样任性。"

"她心里难受，失恋对她的打击太大了。她不是无情的人，正因为重情，这个坎才难过。只要是男人她现在都痛恨，心里的结别人帮不了，只能靠自己走出阴影。"朱海安慰陈莉，"吃饭吧。"

陈莉眼圈红红的，有些哽咽，说："雪琴总是这样对你，让你受委屈了！我们结婚这么久了，她都没有喊过你。"

"哈哈，哪来的委屈啊，一家人不说这些话。吃饭吧，酸菜红豆汤好喝，是用刚才从山上背来的山泉水做的。来，你尝尝。"朱海给陈莉舀了一碗，"爬了一上午的山，我还真饿了。"

"嗯！我也是。"

看着朱海吃饭狼吞虎咽的模样，陈莉不是滋味。这个男人，这两年真是苦了他，用他会装修的手艺到处找活干。也正是由于他不斤斤计较，做活精细，很受客户欢迎。他现在天天有活做，有时做到深更半夜，有时天不亮就得起床，赶远路去客户家，有的客户在西平市城区，赶路得两小时。他硬是靠他的手艺，在县城买了房，亲自动手装修。老房面积太小，一室一厅，十分逼仄，一家三口生活着实不方便。现在好了，三室一厅，有厨房、有阳台、有卫生间。

看着与自己一样离婚的闺密，离了找，找了又离，反反复复，成天抱怨没有一个好男人，陈莉觉得自己运气好、福气好，能找到朱海。他皮肤是有些粗糙，长相一般，但心地善良，有担当，人好。过日子么，不就是要找个好人，信得过，生活平淡、真实，陈莉喜欢这样的日子，散发着淡淡的芬芳。朱海比结婚前消瘦，陈莉心里隐隐疼痛，心里一热，眼眶盈满了泪，便把头轻轻靠在朱海肩上。

"不舒服吗？"朱海放下碗筷，连忙问。

"没有不舒服，是心疼。这辈子有你，我知足了。"陈莉在男人的衣服上擦了擦，不让他看出自己流了泪。

"说傻话了吧？我要感谢你才是。你那么漂亮不嫌弃我。是你让我结束了流浪的生活，有了温暖的家，我觉得很满足。"朱海将女人揽了过来，说："去午睡一会儿，我收拾碗筷。"

"我来收拾。"陈莉吃完碗里最后一口饭说。

"好吧，你收拾。"朱海站了起来，说："我去雪琴房间把做好的花架安装好。女孩子嘛，喜欢花花草草的。这个花架方便她养一盆吊兰。稍后我去买一盆来。"

看着朱海的背影，陈莉眼前升腾起一层雾气。

晚上，夫妻两人在家看电视。雪琴回来，叫一声"妈"，便往卧室走。陈莉猛地站起身，想责备女儿为哪样不与朱海打招呼，朱海伸手拦住她。

突然，从雪琴房间传来嘭的一声巨响，吓得沙发上的两人同时跳了起来，继而，几乎是同时，跑进雪琴的房间。

雪琴坐在床上，脸阴沉沉的，眼睛望着窗外。脚下一片狼藉，花盆碎了一地，吊兰断成几节，几片叶子散落在门边。

"雪琴，你太过分了！你爸知道你喜欢吊兰，给你安装好吊兰架，都顾不上休息，又跑到花鸟市场，买来这一盆。可你……"陈莉气得说不下去。

"不要说了，雪琴不喜欢这盆，那就收拾掉。"朱海把陈莉拉出来，到沙发上坐好，然后提着扫把簸箕将地清扫干净，对雪琴说："雪琴，睡早些。"随手轻轻拉上门，来到客厅。

陈莉身子起伏着，不停地抹着泪。

朱海走过来，站在她身边，没有说话，轻轻拉她起来，往卧室走去。

关上房门，陈莉搂住朱海，说："你看，这孩子，都工作几年的人了，也不小了，还不懂事。她是要把我们气死。"

"她一定有隐情。先让她冷一冷，过几天再细细问。别生气了，睡吧！"朱海安慰她。

朱海躺在床上，假装睡着，却一丝睡意也没有。他一直搞不明白，雪琴与他是如此地难以沟通，有时甚至抱着敌视的态度，到底是什么原因？有一些时日，他也很泄气、很迷茫，心仿佛被黑色罩住，不亮堂，漆黑黑的。偶尔划过点点星光，他也感觉不真实。不行，必须找个突破口，不仅是为他，也是为了雪琴，更是为了这个家。

陈莉均匀轻微的鼾声，让朱海心安。对了，得给雪琴介绍一个对象。爱情会让人改变很多的。爱使人受伤，也能医伤。雪琴有依靠后性情就会改变。她不能再封闭自己，过去的事应该成为历史，不能再纠结。

陈莉非常赞同。她早就对雪琴走不出两年前的那场恋爱担心得不得了，怕出什么闪失，那她咋个活呀。她对雪琴说，既然人家不喜欢，另寻新欢，那是人家的权利，总比结婚后被抛弃好。可雪琴不听，心被别人带走了。

陈莉一直搞不懂他们分手的原因。雪琴与一个男的好了一年后才告诉她，说他们彼此爱得很深，她是世界上最幸福的人。陈莉也替她开心，叫带他回家来看看，雪琴高兴地答应了，说春节期间带回来。然而，还没到过年，两人就掰了。雪琴气得竟然辞职，从市里跑回县城，整日落泪，无所事事。还是朱海暗中找他的同学想办法给雪琴找了一份工作，面上还说是陈莉托人找到的。从失恋那时起，雪琴一蹶不振，成天怏怏的，像霜打的茄子似的，看哪样都不顺眼，尤其不愿意与男的交流，好像全世界的男人都是坏人一样。

陈莉只知道那个男的叫李嘉。女儿与他认识，是因为她受到两个流氓的骚扰，正好李嘉路过，一番打斗，那两个人跑了。女儿与他的来往先是出于感激，后来两人好上了，好得巴不得穿一条裤子！哪料到谈婚论嫁的时候，却分了。女儿从不多说，只骂李嘉狼心狗肺，把她玩腻了，一脚踢开，新娘却是别人。

唉，这个家庭，幸好有朱海像一棵大树一样撑着，不然真不知道会出什么事。朱海说得对，女儿只有再寻得一个人家，她的心情可能会有所转变。

陈莉终于寻得一个机会。

西平市的五月是最美的季节，瓦蓝瓦蓝的天空仿佛被水洗过，朵朵白云十分悠闲。山涧田野草木茂盛，野花绽放。五一小长假，人们三五成群，外出旅游。

朱海与几个工人正在给一家单位修建鱼池，忙得满头是汗。"朱师傅，手机响了。"一个工人喊。朱海走到挂衣服处，接起，是陈莉。说了半天，朱海听清楚了。雪琴单位组织郊游，允许带家属。雪琴回来说，要带妈去玩。朱海说："这是好事啊，你趁机与雪琴多说说话，多陪陪她，这对她走出自我封闭的状态有好处。"陈莉说："好吧，反正明天就返回。那你一个人在家，自己照顾自己啊。"说完挂了电话。

朱海永远也想不到，这次郊游，成了这一家人永远的痛，成了苦难的开始。

游玩了一天，陈莉与女儿也累了，没有说几句话就早早睡去。

次日中午，不知从哪儿钻出来大片大片的乌云，随即飘起了小雨。车上的人昏昏欲睡，没人意识到危险正在逼近。在一个拐弯处，大客车避让一辆农用货车，不幸翻下路埂，侧翻在麦地里。

朱海接到电话时刚躺下，电话是雪琴单位打来的，说他们在返程途中车翻了。

雨沙沙下着，朱海慌忙赶到县医院。医院乱成一锅粥，纷纷赶来的家属，加上出出进进的医生护士，攘成一团。开门关门声、喊叫声、哭闹声交织着，到处是血，在日光灯下十分凄厉恐怖。

陈莉刚刚醒过来躺在病床上，腿上缠着白色绷带，一脸的恐慌。见朱海进来，慌忙喊他去看女儿。朱海找到雪琴的病房时，雪琴还未醒过来，不知伤势如何。

朱海这才知道，翻车造成五死十六伤。他对陈莉说："大难不死必有后福，你安心养伤，别担心雪琴，有我守着呢！"朱海找到院方说明情况，院方安排陈莉与雪琴搬到一个房间，方便照顾。朱海每天给母女二人做饭送饭，端屎倒尿。有时候陈莉母女烦躁发火，朱海也默默忍受。

活着是不幸中的万幸。然而，医好了的陈莉左脚瘸了，出不得重力。糟糕的是，雪琴受伤的是头部，严重失忆，只勉强识得陈莉，不再认识其他人，包括朱海。

医院建议，陈莉出院，雪琴也出院，让她在熟悉的环境里，做进一步的康复治疗。

朱海没有再出远门做活，只在家门口做些活计，方便照顾雪琴。陈莉勉强可以自理，不用朱海照顾。不过她出不得力，无法照顾雪琴。要是雪琴出门，哪样也不认识，就会乱发脾气、乱跑，脚瘸的陈莉跟都跟不上。于是，等朱海在家，才领着她出去走走。陈莉指着朱海告诉她，这人是你爸爸，你要听他的话。

半年过去了，一年过去了，雪琴还不见好转。陈莉急了，朱海也急了，但只能干着急，却无计可施。雪琴的状态越来越差，再不恢复记忆，后果会很严重。医生说，严重的患者会渐渐无法自己沐浴、不会自己上厕所，最后有可能大小便失控。这还得了！陈莉急得像猫爪挖心，只会哭。朱海安抚她，说："莫急，会有办法的。"其实，他也是万分焦急。他带雪琴到省城找专家看过，也不见效果。后来，听一个来省城参与会诊其他病例的专家说起，她失忆前什么事对她打击最大，什么事最使她难以忘怀，那个环境就最适合唤起她的记忆。专家还说，唤醒失忆的人，一般就是给失忆者重现失忆前熟悉的场景、东西，等等，让记忆苏醒，或找来失忆者印象最深的人，模仿曾经记忆深刻的画面，这样也有可能唤醒记忆。

朱海回家对陈莉说了专家的意见，两人同时想到，让雪琴耿耿于怀、一直走不出的不就是她那场恋爱吗？不就是李嘉这个人吗？

"何不去请李嘉来，带她到他们经常去的地方，也许奏效。"朱海说。

"那李嘉会答应吗？"陈莉一脸的哭相。

"这是唯一有希望的办法。只有试一试，不试怎么知道？我去找他，给他说明具体情况，让他看在雪琴爱他一场的情分上，帮帮雪琴。"看着陈莉迷茫的表情，朱海接着说，"听雪琴说，李嘉在流氓手里救出她，那说明这个人本质不坏啊！至于后来两人分道扬镳，真正原因谁说得清啊！"

陈莉眼神亮了起来，像抓住救命稻草一样的。她看着眼前这个男人，自己与女儿出事后，他忙里忙外，不离不弃，之前头发黑油油的，现在却陡增了许多白发。

"那好吧，你试一试。"陈莉说完，转过身子，脸颊上泪珠大颗大颗滚落。

"所以我来找你。"朱海望着李嘉。

李嘉面前的烟头堆成了一座小山，朱海放在桌上的那包紫云烟，快要被他抽完了。朱海说的时候，他一直默默听着，脸上没有任何表情。天边散尽最后一抹红光，太阳消失在西平市西山背后。院子里没有人，晚风吹来，满脸的凉意。

李嘉知道朱海来的意图，他不是傻瓜。朱海说完了，果然说出请他看在他们两个曾经那么相爱的情分上，去帮一帮雪琴的话来。

李嘉抽烟的手有些抖，几次才将打火机凑在烟卷上，点燃，含在嘴里，猛吸，然后又一口一口地吐出烟圈，如此反复，却不说话。

"求求你了，要是这件事给你造成损失，我愿意给你补偿。"朱海紧紧盯住李嘉，"愿不愿意？你到底说句话。"

李嘉还是没有说话，眼前的烟圈逐渐放大，放大，直到消失。几年前与雪琴的一幕幕并未消失。如果不是自己现在的妻子开出诱人的条件，给自己买房买车，还清自己的欠款，说不定他真的会与雪琴结婚。他还是有些喜欢雪琴的，起先，是自己被雪琴的容貌和身材吸引了，在两个铁哥们的帮助下，使了一个下三滥的妙计，结识了雪琴，达到了自己的目的。如果不是因为他，雪琴不会辞职回老家县城，那么，就不会有今天的凄惨遭遇。他觉得自己对不起雪琴，她今天的一切都是拜自己所赐。可是去帮助她，妻子会答应吗？自己现在的安逸生活会不会受到影响呢？

李嘉丢下烟头，用脚狠狠踩了踩，然后双手蒙住脸，使劲搓了搓。他从指头缝里瞥了一眼面前这个男人，一个普通的男人。显然，这个男人的外貌与实际年龄不符，苍老了许多，两鬓银色，脸上有许多皱纹，暴露了这个男人生活不易。李嘉有那么一瞬间差一点就答应他了，不过还是没有说出来。

李嘉想起妻子还要等他回去解发卷，便站起来，扯扯衣服，没有看朱海，说："我无能为力，对不起！"说完，头也不回地走了。

朱海很失望，坐在那儿，身子颤抖个不停。

李嘉低着头，脸阴着，上到五楼，打开家门，变戏法似的露出笑脸，说："老婆，我回来了。"

女人跷着二郎腿，坐在沙发上看电视，那些发卷还在头上缠着。她胖乎乎的脸抬起来，眯着细长的眼睛，问："老公，哪样事啊，说了这么久？"

"一个熟人的父亲。这个熟人出了车祸，得了失忆症，她父亲照顾了她一年多，到处医治不见效果，他前来找我，意思是找几个熟人去，帮助她恢复记忆。"李嘉不想多说。

"啊？好可怜哟！不过她有一个好父亲。"女人说。

"他仅仅是我这个熟人的继父。亲生父亲早就抛弃她与她母亲，跟一个女人出国后再没回来。"李嘉忍不住又说了几句。

"这么说来，生父还不如继父了！"女人一脸的不屑，又有厌恶的神情，仿佛面前有一只绿头苍蝇，"我最恨无情无义的人！"

女人这句话像一块硬石砸向李嘉。他看着女人，心里咯噔一下。晚上李嘉躺在床上，翻来覆去睡不着，身旁女人一阵高过一阵的鼾声，使他更无睡意。

迷迷糊糊中他梦见了雪琴，一脸的泪水，一脸的苦痛，突然，雪琴的脸扭曲了，变成了一张恐怖无比的脸，还滴着血，抱着他送给她的他自己最喜爱的那盆吊兰，狠命朝他砸了过来，吓得他一骨碌坐了起来。这才发觉，天已经亮了。女人还在酣睡中，他悄悄地起床，来到洗漱间，打开窗子。

顿时，他僵住了！朱海还坐在那个石桌旁，像一座石雕。朱海远远地坐在那儿，似乎比他所在的这栋楼还要高，高得压住了他。

怔了一下，他拿出手机，拨打了出去："哥们，还要请你们帮个忙，重演一次英雄救美。"

灰蒙蒙的天空裂开一条缝，一道金光泻了下来。沐浴在金光里的朱海，脸庞笑成一朵花。

牛尾巴山药

心情像山上用来发电的风车的叶片呼呼翻转，丁飞无法平静。

"哥，爹妈会答应跟我们进城吗？"坐在副驾驶位的丁惠问。她低着头刷着手机，问得很轻，像一片树叶落进沟里。

"能，爹妈最宠你，你来，就能。"丁飞这样回答，也是在给自己打气。

把妹妹从北京喊来。这是没办法的办法，丁飞心里苦。

那年雨夜的一幕，丁飞被戳得生痛。手机在睡梦中响起，电话那头有窸窸窣窣的声音传来，却不见爹妈说话。"爹！妈！"无人应答，丁飞一骨碌坐起来，慌忙把电话拨了过去，忙音。丁飞哪里还睡得着，当他驱车慌忙赶到老家时，已是凌晨。敲开家门，爹妈怔怔地望着他："飞儿啊，出什么事了？"那一刹那，丁飞差点疯了。

"你妈老糊涂，儿啊，都怪我，都怪我。肯定是你妈起夜，不小心按到手机上哪个键。以后睡觉，把手机关了。"爹埋怨道。

"莫关。唉，要是你们住在城里，我就用不着这么跑。快去睡。"爹催促着。丁飞说："快去睡。"妈也催促道，打起了哈欠。嗨，爹妈还不顺着话头走，丁飞苦笑。

这回就算嘴皮说破了，也要说动这两头"老黄牛"进城。丁飞望望低头玩手机的丁惠，一字一顿道，妹，就看你的了。爹有哮喘、妈有风湿，上年纪的人身边没人不行。

"哥，看我的？"丁惠抬起头侧过脸来，一时不懂。前几天，哥说有急事，硬是叫她请几天假，要回老家一趟。哥的话丁惠得听。赶到昆明，方知哥是要她配合他，说动爹妈搬到城里住。哥说："爹妈年纪大了，搬到城里住才放心。妈听爹的，关键得说动爹。"丁惠不满地说："说我以为是什么大事？哥你自己去说不行吗？国庆节我才回来过，才过两个月，又把我叫回来，就为这！"没想到哥发火了，像一只红公鸡，脖子扯得老长。"还有哪样事比这件事重要的！爹妈在乡下，你我能安心吗，是不是大事？"嫂子忙安慰："丁惠呀，你哥担心，几次劝说爹妈来城里住，他们就是不愿意。喊来也待不住，心不在，过一两天又回去了，话说了一火车，也劝不回。你哥管公司都无法上心。"

想到这里，丁惠身体颤了一下。"哥，那你说，你要我咋办就咋办。"

"到时你就哭。哭会不？只管哭，哭到爹妈答应为止。"

"瞧哥说的，哭还不会？保准把爹妈哭得心疼。"丁惠说着，自己先咯咯咯笑起来。"没有眼泪就是白哭，爹很精明"，丁飞将车速慢下来，说："这回叫你来，是要唱双簧戏。我来硬的，吓唬爹妈，你来软的，用泪水使他们进城，进城，进城。"

来到镇上，逼窄的街道，一排排摊位望不到尽头。熟悉的乡音在砍价："再让几块。""已是最低价。"车子慢慢移动，到处是人、到处是车。丁飞不停地按喇叭，前面的人仍不紧不慢，仿佛耳朵塞进了棉花团。

"哥，快看，山药！"丁惠惊叫，眼里发着光。山药一根根叠垒着，一堆堆到处是，灰灰的，粗长粗长的，疙疙瘩瘩的，毛茸茸的，像一根根牛尾巴。"哥，停车，买点，回家蒸了吃。"丁惠嚷了起来，啧啧咂着嘴，口水流了出来。

丁飞与妹妹一样，爱吃山药。他从小就喜欢跟爹上山挖。爹总是弯着腰，亮着眼，往山旮旯里钻。爹找到藏在灌木丛中的枯苗，顺着枯苗藤找到根。丁飞很兴奋，轮起锄头就要挖。爹不让他挖。丁飞不干了，嚷着要挖。爹说："那你挖挖试试。"丁飞使劲挖，刨出来时，山药断成一节节的，黏糊糊的。

爹挖出的是一根根的，好长，很完整。爹挖得很小心，坑挖得很宽、很深。山药很长，很细，直溜溜往土里长，仿佛要长到地心才罢休。

妈把山药洗净，去皮，放在清水里泡泡，与白菜心一起煮，水开后放入猪油，再丢入两片生姜。那味道能把天上飞的馋虫勾来。

不过眼前的山药，绝不是大山里挖来的，哪有这么多，哪有这么粗？

"这是人工种的吧?"丁飞问摊主。

"是啊,引进种,叫牛尾巴山药,味道不比野山药差。炖鸡、炖排骨,或在牛羊肉锅里放些,又甜又糯又香。"摊主是一个长着络腮胡子的中年汉子,小麦色的脸上挂满了热情,巴不得丁飞赶紧买。丁飞蹲下,拿起一根,翻来翻去仔细瞧。

丁惠捡了好几根,兴冲冲说:"哥,买这些,行不?"

"看你贪的,行。"丁飞笑道。

"好吃得要命。"摊主说,捋着胡子。那胡子,像山药上的细须。

丁惠说:"称秤,他付钱。"说完朝丁飞吐了吐舌头。

"像个饿豹子。"丁飞说,他很疼爱妹妹。正是他的鼓励,妹才报了北京的大学。爹妈为此唠叨个不停,说得亏儿子,不然女儿哪有到北京读书的福气。丁飞何尝不这样认为呢?这是他最为得意的。现在他条件好,多分担些,不就是点钱嘛。他从农村出来进了城,不能丢下妹妹。当年他读书的目的,就是要跳出农门。如今,他和妹妹都出来了,爹妈自然得跟着他们。说动爹妈进城,要当作一场战斗来打了。

穿过镇子,丁飞踩着油门,往家里驶去。

"哥,你说咱爹咱妈为什么不愿意去城里住啊?"丁惠收回望向窗外的目光。

"爹妈一辈子守惯了火塘,见惯了牛粪猪粪,看惯了山山水水和沟沟坎坎,刨惯了泥巴,闻惯了烟火味,习惯了土气。住城里,融不进去,不习惯,像丢了魂。"丁飞望着前方,幽幽地说。

"那咋办呢?"丁惠一脸愁容。

"咋办?反正不能凉拌。爹妈孤零零的住老家,别人会怎么看?"

"哥,上几次爹妈不是进城了吗?咋个没能留住他们?"

丁飞没有回答丁惠。咋个回答啊?不习惯住城里吧,连他自己也说服不了自己。丁飞从小在农村长大,农村的一草一木他都熟悉,现在还不是在城里住得好好的。他就不明白,爹妈进城,住的是儿子家,就如自家一样,咋个会如此不自在。就拿去年春天来说吧。丁飞说了几箩筐的话,终于说动爹妈跟他住进城里。可结果呢?差点把他气死。

丁飞哪里知道爹妈的心思呢?

去年春天,丁大爹丁大妈面上是答应随儿子进城的,可心里一百个不愿意。儿子家又不是没有去住过，除了呆呆地坐着，只能干瞪眼，还能干什么？住的时间长了，不得病才怪。次次一两天便跑了回来。村里不明事理的人还调侃他们不会享福，住在儿子家吃穿不愁，路上干干净净，逛逛公园转转商场，多好啊！丁大爹暗笑，你们懂个什么！丁大爹丁大妈感觉一样，在家百日好，出门一时难。儿子家终归是儿子家，住了一辈子的家才是真正的家。在这儿，莫说那一草一木，就是地上的一堆牛屎，也是亲的。出门亲、进门亲、上山亲、过河亲、地里亲、泥巴亲，就连空中飞过的一只鸟也是亲的。在儿子家，一出门，什么亲的也没有，这也陌生那也陌生，连蹲个厕所也陌生，反正浑身不自在。

但他得顺着儿子。儿子三番五次回来，要他们老两口进城，不愿住他家也行，就在城里买房给他们居住。他懂儿子的心，是儿子不懂他。儿子要的是面子，好像不住进城里，就显得他不孝，没有本事，就会落下把爹妈丢在乡下不闻不问的恶名。可住在城里他与老伴不开心啊。在老家就不一样了，他们身心舒畅，心里舒畅人就有精神，身体就好。可是，这么简单的道理，就怎么与儿子沟通不了呢？丁大妈说："儿子遗传着你的脾气，钻牛角尖。"丁大爹没说话，住就住吧，脚长在我身上，想回来还不容易，想走，抬起脚就走。

进城后不到三天，趁儿子儿媳上班的时间，丁大爹与丁大妈坐上了回家的客车。

等丁飞知道，丁大爹已经扛着锄头走在去地里的路上。

想到这里，丁飞对丁惠说："也许是因为与我们住在一起的缘故，爹妈不自在，不知做什么好。家务事你嫂子不让他们做，一是她觉得让爹妈做家务事她过意不去，二是爹妈做不好，做了反倒要让你嫂子重做一遍。还有就是我们上班，爹妈就坐在家里干瞪眼。我叫他们出去玩，他们不愿去，说不感兴趣。"

丁惠没有说话，直愣愣望着前方，好半天后，说："还是没把你们那儿当成家啊！"

"就是啊。这一次，单独有房子给爹妈住。关键是如何说通他们，所以叫你来，你是爹妈捧在手心的宝。你是哥的王牌，不能让哥失望啊。"

丁惠抿嘴一笑："哥，你放心，爹妈最疼我。"

兄妹俩一路说话，绕过一道山弯，梨湾子到了。

梨湾子，离省城有两百多公里，位于云贵交界处，山那边是贵州，这边是云南。村子离公路不远，这是一条煤道，也是国道，往贵州方向延伸。这条道曾经车来车往。从梨湾子出去向北，有一个槽坝叫皮带坝，从山上望下去，狭长的坝子像一根猪皮带，黑黑的。皮带坝全是煤矿，大大小小不下三十个。远远近近的壮汉，都在皮带坝打工，换句话说，都在井下挖煤。一段时间，煤价涨得比老黑山还高。甚至出现有的煤矿当天结算工钱。桌子上一摞摞红花花的百元现钞刺激着挖煤工，有的白天黑夜都不休息。外省人来这儿打工的也不少。皮带坝繁华了起来，路两边开满了发廊洗脚城。后来，随着产业政策的调整，一夜之间，煤矿纷纷关闭，只剩一两家规模大的还在开采。皮带坝突然冷清了下来。那些发廊洗脚城，一夜之间不见了踪影。

没有收入来源，男人们的心里就像烧开的水一样，一刻也不安宁。有的外出打工，有的重新回到田地里，有的像一个没头的苍蝇，到处钻。

这些事是上一次回来时李向东告诉他的。李向东与丁飞是小学、初中同学，比丁飞大一岁。他从煤洞里出来，继续刨他的一亩三分地。先是在镇上跟人一起开电器修理店，后做水电工。村里的用电用水由他管。

车子刚进村，李向东迎了上来。

"你这家伙，还好丁大爹丁大妈住在村里，不然，你是不会来踩个脚印的。"

丁飞停下车，与李向东拳对拳砸了一下，两人哈哈大笑。

李向东说："看看，虚胖。多回来走走。早想找你聊聊，这回终于被我逮住了。今天就不打扰你，明天中午来我家吃饭，唠唠。"

第二天，丁飞来到李向东家时，菜已摆好。山药炖鸭子、山药煮白菜、炸山药片，还有一些蔬菜。"这么丰盛啊！"丁飞赞道，"好手艺。"

李向东朝厨房喊道："夸赞你了，听到没？"厨房传来女人的声音，"那当然，不看看是谁在做。"

"我那女人不会谦虚。我们开吃吧。"李向东摊摊手，说。

两人天南海北聊着。丁飞明白，这人平时窝在村子里很少出门，知道这么多，全靠手机。现在这个时代，有了手机，等于有了天下。说大山深处很封闭，那都是老皇历了。地球上发生的任何事，分分钟，大山里任何地点都会知道。

"山药成了家常菜，以前这东西可是稀罕物。"丁飞一边吃一边说。

"不要用老观念看农村，这么说吧，从吃的来说，乡下可比城里丰富，还健康。都是自己地里的，你放心吃。"李向东说着，舀了一勺鸭子肉给丁飞。

"别舀肉，舀山药吧。"丁飞忙说。

"鸭子是我自己养的，放心吃。"李向东的妻子笑着说。

"丁飞，佩服你们兄妹孝顺。养儿防老，老人是该接到城里安享晚年。苦了一辈子，该享享清福。"李向东一饮而尽，拿起酒瓶，给丁飞倒满，又给自己倒满，说，"我有个事，想与你说说。"

"丁大爹丁大妈进城后，你们家的土地就租给我吧，租金按村里租地最高的价格给，如何？"

丁飞一听，暗想，本来这是好事，接走爹妈后，土地有人租种，没了后顾之忧。可是，昨晚爹妈的态度，是土地不准动啊！

昨天一到家，爹妈看到丁飞，没有太多的惊喜，好像丁飞不是从省城回来，而是从地里干活回来。丁飞心里亮堂的，还不是担心我又来接你们进城，他感到又好气又好笑，可见爹妈对接他们进城是多么的抵触啊！他突然闪开，指着身后的人，"看，这是哪个坏蛋？"

丁惠一下跳到前面。"爹，妈"，轻轻的两声，像清晨山药叶片抖落下来的露珠，落入丁大爹丁大妈心里，又从眼角溢出来，亮晶晶的，一颗一颗的。丁大妈咧开了嘴："惠儿回来了，也不提前说一声。飞儿，快去窝里抓只鸡。"

很快，一锅山药炖鸡熬熟了，丁飞又炒了几样丁惠爱吃的菜。

丁惠咂咂嘴，一惊一乍地说："哇哦，好香啊，还是哥了解我的口味。要是哥不跟着回来，能有这口福吗？"

丁大妈添一碗饭，放在丁惠面前，然后，摆出一副打人的样子："白养你了，你不是吃妈妈做的饭长大的吗？现在又吃人又羞人。"

丁惠故意缩头缩手，往丁飞那儿躲。"妈，看你说的。我的意思呢，就是说一家人在一起多好。我临近毕业，想读研究生，回家时间少。如果你们住在我哥那儿，我坐高铁，可以经常回来看你们。不然，转车麻烦，费时间的，恐怕我没有那么多的时间。"

丁大爹没说话，丁大妈急了："惠儿，我们不扯你后腿，你放心读。"

"可我不放心你们啊！"丁惠说。丁飞眼睛一亮，丁惠真聪明，几句话就说到要害处。

"我不想读，你们身边没有人，你看看，爹稍微使力就喘，妈，你的风湿病，一年四季，你不好受，我咋个放心。我决定回来。"说着，呜呜呜哭起来，眼泪大颗大颗的落。

"要是大学毕业就回来，哭的日子还在后头。一扫把扫去，到处都是大学生，没有优势可言。唯有读完研究生，才能找到工作，否则白读。"丁飞见火候已到，故意添上一把柴，继续说，"你看我们住的那个小区，哎哟，哪家的孩子不是大学毕业？又怎样呢？还不是都窝在家里。只有那些读了研究生的，一回来就找到了工作。博士生毕业的那家，更不用说，还未毕业，就有单位来要。"

"那些没钱的人家，砸锅卖铁都得读。你有这么好的条件，你哥供你读，你还啰唆个哪样！我和你妈不要你操心。"一直不说话的丁大爹开口了，"找不到工作，还读了干哪样？那时我们可养不了你。"

正说着响起敲门声。丁飞站起来，拉开门闩，门吱呀一声打开。堂哥走进来，很小心的样子，端着一碗豆花。紧接着堂嫂走进来，也很小心的样子，端着一碗山药炖猪脚肉。

丁大妈说："来就来嘛，还端吃的来。"

"婶婶，这不是丁惠从北京回来了吗？我们下午特意为她赶做的。家里还有，我们还要喊丁惠去我们家吃，管她吃个够、吃个饱。还莫说，如今这乡下啊，吃的是不愁，还尽有好的，城里吃不着的。"堂嫂说起话来就像点燃的鞭炮哒哒哒止不住，说完还自个咯咯笑个不停。

正笑得起劲，猛然发觉氛围不对头，顿时打住，眼光落在丁惠脸上。

"丁惠，怎么哭啦？应该高兴啊。"堂嫂从桌上扯过纸巾，往丁惠眼角擦去。

丁惠任由堂嫂擦，还顺势靠在堂嫂肩上，抽泣得更厉害。堂嫂见状又问，丁惠便哽咽着说起来。

"唉，我说是啥了不起的大事呢？这事好解决。叔叔婶婶进城享福，这不就解决了。"堂嫂接上话，说，"叔叔婶婶啊，这种双喜的事你们还不开心。到城里儿子那儿享福，又能让宝贝女儿安心继续读书。哪个村子不这样！只有像我们这些没有出息的才窝在村子里，在泥巴里刨饭吃。"

很少说话的堂哥也冒出一句："叔叔，婶婶，进城去才对，不要再犹豫。"

丁飞越听越喜，暗暗赞赏自己把妹妹喊来这一招。没想到，关键时刻堂哥堂嫂来了，派上大用场。丁惠这鬼丫头，蛮机灵的，太会赶羊上树啦，借力打力，嘿嘿，老爹老妈，缴械投降吧，乖乖跟我进城吧。丁飞只管低着头，夹起锅里的山药往嘴里送。堂嫂送来的山药，白白的，与猪脚一起炖，又香又甜，味真好，这山药，就是他从小最喜欢的味。

丁大妈终于熬不住众人的劝说，她望望老伴，说："不是不可以去飞儿那儿，那我们一走，这土地怎么办，这老屋怎么办？"

堂哥正要开口，堂嫂话已出来。"没事啊，贵重东西带走，老屋我给你们看护，土地租给我家来种山药，你们想吃，回来拿就行。"

丁大爹一直没说话，他心想，把土地租出去，没门！没了土地，他觉得空落落的，就像一个人没了魂。没魂的人就是鬼。农民就是农民，住进城里也是农民。农民没有土地还是农民吗？都说叶落归根，土地才是根。儿子不懂他，他不愿意住在城里，不习惯是真的，但不是真正的原因。在农村滚打快一辈子，最放不下这一亩三分地，这是命根子，最亲最舍不得的命根子。再穷，只要有土地，就能挺过。

丁大爹闷了好久，抓抓头，对丁惠说："儿，你还是好好念书，容我和你妈想想。不过，不管进不进城，土地不租，还是要种。我要种牛尾巴山药。即使住城里，栽种时回来，收割时回来。"

丁飞心里一颤，爹放不下的是土地啊！爹说到这份上已是他的底线，再说恐怕爹会反悔，忙站起来说："要得，要得，爹考虑问题周到，很周到，留有余地。就按爹说的办。"

丁飞没有料到，此时李向东提出租土地，忙摇起头来，摇得像货郎走村串乡转动着的小鼓。"不行了，我爹要种山药。"丁飞把昨晚的事说了一遍。

李向东一脸的失望。"这样啊，好吧。"丁大爹把土地当成命根子，是村里人人知道的。说着，端起酒杯，一饮而尽。

沉默，两人都不说话，过了一会儿，丁飞问："你租土地种什么？你家的土地难道还不够你种？"

"这你就不明白了。现在，村里引进新品山药，才刨出来就被客户盯上。你在街上买到的都是一般的，优质的早被买走了，销往外地，有的销到国外。这样吧，饭后我再带你出去走走，看看，细细与你说说，如何？"

"好啊。"丁飞顿时来了劲，把杯中酒全倒进嘴里，说，"走吧！"

"看你急的，哈哈，走。"李向东说完，丁飞人已在院外。这人，急性子毛病还没改啊，李向东快步跟了上去。

两人爬上梨湾子后山顶，李向东指着东北边那个山坡，说："还记得吧，咱们小时候经常上那儿拔草。"当然记得，丁飞很熟悉。梨湾子背靠老黑山，老黑山属于乌蒙山系，翻过老黑山，那边是贵州。顺着老黑山往北是大大小小的山峰，长满青松。山肚子里藏着宝贝，老百姓叫烧火煤，煤老板叫票子，私挖乱采者叫黑金，政府叫资源。往北的皮带坝，煤矿挨煤矿。丁飞想到这，问："你怀念挖煤的日子吗？"

"谁不怀念，挖煤有钱啊。现在不准挖，又穷了，又有哪样法子呢？政府叫停，不能不停。为了生存，病急乱投医，啥都做过，还是穷。后来政府引进山药，种山药好，有钱赚。可惜我没有多余的资金，不然多租些地，成片种植，更能赚钱。上面的人说，这是发展生态产业，还给补贴呢。一个昆明老板跑到南边的几个乡镇，租了大片土地，还到其他几个乡镇种了四五千亩山药，他还教农户种呢。农户种，他负责收。在我们这儿，亩产比外地略低些，可达两千来公斤，一亩能挣万多元。他生意越做越大，把山药种植分公司直接办在县城，县里的头头都夸他带富一方人呢。但夸不重要，关键是农民喜欢，有钱啊。"

"啊，真不错。成本多少？"丁飞问。

"买种子、地膜、肥料，人工费出在自己身上，就不算吧，每亩成本费七八千元不等。"李向东说得很慢，望着远处成片的土地。一阵风吹来，有些冷，李向东不停地搓着手。

"也就是说，每亩纯收入四五千元左右，是吧？"丁飞往下走，问道。

"对。种得越多，收得越多。散卖比收购价高，与公司签约的，可获得前期资金投入，收购时扣除。"李向东收回目光，望着丁飞回答，"我们没有资金。做这事，有前期资金投入，收入就高。"

李向东突然神秘地说："你家的地，你爹种上了山药，管理得很好。我带你去看，你就知道了。"

"啊？爹没有说过啊，妈也没说。"丁飞鼻子一酸，没有再问，冷风呼呼吹着，他拉紧衣领，跟在李向东后面。这里他很熟悉的，不就是在这地方玩大的么。自家的地，爹说，有地种就好，种什么丁飞不管，他有钱，不图爹妈挣钱，只要老两口种得开心，有事做，权当活动身子骨，不生病就好。

来到地里。那不是爹吗？正挥着刮子刨地。丁飞递给李向东一个眼神。两人停住脚步。

老人没有察觉身后来人，他刨开泥土，一节塑料彩布露了出来。他放下刮子，抓住塑料彩布，用力一扯。泥土翻开，露出一根根山药，细细的，长着根须，真像一根根牛尾巴躺在地里。丁飞真不敢相信自己的眼睛，仿佛爹在变魔术。

要不是亲眼所见，谁说给丁飞听他也不会相信。太出乎意料了。儿时，他随爹爹上山挖过山药，天刚亮就出门，过沟攀崖，满山寻找，脸上被树枝刮得血红，肚子饿得咕噜叫唤，天都黑了，也没有挖到几根。

爹说山药很娇气，有灵性，讲究生存环境，环境差，即使长了出来，也发育不好。爹有经验，往往在冬季上老黑山，找到枯萎的山药藤子，顺藤摸药。爹说："山药很稀罕的，很贵，你爷爷说过，一斤山药千金力。"可眼前的这一掀一抖，让丁飞觉得似乎在梦中。

丁大爹嘴唇紫黑，气喘吁吁，挂着刮子，这才发现儿子与李向东，忙说："我来挖点，这几天煮给你们兄妹吃。"

"飞儿，你来试试。"丁大爹向丁飞招招手。他已经刨开泥土，露出塑料彩布。

"好哪。"丁飞很兴奋，撒开步子，跑了起来，像孩子。

丁飞弯着腰，学着爹的样子，双手揪住塑料布，使劲一抖。哇，一窝一窝的山药跃入眼前。

丁飞惊奇得哇哇喊叫："以前的山药，是竖着长在土里的；现在的山药，能横着长在地里。"

李向东走过来，说："看你奇怪的，只要有土，山药就能生长。这是新种植法，农科人员研究了多年，上面派来的扶贫工作队引进的致富种植项目。你不能用老眼光看了，农村与以前不一样了。这种山药就是刚才我跟你说的新品种，长得像牛尾巴，我们叫它牛尾巴山药。与传统的山药相比，外形有区别，它表面光滑有弧度，吃起来比较软糯。最关键的是好种好收，省时省力。我家选种也是这种牛尾巴山药，要贵一些，卖得上价钱，一公斤能卖到十六元。"

"原来这样，那你家种了多少牛尾巴？"

"好几亩吧。"

"那有多少收入？"

"两万来元。"

"那不错啊！"丁飞本来就是做生意的，他认为种这个划算。那为什么其他家没种呢？

"要钱啊，前期投入多。村民如果都种，不要几年，都会富起来。"李向东说。"你看山坡这边这一片，起码上百亩地吧，最适合种植牛尾巴山药。唉，白有土地，没钱投入等于零啊，端着金饭碗饿肚子。"

"你说的那个昆明老板，签约收购价是多少？"丁飞问。

"他给农户的收购价是每公斤八元。他投入前期资金，他昆明的公司负责收购销售，在县城超市里都有销售点。"李向东说。

"哦，那老板赚得也不少啊。"精通生意的丁飞眼睛一亮，来投资种山药是不错的选择。

"是啊，人家有钱啊，钱会打滚嘛。"

见爹又刨开土，露出一节塑料彩布。丁飞又一抖，仿佛抖出来的不是山药，是一片暖和和的亮光。

丁大爹心里没有亮光。自他明白儿子女儿的来意，脸就阴了下来。

两个老人赛着阴脸，仿佛冬里的寒冷都跑到他们脸上。

村民悄悄议论。不是儿子女儿都回来了吗？平时一提到儿子，骄傲得不行。省城昆明做生意的大老板，莫说在梨湾子只有一个，就是在全镇也只有一个，在全县也不多。提起女儿，两个老人脸上满是自豪。女儿在北京读大学，方圆百里也只有她一个人，哪家不眼红？现在，怪了，这两个老人，出去脸垮着，回来脸阴着。

"丁大爹，儿子女儿来接你们进城享福，哪辈子修来的福分啊？"有人眼馋，说。

"进城享福？你不懂。"丁大爹头也不抬，说完急匆匆离去。

"丁大妈，儿子女儿来接你们进城享福，哪辈子修来的福分啊？"一个妇女羡慕得不得了，说。

"进城享福？你咋个知道的。"丁大妈头也不抬，说完慌慌走了。

丁惠觉得不对劲，悄悄对跨进家门的丁飞说："哥，爹妈似乎不开心。那神情，不像是家人团聚，倒像离散样的。""乱说，乌鸦嘴，你不说话，哥不会说你是哑巴。"丁飞做生意的，最讲究口风。你在家做饭，我去看看。"

"别看了，不在家。自听懂了我们要接他们进城的意思，这两天天一亮就出去了。你成天在外与人吃饭，哪里知道。"丁惠的话冷冷的，仿佛屋子是一个冰窟窿。丁飞转身往外走。他来到村中央的水井旁，儿时这儿是碾房，村人饭后，喜欢来唠嗑。

几个长辈穿着厚厚的衣裳，有的双手抱在胸前，有的在吸水烟筒。见丁飞，说："孝顺的儿子，接爹妈进城。养着了，你这个儿子。"

丁飞见爹不在，嘿嘿笑了几声，问个好，转身往地里走去。好几次回来，爹妈不在家，丁飞就到地里寻找。

风越刮越冷，天更阴了。几片枯叶被风卷起，在空中打几个旋儿落到树下。爹妈都在。丁飞刚想出声喊，马上打消了这个念头。他慢了下来，轻轻一步，轻轻一步，靠了上去。

爹坐地里，身子朝地弯着，双手捧着土，呆呆的模样像树桩桩，一动不动。他嘴上沾着泥土，呼出的热气，往土里钻。

妈挨着爹，也坐地里，身子也是朝地弯着，抓着几根牛尾巴山药，眼泪扑簌簌淌。他们脸上全是土，仿佛刚用土洗过脸。

一切都很安静，静得只听得见山风呼呼地吹，像哭泣。远处，灰蒙蒙的群山，一山挨一山，没有空隙，像在为地里两个老人把风。

远处，两只黑鸟无声地飞过。丁飞心咯噔一下，双脚再也挪不动，就像被土地紧紧黏住，热热的东西在脸上肆意流淌。

一只手伸来，给他抹了抹。回头一看，丁惠不知什么时候站在他身后，眼睛红通通的，眼泪扑簌簌的，身子有些颤。

兄妹俩就这么站着，谁也挪不动一步，谁也没有说话。

爹妈两个字，噎在喉咙里，喊不出，咽不下。

一顿晚饭

一

刘珊环要请客，请几个三十多年没见过面的老同学。

一缕光从东边穿过云雾洒过来，越来越亮，这座南方都市渐渐展露了出来。刘珊环睁开眼，一骨碌爬起来，给阿珍打电话。阿珍嚷道："我在被窝里赖着呢，不是晚上才吃吗？现在就去准备，是不是早了点啊？"

"不早，快起，半小时后，我开车来楼下接你。"还未等对方说话，刘珊环挂了电话，顺手从枕边拿过红色胸衣穿上，反手往后扣紧，来到镜子面前。她皱了一下眉头，解扣，褪下，重新拿了一件紫色的穿上。她对自己的胸是满意的，像她这个年龄，很多人的胸已经下垂，而她的依旧饱满。她穿上黑色外衣、黑色短裙、黑色连袜裤、黑色高筒鞋，然后拿过香水，抬起手臂，朝腋下喷了喷，最后披上乳白色风衣，提过红色包包，往外走去。

阿珍刚下来，刘珊环驾着一辆黑色奥迪停在她面前。阿珍有些怀疑，刘珊环一定是把车提前开来藏在附近某个地方，踩着时间出现在她面前的。刘珊环似乎看透阿珍的心事，说："凭我俩的关系，我守时的记录你是知道的。"说完嘿嘿一笑，两个浅浅的酒窝露了出来。

两人来到一家化妆店，"两位美女，这是你们预约的化妆师。"女店员说完，便退了出去，轻轻拉上门。

见到两位化妆师，刘珊环才知道什么叫美艳，说："把我们化成和你们一样好看就行。"两位化妆师扑哧一声笑出声来，化妆间的氛围一下子轻松了起来。跟在刘珊环后面的阿珍没有笑，她差点晕倒。心里想："天，人家如花似玉的年龄，我俩已是半老婆子，就是用太上老君的仙丹妙药来化妆，也不可能有那效果，除非是白骨精会变化，那还差不多。问题是，如果真是白骨精，还用得着来化妆吗？"

刘珊环知道阿珍怎么想的，其实，就是半老徐娘才要化妆，担心化妆痕迹太明显，才来全城最好的化妆店。她对化妆师说："用你们推荐的那款化妆品。"化妆师问阿珍："你呢？"未等阿珍回答，刘珊环说："与我一样。"

刘珊环稳稳坐着，任凭化妆师摆弄，她紧紧盯住镜子里的自己，心里却在翻腾，像化妆师的手在里面搅动一样。三十几年了啊，除了阿珍，自己竟然与其他同学都没有联系，更莫说见过。他们会来吗？徐国铁、栗茜会来吗？这两人可是我请的主角呢！

化妆师细长的双手，轻轻在刘珊环脸上抚弄着。刘珊环不得不服，岁月是一把砍柴刀，已在她眼角砍下道道细痕。化妆师白嫩的手指，就像才剥开了的竹笋，哪像自己的双手如晒干了的萝卜皮，没有一丝水分。刘珊环心里一沉，索性闭上双眼，任由化妆师在她脸上化妆。

化妆间外面飘来歌声："撕毁的承诺，请把我从前对你的爱还给我……"

三十多年前，校园池塘开始响起蛙鸣的时候，刘珊环与徐国铁的恋情，一时成为这所省城名牌大学经济系的热点新闻。大家都认为是江家的姑娘给了河家的小伙——正对头。一个班花、一个班草，大家都认为是绝配。刘珊环这朵花就是为徐国铁这只蜜蜂盛开的。闺密阿珍、栗茜还给徐国铁与刘珊环未来的娃儿取了名字，叫铁环。代价是，刘珊环追着她俩打，从宿舍追到教学大楼，追着跑完整个校园才罢休。校园树林中的石凳子，不知留下多少他俩的余温；霓虹灯影影绰绰的光圈里，不知圈了多少他俩的身影。

"这位女士，头发要怎么收拾？"化妆师柔柔的声音，连续问了三次，刘珊环才回过神来。"拉直，染黑。"刘珊环想都没想就说道。

拉直？染黑？要知道，刘珊环现在可是一头黄颜色的卷发啊！再说了，这要花费多少时间啊，完了，没有几个小时是化不完的。不就是吃一顿晚饭吗，至于吗？望着刘珊环不再年轻的脸庞，阿珍心里竟有些痛，不禁感叹时光真是绝情寡义。阿珍对刘珊环知根知底。毕业后的第二年，徐国铁突然与栗茜结婚，像一个响雷突然在刘珊环身边炸开一样，使她彻底蒙了。

阿珍倍感震惊和意外，很长的时间里，默默陪在刘珊环身旁，生怕她想不开。阿珍没看见刘珊环哭，但她知道她哭过，还很伤心地哭过。刘珊环的眼睛，那对水泡眼瞒不了人。有一次，刘珊环把自己灌醉，嘟嘟嚷嚷，不知嘀咕些啥，怪的是，有一句话阿珍听得清清楚楚："本姑娘会让你后悔的。"阿珍自然明白刘珊环所指的，不是徐国铁就是栗茜。要知道，大学这几年，刘珊环、徐国铁、栗茜、刘刚以及阿珍，是处得最好的朋友，大家经常在一起，可以说形影不离。刘珊环心里装的是徐国铁。栗茜呢，一直被刘刚死死地追求着。让刘刚灰心的是，柔弱安静的栗茜对他总是不冷不热，也看不出她对哪个男生更亲近些。阿珍呢，没对人承认过，她也喜欢徐国铁，尤其喜欢他在篮球场上的风采，后来看到刘珊环这么张扬地与他走得近，两人如胶似漆，她与闺密刘珊环相比，分明矮了半截。阿珍哭了一夜，第二日醒来，就如什么事也没发生一样。后来，阿珍感谢自己判断得对，只有她在这场情感旋涡里没受到一丝丝的伤。

徐国铁与栗茜结婚后，刘珊环带着仇恨悄然离开，刘刚在很短的时间内与本单位的一个女孩组成家庭。

只有阿珍知道，刘珊环离开了省城。那些年，信息闭塞，只有阿珍知道刘珊环的联系方式，她不敢泄露，刘珊环特别交代，否则，一刀两断。后来，阿珍结婚生子，忙于生计，与同学的联系也中断了。不过有一点，她与刘珊环的联系始终未断，她依旧单身。

"阿珍，阿珍。"刘珊环叫道，"你在想啥呀，心不在焉的。"

"哈哈，没想啥，我在想你读大学时候的发型，披肩发，又直又黑。"

"唉，是啊，哪像现在，又干枯又少，还有少许白发。那时也没有眼袋。"刘珊环望着镜子里的自己，巴不得时光会倒流，让自己回到十八岁。

阿珍说："你那时是班花嘛。那个谁，谁说的，皮肤白嫩光滑，眼睛像黑宝石。"

"还有谁，负心汉呗。"刘珊环喃喃说着，像是对阿珍说，又像是自说自话。她一直搞不明白，徐国铁为啥突然离开她？与他结婚的不是别人，正是她的闺密栗茜。她觉得自己被深深欺骗了，心很疼很疼，觉得很没面子，很受伤，心里恨死了徐国铁、栗茜，所以一气之下离开了。

"两位美女，头发需要保养几十分钟，这段时间正好是午餐时间，需要吃啥，我们愿意为你们服务。"刚才出去的女店员进来，声音又柔又甜。

刘珊环这才发现，两位化妆师已不在房间。午餐时间了啊，怎么这么快！午餐过后就是晚餐，她邀请的人就要来了。这一顿饭得好好想想。阿珍，吃什么呢？

阿珍见她问，说："随你，我可不饿。"

"那先来两杯现榨果汁吧。其实，吃得越简单越好。"刘珊环说这话时，突然想起这是徐国铁当年对她说的。

二

"天很高，云很低，风很轻。站在酒店楼顶就能摘到那朵云。"徐国铁指着几十层的酒店，对身边拉着他的人说："到了。"

栗茜说："终于到了，我一出门就晕，辨不清方向，可你，还作诗。"

"那边是东，那边是南，那边是北，这边是西。"说完，徐国铁已经转了一圈。

栗茜瞪了他一眼，说，"这么夸张，是不是见到你要见的人，就不要我牵你了。"

"哈哈哈。"徐国铁笑了起来，拉起栗茜的手，朝酒店走去。

徐国铁与栗茜进入酒店的一刹那，如刘姥姥进大观园那般，有些晕头晕脑。这架势，他们生平还是第一次见着。宾馆大门上挂着横幅，红底黄字，写着："庆祝三十年未见面的老同学重新相聚"。红红的地毯一直铺到宾馆宽敞的大厅，两边各有六个长相靓丽的礼仪小姐，一色红色旗袍，吧台报到处两侧，分别放置一排青花瓷大花瓶，花瓶里装着各种鲜花，色彩斑斓，散发出淡淡的清香，徐国铁使劲闻了闻。报到登记完，拿到房卡，他们由一个服务生帮助提着行李，进入电梯，到房间休息。服务生出门的时候，笑眯眯地说："别忘了，六点整准时下二楼餐厅一号贵宾间用餐，顺祝先生、女士聚会快乐。"

这是什么节奏？不就是老同学聚会吗？如此大动干戈，场面这么大，徐国铁有些恍惚。

望着徐国铁这副模样，栗茜往床上一躺，说："你这人就是这么呆，刘珊环乐意这么做，你困惑什么呢？又不是你出钱你组织，客随主便就行。难道你心疼她花钱？"

徐国铁瞪了栗茜一眼，显然不满，说："看你说的，这是哪跟哪啊？我奇怪一下也不行吗？"徐国铁边说边看。房间十分宽敞，红木家具，真皮沙发，莲花图案的红地毯，洁白的床单，精致的烟灰缸、火柴，时尚的灯具，收拾得一尘不染。桌上摆了很多水果、零食，旁边有红色纸条提醒："本房间所有零食、水果以及一次性用品均可免费使用"。徐国铁边看边说，"完全不必这样，都是老同学嘛，尽管三十多年没见面，也应该简朴。唉，浪费，真是浪费。"

躺在床上的栗茜，其实也和丈夫徐国铁的心思一样，甚至比徐国铁还复杂。大学期间，她与刘珊环一样，爱上了徐国铁，她从未怀疑过自己的爱没有刘珊环的爱热烈，只是她不善于表达。她与刘珊环完全是两种不同性格的女孩。刘珊环热情、胆大，爱说爱笑，甚至有些泼辣。她呢，一向很文静，走到哪里都很安静。班主任是一位美女，曾说过，刘珊环、栗茜都是班上好看的女生，刘珊环是美丽的，好动；栗茜是漂亮的，很静。她感谢班主任，让她充满自信，让她敢于大胆追求她喜欢的东西。

"六点。二楼一号贵宾间。"门口站着两位女服务员，见人就点头，脸上刻着标准的笑容，说，"欢迎光临，愿意为您服务。"

刘珊环与阿珍早早来到餐厅，她们是从化妆店直接过来的。化妆师化成妆，又仔仔细细地审视了一遍，说："美女们，可以了！"刘珊环站了起来，与阿珍对视了一下，又在镜子面前转了几转，果然是一个全新的自己。刘珊环凑近仔细端详好半天，心里暗叹，化妆还是难掩岁月痕迹啊。她看时间，已是下午五点十分，对阿珍说："这时去宾馆再合适不过了。"结账时，刘珊环对店员说："不用找零钱。"

两人走出化妆店，不约而同地伸了个懒腰。坐了快一天，真的快坐不住了。高悬在空的太阳，刺得两人眯着双眼。

阿珍跟在刘珊环的后面，她在刘珊环的脸上没有找到化妆后带来的喜悦。这几日她一直在思量，刘珊环花这么大的心思，也花了不少钱，召集这几位老同学吃一顿晚饭，难道仅仅是因为三十年没见面，想念了，要聚在一起聊聊？她说不准，她认为刘珊环还有目的，难道她要与徐国铁重温旧梦？不可能啊，都是老头老太太的年纪了啊！

"又不说话，又在乱想了，上车吧，我的好阿珍。"刘珊环回头说道。

"阿珍。"刘珊环系好安全带后又问，"你说徐国铁栗茜两口子会来吗？如果不来，我挺失望的。"说完，看了一眼坐在副驾驶位的阿珍，又回头瞟了一眼后面，似乎后面就坐着徐国铁、栗茜一样。

阿珍听了，心里自个儿嘀咕："是了，我的猜测八九不离十，这次聚会的主要目的还是在徐国铁这儿。刘珊环恨徐国铁，刻骨铭心，恨到骨髓里。都三十多年了，难道她还没有走出来，放不下？不像啊，刘珊环大大咧咧的，爱说爱笑，不像，真的不像。如果恨，还聚会干什么，不见，尤其是永远不见岂不更好？更莫说还这么精心打扮一番，对于阿珍来说是第一次化这么精致的妆呢！想着，想着，阿珍心里突然一惊！难道，难道刘珊环要在聚会上羞辱徐国铁？或者要报复栗茜？如果是这样，那我岂不成了帮凶？"阿珍不由得颤了一下。"怎么了，阿珍，哪里不舒服吗？"刘珊环问。

"没有，好好的。珊环，开慢些，你开得太快，小心被罚款，扣分。"阿珍的话，明显有转移话题的成分。

"放心，你对我还不放心。这个开车啊，该快就快，该慢得慢，得认真对待。开车就如人生一样，你游戏车子一次，车子将游戏你一生。"刘珊环这样说时突然像一个哲学家。

"哦，哦，啊？"阿珍总觉得刘珊环的话还另有含义。

三

天边像燃起大火一样，晚霞通红，透过酒店道路两旁的树林，洒在地上，斑斑点点，风一吹，地上的树叶纠缠着舞了起来，似乎一切都飘了起来。

徐国铁、栗茜被女服务生领进来的那一刻，宽敞的餐厅响起了热烈的掌声，仿佛欢迎什么大人物。

"徐国铁、栗茜！"

"刘珊环！"

彼此叫着，很激动。

手掌拍得最响的，要数刘珊环了。她起身，迎了过来，说："已经来了好多人，就你们两口子姗姗来迟，看，迟到三分钟，实际上，加起来就是六分钟，这是不能容忍的。先记下，稍后罚酒。"

徐国铁双手合十，笑着，连声说："认罚，认罚。"

"好，还是当年的爽快样。先一个个认，认不出来的同样罚酒。"刘珊环笑着说，两腮的酒窝里装满了神秘，等着徐国铁来探究。

"好，这个嘛，阿珍，还是当年的模样。那个胖子嘛，是杨童书，哈哈！"徐国铁叫出名字后，来到杨童书旁边的人跟前。刘珊环说："这个不准你认，让你身后的美女认。"

栗茜一看，这不是刘刚吗？怎么老成这样，样子显老不算，还秃顶了，仅剩得几根头发被他梳直了盖在秃顶处，反而使他的秃顶更加显眼，甚至有些滑稽。她知道刘珊环是要开她的玩笑，而她，天生不喜欢打闹，就微笑着说道："这是刘刚，哪会认不出来。"

刘珊环上前一步，与栗茜站在一起，盯住徐国铁，问："那我是谁呢？"

众人一听，这不是多余的问题嘛。徐国铁暗自寻思，刘珊环依然是那样，穿戴一身黑，眸光熠熠，只是两个酒窝没原来的圆了。她还是那么瘦，声音没变，发型没变，就是有了眼袋和几条皱纹而已，不仔细看还看不出来呢。

徐国铁伸出手，说："珊环，你还是以前的模样，其他人也许在街上面对面碰到不一定能认出来，你呢，我一眼就能认出来。真的，我从不骗人。"

"真的吗？你从不骗人？"刘珊环紧紧盯住徐国铁反问，眼睛眨都不眨一下，那模样，不把对方看穿不罢休。徐国铁就这么站在那儿，像一个做错了事的小孩子，点点头。

刘珊环不得不承认，徐国铁确实老了，当年的帅气荡然无存，腰也立不直。他头发梳得没有一丝凌乱，结果越整齐，越显得一根头发白得醒目，额头上如刀刻的皱纹，眼镜框下，深深下陷的眼窝里，那一双有些浑浊的眼眸，无声地诉说着岁月的沧桑。刘珊环暗想，这个就是本省教育界很有名气的教授，哪怕是想象力丰富的人，也无法把他与一个知名的教授联系起来。

刘珊环转身，细细打量起栗茜来。栗茜虽说一头白发，但还是那么安静，从进来到现在就说了那么一句，一直静静地站着、听着，神色平和。栗茜竟然没有化妆，素颜，皮肤依然白白的，像白菜茎，水分充足，只是体型发福，眼角细纹多，低头时有双下巴。当年，她可是那种我见犹怜的瘦。

"栗茜，你变化不大，刚才你一进门，我们就认出你来了。"刘珊环幽幽地说道。

"是的，一眼都认得出栗茜来，要不是有她在身边，徐国铁一个人走进来，我们会以为来了一个走错房间的老头子。"刘刚哈哈大笑，打趣道。这刘刚读书时，就天天与徐国铁打趣抬杠，两人住一个宿舍，经常出入运动场。

唉，刘珊环暗暗感叹，三十年了，每个人的日子虽不一样，却有一个共同点，都输给了岁月。现在看来，徐国铁也一样，而且输得更惨。

"肚子饿了。"杨童书嚷道。

刘刚又哈哈大笑："你还是原来的样子，随时喊饿，读书时就数你胖，现在看来，还是你最胖。"刘刚从不忘记打击人，他的座右铭就是，打击人不要本钱。

笑过，刘珊环招了招手，对女服务生说："那就上菜吧。"

四

这是一个大包间，一张大红木圆桌置于房间正中央，四周是配套的雕花实木椅子。桌子、椅子有着好看的木制花纹。

刘珊环坐在上位，她背后墙上是一幅画，画上有名家题字，"天涯海角情依旧"。右边是栗茜，栗茜旁边是徐国铁，再旁边是杨童书。刘珊环左边是刘刚，刘刚旁边是阿珍，其他同学依次围坐。

女服务生们鱼贯而入，当她们把菜碗放在桌子上，徐国铁和其他人一样，总觉得哪里不对劲。八个半新不旧的大瓷花碗，碗是乳白色的，花纹是蓝色的。一碗汤，是酸菜洋芋汤，汤上面漂着淡淡的一层油，在碗里晃动着；一碗是番茄炒鸡蛋，有几片红辣椒；一碗是回锅肉，肥肥的，白白的肉片，用蒜苗炒的，有几根姜丝；一碗是老奶洋芋，洋芋煮熟捣碎，用糊辣椒炒的；一碗是糊辣椒炒莲花白；一碗是素炒苦瓜；一碗是凉拌粉条；最后一碗是家常豆腐。低头看着这八大碗，徐国铁抬起头来，又望望左右，见大家也是这副模样。徐国铁对刘珊环说："都是老同学，不必见外。其实，完全可以在其他地方吃，农家乐也行，像桌上的一样，都是常见的农家菜。可这儿的服务费、房费高，这样破费不好吧。"

"莫说钱，说钱就俗了。先吃，尝尝味道如何再说。"刘珊环眼睛里闪过一丝不易察觉的神色，却被徐国铁捕捉到。她要干什么呀？在这样的贵宾间点这样的家常菜。三十年没见面，徐国铁已不了解刘珊环。从进来到现在，刘珊环说的话有些冲，总觉得还有半句没有说出来。想到当年自己有负于她，他觉得少说为好。

也许是饿了吧，杨童书连连夹菜，吃得添嘴抹舌。众人纷纷伸出筷子。

"怎么样，这味道。"刘珊环轻轻问，这回，大家分明都瞧出她狡黠的微笑，好像今天是在开美食品鉴会一样，刘珊环是考官，众人是赶考者。

"不错，不错，味道不错。"众人说。

"这样的菜当然很平常，宾馆自是不会炒的，是我在后街小馆子里订的。看来你们真的都忘记了，多么熟悉的菜，多么熟悉的味道，竟然没人吃出来。唉！既然这样，就撤了吧，把这样的味道埋葬在时空里。"刘珊环摇着头，轻轻说，眼里有亮光在闪动，给人感觉，只要有一个触点，就会号啕大哭。

众人还是不解，不知刘珊环在整哪样。

刘珊环看看徐国铁，又瞧瞧栗茜，再望望其他人，说："这是三十年前我们班上吃的散伙饭。当时，就是这样的土碗，就是这样寻常的八个菜。人还是那些人，菜还是那些菜，只是，味道却没有了，味道让岁月给淡化了。你们没有一个人记得，不如撤了吧。"

突然没有了声音，三十年了啊，刘珊环竟然记得这么清楚。徐国铁赶紧说："那别、别撤，我吃着挺好的，珊环的创意真好，是叫咱们吃回忆饭。他边说边夹菜吃，这碗吃一吃，那碗尝一尝，就像这样吃，就把当年的时光吃回来一样。"

刘珊环转身对门口的女服务生说："撤换！"声音坚决果断。

众人你看我，我看你，不知刘珊环搞哪样名堂。

五

刘珊环话音刚落，刚才的几个女服务生进来，端走了这八道菜。几乎就在同时，又进来几个身着紫色旗袍的女服务生，端来了与刚才不一样的菜。

徐国铁无奈地耸耸肩，栗茜似乎还没有反应过来，刘刚张望着，杨童书更是惊得目瞪口呆。唯有阿珍一点也不惊讶。刘珊环就这样，她要做的事，谁也劝不住。刘珊环就是这么任性。

这些身着紫色旗袍的女服务生端着菜，站成一排。领班个子高挑，穿的是白色旗袍，说话的声音很甜。女服务生放上一样菜，她介绍一次。

一位女服务生在桌上放了一个酒精炉，另一位墩上锅，锅里冒着热气。顿时，屋里香气扑鼻。"这是乌蒙神韵梨炭兔肉火锅，取材乌蒙山梨炭，乌蒙山纯野兔肉加工制作而成，也是今晚的主菜之一。"领班说。杨童书听了，鼻子嗅了嗅，说："真香啊！"

徐国铁皱了皱眉头，他打小就不吃兔肉的。倒不是他有多讲究，只是他属兔。

"这是三江鱼亲家会，取材南江、北江和东江的鱼各两条，清蒸而成。"看着冒热气的这道菜，徐国铁说："不就是三条鳜鱼吗，谁知道是不是这些江里的。"

"不要用教授的研究眼光怀疑一切，这绝对是真的。"刘珊环笑着说。

"这盘是火山飘雪，口感极好，甜中带酸。"说到这里，领班望了望刘珊环、阿珍、栗茜和其他女同学，继续说，"这是美女们喜欢吃的美食。火山飘雪啊！"栗茜仔细看了又看，这不是西红柿上面撒了一层白砂糖吗？

随后上了红白双簧、乡愁、绝代双椒几道菜。这时，穿紫色旗袍的服务员身体一闪，抬来一个椭圆形盘子，领班说："这道菜叫花心恋人。"

刘珊环好像没听清，追问道："你说叫哪样？"

"花心恋人。"领班笑眯眯的吐字异常清晰地提高声音说了两遍，就好像每一个人都没听见似的。刘珊环嗯了一声，低头仔细瞧了瞧，然后说，"我说哪样花心恋人，不就是花心大萝卜嘛，哈哈，花心大萝卜……"

阿珍有些急了，偷看了一眼徐国铁，又看了一眼栗茜，没发现有什么异常，这才放下了心。看来，刘珊环还是放不下，这次请客的目的越来越清晰，一定是要当众羞辱徐国铁。看来，这是一场鸿门宴啊。

这时，只听得刘珊环说："上酒。"三名女服务生端来三瓶酒，包装盒上写得很清晰：三十年陈酿。刘珊环说："不管会不会喝酒，今晚都得喝，这是三十年陈酿，象征我们三十年才见面。"

"喝，这酒一定得喝！"刘刚大声说。杨童书也嚷道："不醉不归。"徐国铁眉头皱了一下，但还是说："这酒是得喝。"

女服务生开瓶，倒酒，说："女士们、先生们请慢用，有需要服务的请只管说。"说完退了出去。

酒过三巡，大家话多了起来，开始彼此调侃。晚霞透过窗子，映红了房间，染在众人脸上，给人一种酒不醉人人自醉的感觉。

栗茜暗暗感叹，人就这样，酒一下肚，话就多，胡话也就多了起来，只是，酒多了，话再胡也就被忽略了。

刘刚说："阿珍，还记得当年我们开玩笑吗？说要是徐国铁与刘珊环结婚有了孩子，就取用他俩名字的最后一个字，叫铁环。"

阿珍暗怪刘刚，哪壶不开提哪壶。正当她不知如何回答时，大家已笑得合不拢嘴。

杨童书眼泪都笑出来了，顺着脸颊落下。他从桌上的餐巾盒里抽出一张纸巾，擦了擦，突然想起一件事，大喊："我也想起徐国铁的一件事。"他还未说就笑开了，笑个不停，又去抽纸巾。"你们记得吗？徐国铁老家那儿口音有些怪，n音总是发成ng的。他每次喊刘珊环，不带姓，总是珊环，珊环地叫，结果大家听到的就是——上环，上环，笑死人了。"

"哈哈哈！是，是的。"刚开始一听，大家就笑，刘珊环同学也反应过来了，脸红得像猴子屁股一样，偏生就没见她生气。"是不是那时刘珊环同学就喜欢上环呢？"刘刚也边说边笑，笑得前仰后合。

刘珊环也笑，两个酒窝一闪一闪的，她就如当年一样没生气，只是没有当年脸那么红。

"看你们几个大男人，说啥呢？再说栗茜会生气的。"阿珍想笑没敢笑出来，朝刘刚、杨童书嗔怒。

栗茜一直安安静静坐着，听着老同学们胡侃。即使听到他们拿徐国铁与刘珊环当年的糗事说，她也安安静静的。不就是开个玩笑么，不就是说说几十年前的陈芝麻烂事么？这又算个什么呢？只要能让大家开心，说说无妨啊。栗茜就这么想，也是这么做的，她一直不说话，面带微笑，默默坐着，或夹菜吃。

其实，刘珊环和徐国铁当年的那些事，栗茜没有忘记。

毕业那几日，聚会多了起来。在城里玩得不过瘾，他们利用周末，玩到了城郊一个小县城边，住在城边的一个培训站。恰好站长是杨童书的大舅，说培训站九月才来学员，房间都空着，你们几个人一人一间，晚上好好休息。那天晚上，大家在一起狂欢至深夜。最后，大家都喝多了。徐国铁喝得扑在桌子上，一声不吭。刘珊环更甚，喝得吐了，嘴里不停地喊着徐国铁的名字。刘刚是第一个喝倒的，稍微清醒的杨童书，扶起刘刚回培训站。阿珍叫另一名女生与她一起扶起刘珊环，送去房间。阿珍回过头来说："栗茜，你没有喝酒，徐国铁就交给你了。"栗茜点点头，扶起徐国铁，往回走。徐国铁边走边说："珊环，不要你扶我。"栗茜没有说话，搀扶着他进入房间，倒了些水给他喝。喝了水，栗茜扶他躺下，就要离开。徐国铁嘟嘟囔囔，说："珊环，不要走，陪陪我。""我是栗茜。"栗茜郁闷地回了一句。"是栗茜？好，其实，我也喜欢你。"说着，抱住栗茜就是不放。

第二日醒来，他看见栗茜眼角挂着泪花。床上那一摊红那么显眼，他什么都明白了。栗茜见他醒来，没说一句话，起身回自己的房间去了。徐国铁吓出一身冷汗，慌忙跑到洗漱间，把挂着晾晒的床单拿来换了，把染红的床单洗干净，挂起来，这才悄悄回到房间，躺在床上。

六

当别人这么拿刘珊环与徐国铁开玩笑时，刘珊环也开怀大笑，仿佛她与徐国铁是一家人，而不是栗茜。

他们喝着，一杯又一杯，话音越来越高。这个与徐国铁干一杯，那个又来碰一杯。

刘刚又要给徐国铁倒酒，栗茜终于坐不住，不再安静。她伸出手，拦住，说："徐国铁不能再喝，他身体不好，胃癌，胃做过大面积切除手术。"声音很轻，却像一根针掉进众人心里，扎得众人恶生生疼。饭桌上的热闹嚯地消失。一时间静悄悄，各人都听得见自己心被撕扯的声音。

"说这些做啥呢？"见同学们都震惊地望着他，徐国铁不愿意栗茜说下去。

"真的别喝了，都不要给他倒酒，身体要紧。"反应过来的阿珍慌着说，声音竟有些颤抖。

"都是拼命闯的祸，不会想自己的身体。他经常熬夜伏案研究，日子在超负荷运转，身体在透支中前行。那次，他差点下不了手术台，在重病监护室待了几天几夜。三年来，他是靠药罐子养着的。"栗茜说着，头低低的，低到尘埃里，就像脚下就是药罐，要拿出来给大家看似的。

刘珊环啊了一声，一时愣在那儿，竟不知说哪样好，再听到栗茜的话，她的心咯噔一下，像是喝下去的酒漏在心尖上，辣得不得了。她脸上挂着的笑容消失了，酒窝也不在了。她有些蒙，这是她没有想到的，徐国铁竟在生死线上走了一回。他过得不易啊，难怪衰老得那么厉害！旁人只看到他头上顶着的光环，享受国务院特殊津贴，是副厅级领导，又有几个人知道他生活的沉重苦涩。作为他妻子的栗茜，她的付出和辛酸怕也是很难有人了解的，难怪她也一头白发。

在刘珊环的记忆里，栗茜有一头乌黑的长发，瘦瘦的。她还记得，她问徐国铁她与栗茜谁的头发好看时，徐国铁说："你们的头发都黑得像绸缎。栗茜的头发像她的人一样安静，你的头发呢，会说话、会交流，我喜欢。"徐国铁的这些话，就这么轻轻地落进了她的心坎，存在那儿，挥之不去。可是后来呢？徐国铁的手抚进了安静的乌发里，没有再伸出来，再也没有喜欢会说话的头发。

"徐国铁，对不起，我是真的不知道。"刘刚声音有些哽咽，说，"不喝了吧，这把年纪，是该注意。"说着，望了一眼栗茜接着说："不是我责怪，最起码该给老同学一个信啊，也让我们做点什么，对吧？"

"是啊！"杨童书接话，"我们都是徐国铁的好哥们，该批评栗茜。"

栗茜道，"这又不是什么好事，徐国铁不允许对外说，连家中的老父母都不知道，半年后才回家说的。"他是孝子，这一点大家都知道。当年大二时，校篮球队参加全国大运会，他是主力，连克对手。进入决战时，他父亲背粪上山坡地种洋芋，摔断了几根肋骨。徐国铁不顾一切回家，硬是守了父亲一个月才返校。由于他的缺席，校篮球队与冠军擦肩而过。学期总结时，班上有同学炮轰他没有集体主义观念。徐国铁说："随便你怎么说，我只知道，父亲比冠军重要。"

"看来，不告诉你们是对的，都过去了，成了过去时态。可是，看你们的反应，仿佛我现在还在病床上。"徐国铁笑出声来，话说得就如切胃的不是他一样，一脸的平和，众人方才好受些。

刘珊环还是无法平静下来，这与她想象的太不一样了。这几十年来，有一个问题一直困扰着她，她就是没有得出答案，徐国铁为哪样突然离开她，与栗茜结婚？三十年了，她不能这样不明不白，她想知道，了却一桩心事。今天，这么下功夫地染黑拉直头发，还设计了一场回味饭，想唤醒当年的记忆，她要当着老同学的面问一问。

此时此刻，栗茜说的话，如一股飓风刮来，刹那间，把刘珊环精心设计、营造的讽刺剧卷得稀巴烂，吹得破碎不堪。那些碎片带着如钢针般的尖刺直刺她的心尖，一阵刻骨的疼痛倏然传遍她的全身。恍惚之间，内心深处似乎有一个声音在说，在生命面前，还有哪样过不去的呢？还有哪样不能原谅的呢？还有哪样值得纠缠的呢？刘珊环扶着椅子站起来，身体晃了晃，向栗茜走去。

餐厅突然安静了下来。

刘珊环伸出双手，把头低得不能再低的栗茜轻轻搂在怀里。

原色

一

老朱睁开眼睛，感觉脑袋晕晕沉沉的。"妈的，温三牛把老子带到哪里来了？怎么全身湿淋淋的，到处水滴水淌的。"他终于清醒过来，不由得环顾四周，发现他并没有被带到哪里，而是还在原来的地方。看来捆他的这棵树已经倒了。现在，他还被捆在树干上，仰面朝天。天灰蒙蒙的，正下着细雨。唉！难怪雨水落在了他的脸上身上，衣服裤子都湿透了，紧紧地贴在身体上，真不好受。几点了啊？他答应老婆子回家吃晚饭的。"这个温三牛，把老子捆得这么紧，还捆这么多道，这如何挣得脱？好你弟兄两个，怎么跑了，两个怂人。"老朱嘴里不停地叫骂着，他侧脸看了看，那几棵被砍倒的树还在，他眉毛挑了挑，又转过脸，看了看他的篮子、斧头，都还在。

他闭上眼睛，以防雨水打在他眼珠子上。"死老婆子，还说今天不会有人来砍树，今天我要是听你的话不来，这温家两兄弟不知还要砍倒多少棵树呢，这些都是上等木材，珍稀树种，那要有多少损失？岂不便宜了这两个偷树贼？我怎么对得起每月领的八百元补助呢？好在老子的坚持是对的，爹爹交斧头给我时说过，做事贵在坚持，叫我要小心翼翼地保护着他热爱的这片绿色。那些年，爹爹挣工分还要守山守林呢！"他接手林区后，起先每月补助五十元，后来涨到两百元，四百元，六百元，到今天的八百元，更何况他家还种着土地呢。不愁吃不愁穿的，守守林，每月领着钱，知足吧。

"老天还是长眼的啊，终于不下雨了，这就对了嘛！虽说春雨贵如油，但我老朱此时的情况，再下，淋得我难受。附近会不会有人啊？不能就这么躺着。""有人吗？""这儿有人吗？我是老朱！""老朱在这儿！"他大喊了几声。

除了松涛回响，没人应答。想想也是，这个时候了，谁会来这儿呢？除了他这个守林员，除了与他作对的偷树贼。一想到偷树贼，他又开始骂起来。"好你个温三牛、温四熊，趁我儿子结婚时，居然相约来偷树。真会挑日子，你可低看老朱了。我今天偏要来，让你防不胜防。真是人家说的，一娘生九子，九子各不同。老大温大虎、老二温二豹这两人就本分，规规矩矩的，不偷鸡摸狗，不投机取巧，日子虽然穷点，但人家过得踏实。老三老四就这德性，专干这不靠谱的事。今天竟然敢捆我，撕我的罚单，看老子明天能饶你们不？"

灰蒙蒙的天终于被夕阳撕开一个口子，夕阳西照，晚霞照到老朱身上，映得额头上的血迹更加深红。远处，几朵正在开放的杜鹃花，红艳艳的，四周蜂蝶飞舞。

又过了一会儿，夕阳渐渐消失。老朱感到头昏沉沉的。

这两个王八蛋！幸得树倒下来根部与地面有点距离，不然老子今天就冤死在这儿了。看来没人来了，只有等老婆子发觉我迟迟未归喊人来找我。

老朱想到这儿，干脆一动不动了，得保持体力。今天发生的一幕幕在他眼前又倒回来了。

二

八辆面包车披红戴绿，被打扮得花枝招展，齐排排地停在青石冲村口那片绿油油的竹林旁。老朱的儿子讨媳妇了。

一时间敲锣打鼓的声音、鞭炮的声音、娃娃们打闹的声音，加上见到亲朋好友进村时的狗叫声，安静的小村子一下子喧闹了起来。在这个村子里，最热闹的就是讨媳妇。老年人笑，青年人闹，娃娃拿着喜糖满村跑。

院子里张灯结彩，大红喜字窗上贴。十来张八仙桌已经放好，厨师正在上喜菜。有小炒瘦肉、百合炖肉、凉白鸡、小酥肉、炖羊肉、排骨煮藕、油炸洋芋荞丝、炸花生、炖猪脚、炒火腿、酸菜红豆汤、白菜煮豆腐、鲜汤鸡等共计十六样菜，每一张桌上放着两包喜烟、两瓶喜酒，一盘瓜子喜糖。客人们已经就坐。只等鞭炮一响，就开始吃了。果然，六点九分九秒，喜炮响了起来。小孩子们远远看着，双手蒙住耳朵。喜炮之后，人们开始动筷，推杯把盏，划拳猜令，热闹非凡。

老朱与老伴牛翠娥进进出出，逢人就发烟，递喜糖，笑得嘴都合不拢。

"老朱，你这是从哪儿来呀，一身的树叶子、松树毛。"打趣的人明知故问。

"刚从山上下来。"老朱尴尬地笑道，"还未来得及换衣裳。"

"哈哈哈！这个老犟牛！儿子结婚大喜，还上山半日。"

青石冲坐落在乌蒙山一个山谷里，这儿海拔两千三百多米，沟壑里的村寨稀落，离县城较远，平时很少有外人来，只有有人家办红白喜事时，才会这样热闹。

晚上，属于年轻人。洞房里欢歌笑语，一波又一波……

老朱安排好远道而来的亲戚，就早早地睡了，他不想扫这些年轻人的兴致。

第二天，依传下来的风俗是要招待远方亲戚的。然而，细心的人就发现，只有老朱妻子忙上忙下，老朱却不知跑到哪里去了。

此时，村外通往山上的路上，走着一个瘦高的汉子，他棕褐色的手里拿着一把斧头，身上背着一个篮子，走路呼呼有声。他一身蓝色中山服，灰色裤子，黑色布鞋，国字脸，小麦色皮肤，眼睛炯炯有神，直视前方。这人不是别人，正是青石冲守林员老朱。看看被自己甩再身后的还在热闹中的村子，他笑了，自言自语地说了一句"老婆子，你玩不过我"就开始唱了起来：

　　"十七十八像朵花，
　　二十四五到婆家；
　　三十四五当家去，
　　整天忙着领娃娃……"

撩拨人心的山歌在如织的山路上飘荡。

老朱唱得正起劲，突然身后传来一句："砍脑壳的，站住！"他回头一看，是自己的老婆牛翠娥。她火急火燎地从后面赶来，手里还捏着一把一半绿莹莹一半白生生的大葱，一脸不高兴地说："老倌，今天你就不要去守山了。讨儿媳妇是大事，快跟我回去。好多事情需要你忙。"

老朱听了，脸上阴沉了下来，说："为什么？儿媳妇昨天已经娶进门了，今天还要安排我做什么？"

"做什么？儿子结婚这样的大事，活计太多，亲戚朋友还在家，有的今天要走了，要送啦，要陪着说话啦，我一人忙不过来。你天天在山上转悠着，今天不去了，行吗？"牛翠娥眉头紧皱，脸上的皱纹越发多了起来。她相当不满意自己的老头子这股执拗的牛脾气，爱青石冲这片山林胜过爱自家的一切，连娶儿媳妇这样的大事，也在家待不住，要往山上去。

老朱看到牛翠娥难过的表情，抬头看了看山上的方向，转身往村里走去。走了两步，突然站住，沉声说道："不行，万一今天就有人上山偷着砍树呢？"

牛翠娥生气了，声音突然高了起来："你真是砍脑壳的！你不会找村民小组长李云海，他会安排的。守了几十年，别以为真离不开你这个木疙瘩。你不就是一个守林员吗？"老朱听了，不气反笑，一脸自豪的模样："老婆子，乱说了。我父亲守了一辈子，苍绿的几座山传给我，可不能在我手里毁了，让山变了色。"

牛翠娥狠狠地瞪了老朱一眼，有些不耐烦了，说："你不去一天就毁了，偷树贼就集中在这一天了。你当我是三岁的娃娃。走，跟我回去，事情多。"

老朱眼睛珠子一转，突然嬉皮笑脸起来："不是还有女儿在家，还有你弟弟云福吗？还请了左邻右舍帮忙吗？不差我一个啊！"

牛翠娥气得直跺脚，在地上"呸"了一口，接过话头："越老越爱说屁话。你是当家的，不能少你，这是礼数。"

老朱收起笑容，心里暗想：这会儿说我是当家的了！买家具时，你说我懂个什么，不当家不知柴米贵。一张嘴，全由你说了算。

牛翠娥见他不说话，脸色阴沉地站在那儿，就加重语气，几乎是吼出来的声音:"我再问你一句,你到底回不回?我可没时间站在这儿陪你这砍脑壳的干瞪眼。"

"你自己回去吧。"老朱甩下这句话,头也不回,大步流星地转身走了。

牛翠娥见状,把手中的那把大葱狠狠地摔在地上,用脚使劲踩,声音像哭一样:"天啊,我牛翠娥怎么了,摊上这么一个不管事的男人,叫我怎么活啊!

老朱听了,皱了皱眉头,耸了耸肩。走了几步,轻声说道:"老婆子,又故意耍赖,故伎重演,不灵了。"

看到老朱消失在拐弯处,牛翠娥不说话了,拍了拍屁股,自言自语地说:"木头人,你不在倒好,免得在我面前指手画脚。这回儿子讨媳妇,我放开做主,把你晾在一边。"说完转身往村里走去,突然又转身大喊:"老倌,记得多喝水,晚上回来早一些,一起吃晚饭。"

远远的声音传来:"好,我答应你,老婆子!"

三

村西头,一座破旧的土基屋,房门紧闭。屋子里灰暗,楼梯处一个穿着拖鞋,光着头的男人,蹲在地上正在磨斧头。

"王八蛋老朱,昨天你儿子讨媳妇,上午你还上山巡视,害得老子发不了财。今儿个,你一定不会上山了,你家亲戚在,你总要陪吧,哈哈,今天是你的好日子,也是老子的好日子。"

一想起老朱,他恨得牙齿直响。去年大年三十,以为老朱会待在家里过年,他就趁机跑到山上,选好一棵红松树,正要砍下去,却被老朱抓了个正着。还说是念在乡里乡亲的分上,加上是大年三十,就放过他,不然要抓他去乡里。这王八蛋,算他狠!

光头男人一边想着一边狠狠磨斧头,似乎想把满山的树砍回家。突然,门咯吱一声被推开,吓得他手里的斧头哐当一声掉在地上。差一点掉在自己脚上。门一开,强烈的光线刺得他用手蒙住眼睛。地上那磨得亮锃锃的斧头闪着凛凛寒光。

来人压低声音说道:"老四,看你这熊样!准备好了没有?我们走。"

来者正是村里温家老三温三牛。这家共有弟兄四人,温大虎、温二

原色

169

豹、温三牛和温四熊。老三老四从小就淘气，早早辍学在家，做什么事都只有三分钟的热度，因而混到中年，一事无成。尤其是温四熊，三十好几了，还未成家。一个人过日子，免不了干些偷鸡摸狗的事，手里有点钱，就跑到城里找女人。这些日子，手里紧了，正在犯愁。昨天见老朱儿子结婚，暗自高兴，正要偷偷上山砍几棵树拿去卖，却看到老朱哼着山歌上山守山，气得他把老朱骂了一上午。昨晚温三牛来找他，两弟兄嘀嘀咕咕了半天。现在，见是温三牛进来，方才心安，抹抹汗，轻声问道："小哥，你能确定老朱今天不会上山？"

温三牛肯定地点了点头："昨天他儿子娶媳妇，今天亲戚来了这么多，你想想，这么大的事，他还能上山吗？更何况他只有这么一个宝贝儿子呢！"温四熊心里不太满意温三牛的说法，昨天老朱儿子结婚，他还不是照样巡山。想到这儿，他说："万一他上山呢？"温三牛心想老四怎么突然变胆小了，他蛮有把握地说："没有万一，你放心，老四。"温四熊嘟囔道："上回过节你说他不会上山，结果我们到了山上，才发现他在山顶那大石头上坐着。害得我们白跑一趟。"温三牛见老四这样，真的有些生气了："那是上回，这回他一定不在山上的。"温四熊觉得他说的一点儿也没道理："那可不一定。老朱这人眼里只有山，似乎其他的都不重要。"温三牛突然发火，声音高起来："你今天怎么这么怂啊！"温四熊见他发火，低声道："小哥，不是我怂，大哥说过，小心驶得万年船。"温三牛听了老四的话，一脸鄙视地说："不要提大哥，还有二哥，他们正直，可穷得叮当响，有什么用？"

温四熊没有听见他说什么，却想起去年冬天下大雪时温三牛来找他，说这种冷天气，老朱一定不会上山守林。出乎意料的是，当两弟兄忍住寒冷到了山上后，刚砍了一棵树，就被老朱发现了。人赃俱获，结果两兄弟都被罚了五百元。还是大哥温大虎、二哥温二豹做保，老朱才放了他们。

温三牛见老四有些犹豫不决，前怕狼后怕虎的，心里一股股火直往上冒，心里暗骂：太怂了，没出息。但没有两人照应，偷树不方便，他强忍住火气，压低声音，肯定地说："今儿个，他一准不上山。我听到他老婆牛翠娥与他女儿说，把买给你爹爹的新衣服拿出来给他穿，他女儿就问她妈，爹爹今天不上山了吗？牛翠娥说，这几天是你哥大喜的日子，还上山，他当真疯了。今天还要宴请亲戚呢！我不让他上山的。让你爹穿戴一新，体体面面地陪亲戚。"

温四熊听完，满脸喜色，一下子觉得来了精神，就像单车轮子打满了气一样，整个身体鼓实了起来，巴不得立马就上山。"那太好了！小哥，这些情况你早说噻！我们走，小哥。"说完转身拿起墙上挂着的一副背夹，就要出门。

温三牛这才长长出了一口气，得意地说："走，今天好好砍几棵好树，除了赚点钱，我还准备做一张麻将桌。"温四熊哈哈一笑："小哥，我也是除了赚点零花钱花，还要做个躺椅，晚饭后在院子里躺一躺。"

几分钟后，两人一人背上一个背夹，悄悄溜出门。他们手里提着斧头，刀口闪闪发亮。

四

老朱迈开步子，一路哼着歌，很快来到山上，进入林区。

春天的大山，美得出奇。

这片林区对于老朱来说，再熟悉不过了。山上长什么树，开什么花，结什么果，哪一片树林昂贵，甚至哪棵树上有鸟窝，他都知道得一清二楚。从父亲手里接过守山的担子，就再也没有放下过。他爱这片树林，爱蓝天下的本色，爱大山的原色——绿色。这片村林和他的血肉，灵魂已融为一体，不可分割。他看不到绿色就难过，没有绿色他就寝食难安。他曾去过一个远方亲戚家，那儿的山光秃秃的，他听说以前是郁郁葱葱的，被砍了，加上没人经管，再也没有恢复。他在那儿待不下去了，一分钟也待不下去。就如老朱每天早上早餐煮面条吃，没有葱他就觉得不好吃，那碗面条就吃不下去。当牛翠娥知道他不愿意在亲戚家多住一天的原因时，直骂他有毛病。难道这儿的人就不活了？人家照样过得好好的。"你不懂，没有绿色，就如身体里没有了血液，会长久吗？"深奥的话，说得牛翠娥无言以对，只好与他提前回来了。

此刻，走进林场，老朱全身来了劲，眼睛炯炯有神，他四处看了看，很快身影就淹没在绿色的海洋里。没过多久，老朱来到半山腰，他靠在一块巨石上，从身后的篮子里，拿出一壶水，喝了一口，喷喷两声，山野苍翠欲滴，清风拂面，空气清新。这儿生长着各种各样的树木、花草，放眼望去，红的如水，粉的如霞，白的如雪，每一种颜色都带着独特的韵味。美极了。满山的松毛树、罗汉松树、壳松树、青梨树、刺叶梨树、毛栗子树、倒挂刺树、杨梅树、豆金娘树、旱冬瓜树和野板栗树等树种，尤其是那杜鹃花，各种野花争奇斗艳地开着，尽情装扮着这里的春天。野兔、野鸡、松鼠、麂子、蛇、穿山甲和各种叫不出名的鸟兽等，在这片丰茂的山林里尽情地享受着自由的快乐。

老朱望了一会儿，走到附近的一棵松树旁，举起斧头，把一棵松树上的枯枝砍下来，放在树根处。突然，他皱了皱眉，走到一处洼地，把一个白色塑料袋子捡起，丢入身后的篮子里。"谁丢的啊？"他抬起头，警惕地向四处看了看，"哟，时间过得真快啊，快一点了，肚子咕咕叫唤，吃点东西吧。"

他觉得自己是饿了，也该饿了。昨晚忙得一塌糊涂，前来祝贺的村民络绎不绝，还有远道而来的亲戚。他一直没有坐下来好好吃饭。后来随便用汤泡了一碗饭吃了。今早一起来，他就出门了，那些远道而来的亲戚还在睡梦中呢，怕打扰他们，没有弄吃的，现在是该饿了。他找了一个背风处，放下篮子，拿出饭盒，里面有几个煮熟的洋芋。他拿出一个，坐在树下，靠着树干，吃了起来。远处，两只小鸟紧紧地挨在一起，眼睛一动不动地望着他。

老朱望着小鸟，笑了笑，又像是自言自语又像是对小鸟说："两个小家伙，是一对情鸟吧，我儿子今天也像你们一样了，有了相伴的人了。你们有大山为家，很幸福的。我和村里人，有山、有河、有地，有你们这些鸟儿陪伴，也是幸福的。等我老了，也像我参把守山交给我一样，把守山的事情，交给我儿子。"

鸟儿望着他，先是静静地，后来叽叽喳喳，似乎在说，是的是的。突然，两只小鸟惊飞，正吃洋芋的他敏捷地站了起来。他侧耳一听，远处传来哐哐的声音，沉重而刺耳。老朱大惊，脱口而出："谁？"这是砍树的声音。他提起斧头，背起篮子，敏捷的身影循声而去。

五

声音来自山坡上北边的一片松树林。

老朱的耳朵不愧是训练出来的，确实有人在砍树。

北边松树林里尽是高大的黄松、笔直的壳松，松树枝叶茂盛，树冠像一把巨大的伞。地面上红松毛堆了厚厚的一层，犹如铺上大毯子一般。松果遍地，一些有阳光照耀的地方，蚊子草、马尾草茂盛。

两个汉子，一人在一棵松树下，正挥斧朝自己面前笔直挺立的松树使劲砍去，脸上是喜悦的神色。他们并未发现远处有一个人正悄悄地朝他们走来。

温四熊一脸喜悦，不时地吸着鼻涕："小哥，我已经砍倒一棵，你呢？"温三牛瞪了温四熊一眼，厉声说："不要说话。快砍，每人砍两棵，然后把树尖的那部分砍掉不要。"温四熊轻声道："不要可惜了。"温三牛"呸"了一口："你真愚蠢！不砍了丢掉，你背得动，再说了，树尖不能做材料。"温四熊伸了伸舌头："哦，对。听小哥的。"温三牛不耐烦地说："不要再说了，你不怕人听见？砍完，我们找一个隐蔽的地方躲起来，等天黑就背回家。"

温四熊点了点头，不敢再说话，东张西望了一下，蹑手蹑脚地又去砍另外一棵。

突然一声大吼，犹如惊天炸雷，在他们身后响起："你们两个浑蛋！胆大包天，竟敢大白天到封山育林区偷树！"

温四熊手里的斧头被喊声吓得掉在地上，发出一声闷响，他哆哆嗦嗦地说："是……是你？老……老朱哥，你……你不是在家陪……陪你家亲戚吗？"

老朱怒气冲天，气得手发抖："你肯定希望老子在家啊！老子再陪亲戚，山上的树都被你们两个坏种砍完了。"

老朱说完，放下篮子，走到温三牛面前，数了数，又走到温四熊面前，数了数。然后从口袋里拿出笔和纸来。

"一定是温三牛出的主意，是不是？"老朱厉声问。

温三牛起先见到老朱，也一下子吓蒙了，竟然说不出话来。见他数砍倒在地上的树，拿出笔和纸来登记，看来又要罚款了，这回砍倒的树多，估计罚得重。你三番五次阻拦弟兄们发财，硬是跟老子过不去，老子也不管了，我们俩今天难道还怕你一个人不成？他心想。于是，狠狠地说道："是又咋样？"

老朱冷冷地说："是，你就是主犯，要重罚的。而且，还要把你交给乡里处理。老四是从犯，罚款。"

温四熊一听，语气立即软了下来："老朱大哥，看在一个村子的分上，乡里乡亲的，就别罚了。我们不砍了，我们这就回去。树也不要了，给你。"

老朱脸色阴沉，怒喝道："不行！树都砍了，还想走？什么一个村子的，上一回我侄儿子来砍树，我照罚，还重呢，你们不会忘了吧？"

谁会忘了呢？老朱重罚亲侄儿的事，在青石冲可是闹得沸沸扬扬的。侄儿家的瓦檐坏了一根椽，下雨天，雨水落到家里去了。侄儿就悄悄摸到山上砍了一棵树，天黑时背回来，被村民举报，老朱在侄儿进村时，堵住了他，人赃俱获。他没收了这棵树干，还加倍处罚。侄儿媳妇气晕了过去，侄儿与他大吵大闹，从此，两家再无走动。此事传开后，村民议论纷纷，有的说老朱做得对，只有这样，才叫人心服口服。也有的人说他一根筋，自己亲侄儿，何必如此，没收了树，就可以不罚钱，更莫说重罚了。

但那桩事后，确实偷偷砍树的人少多了。

温四熊自然记得这事。他急忙讨好地说："没有忘。知道你大公无私。但我们还没有把树背回家，我们是闲得无聊，砍了玩的，不是要偷回家去。"

老朱一听气得脸红脖子粗，立即吼了起来："温四熊，老子不是三岁娃娃，依你忽悠！砍了玩，你哄鬼去！"

温三牛拉了拉温四熊，说："老朱，不要逼人太甚！"

老朱听了，盯住温三牛，向前走了几步，朗朗说道："你吓唬谁？老子为集体守山，害怕你！你砍了三棵，罚三千！温四熊砍了两棵，罚两千！另外，温三牛是主犯，再罚五百！"

温三牛用手指着老朱："你凭什么罚？"

老朱转身到篮子边，取出一本绿色本子，一字一句地说："《青石冲林场管理条约》哪个不知，谁人不晓？这可不是我一个人定的，是乡里定的！"

温三牛把头转向一边，故意不看，甩出一句话："你罚个屁！老子家的钱又不是大风刮来的！老子没钱！"

老朱见他这样，肺都气炸了："那是你的事！谁叫你无视规定，啊？"

弟兄俩不说话、不吭声。

六

老朱说:"这还差不多!"他看了看周围,就走到一棵松树边,坐了下来,开罚单。自老朱被评为"爱山如家"的护林员后,林业部门就赋予他直接开罚单的权限。

温四熊低着头,一只脚狠命地向地上的青草踩去。

温三牛恶狠狠地看着老朱的一举一动,双拳紧握,眼珠子转来转去,恨不得立即吃了老朱。

突然飞来几只黑色鸟儿,落在树梢上,奇怪地看着地面上的几个人,似乎在说,你们这是在干什么?

天空不知何时多了几片云,灰蒙蒙的,好像要下雨,风也越来越大。

老朱写完了,抬起头来朝温家二兄弟喊道:"我已经开好了罚单,来拿,然后回家拿钱,最近几天去银行交了,老账号,你俩是知道的。"

温三牛愣了一下,说:"这叫乱罚款,我要去镇上告你。"

温四熊见温三牛说话,也附和着说:"你……你这人怎么没有一点人情味!"

老朱站了起来,留下开好的几张,把其余的一摞发票和笔放入篮子里,回过头来说:"我有人情味,比你们还有!但你们砍公家的树,违法了,《森林保护法》是大法,知道不?我与你们讲人情味,就是我犯法了!我可不愿犯法!过来拿。"

温三牛、温四熊慢腾腾地朝老朱走去。

温四熊伸手去拿开好的罚单。就在这一瞬间,温三牛趁老朱递罚单给温四熊的时候,突然从后面抱住老朱。这意想不到的一幕,把老朱与温四熊都吓住了,连那几只黑鸟,也受惊飞掠而去了。

老朱挣扎着喊道:"温三牛,你要干什么蠢事?"

温四熊也目瞪口呆地问:"小哥,你……你要干什么?"

温三牛着急地说:"老四,快把地上那根绳子拿来给我。"

温四熊从地上拿起绳子,他明白温三牛要干什么了。他不禁担心起来:"小哥,快放了他。不然错犯大了。"

温三牛狠狠地瞪了他一眼："你还怕啥！过来帮我。"

温老四不情愿地过去，按照温三牛的要求，把绳子绕在老朱身上。温家两兄弟把老朱拴在还未砍倒的那棵松树干上。温三牛顺着树干和老朱的腰，把绳子绕了若干圈。温三牛从老朱手里抢过罚单，稀里哗啦地撕了个粉碎，抛在空中，随风四处飘落。温四熊一看，也把手里的罚单撕了，也学着温三牛的样子，抛在空中，一阵风吹来，碎片被风全吹在他的脸上，他连忙手忙脚乱地用手擦去。

老朱气得差点晕过去，他压根没料到这两兄弟会这样，温三牛会使出如此阴招。老朱气愤地说："你们两兄弟简直目无王法！大白天敢在山林里绑我。本来你们已经违反规定砍树，现又公开阻挠我这个守林员执法，罪加一等！你们两个，还不放了我！不然让你们吃不了兜着走。"

温四熊一听，心虚了，忙说："小哥，要不放了他，不能再闯祸了。"

温三牛反手给了温四熊一拳，恶狠狠地说："老四，你太怂了啊！我还想杀了他呢！杀了他，老子想怎么砍树就怎么砍树，免得他碍手碍脚。"

老朱一边使劲挣扎着，一边大喊："温三牛，你快放了我。你这王八蛋，青天朗朗，竟敢做如此恶毒之事！"

温三牛露出狰狞的笑，讥讽道："老朱，你也会求饶了，怎么不张狂了！开罚单啊，怎么不开啊？老子今天先把你手砍断……"

老朱一听，猛烈挣扎，大叫："温三牛杀人了！温三牛杀人了！"

就在这时，绑着老朱的那棵松树突然倒了下来，吓得温三牛、温四熊慌忙躲开。等两人反应过来，老朱连人带树倒在地上，树压在他身上。反应过来的温四熊跑过去，把树翻了过来。老朱脸色苍白，眼睛紧闭，额头上有鲜血流出来。温四熊慌忙把手指放在老朱鼻孔处，一下子跳了起来。"小哥，出大事了！他被树压死了！"

温三牛倒吸一口气："压死了？"

温四熊责怪他："你应该捆在没有砍过的树干上。"

温三牛看了看快要下雨的天，对温四熊呵斥道："现说这个顶屁用。老四，还等什么，快跑，跑得远远的，永远莫回来。"说完这几句话，也不管地上砍倒的松树，也不拿自己的斧头和背夹，拼命往山下狂奔而去，只恨爹娘少生了几条腿。

被吓得晕乎乎的温四熊看了看地上躺着的老朱，也使出吃奶的力气，拼命往山下奔跑，嘴里嘀嘀咕咕："老朱啊，朱老哥啊，你死了别来找我啊，不是我的主意啊！"

就在此时，天下起雨来了。

七

牛翠娥忙进忙出，张罗着送走一个个前来吃喜酒的亲朋好友。院子里大红灯笼高高挂，大红"囍"字异常醒目。人来人往，喜气洋洋。屋子里，小孩子们到处跑，追着新郎要喜糖。老朱的儿子说："昨天就给过你们了，还要啊！来来，这回可以了啊！"说完抓了几把往上一抛，娃娃们高兴地捡。

看看时候不早了，牛翠娥走出来，看到院子里的儿子，说："你爹咋还没回来呢！"

"妈，莫急！我爹哪回不是这个样子，天不黑不归家。"

看到雨点子落了下来，牛翠娥有些急了，自己说给自己听："要下雨了，砍脑壳的，叫你不要去了，听不进。唉，伞也没带一把，格是自己找罪受，活该！"

等大家吃完晚饭，雨也住了，可还不见老朱回来，牛翠娥急了。

她对来帮忙的兄弟牛云福说："你姐夫怎么还不回家？他答应今晚回来早一些，一起吃晚饭的。他的脾气我知道，答应过的事就会照做。还有我的左眼皮跳得特厉害。俗话说，右眼跳福左眼跳祸。要不云福，你去山上喊喊他。"

牛云福笑了："姐，这么个大活人，你还怕弄丢了？怎么？今天还守山？是他自己愿意的还是上面安排的啊？"

只听儿子与儿媳从外面进来，说："妈，李叔叔来了。"

李叔叔就是村长李云海，他进来朝牛云福点了点头，说："这个老哥，我前天就对他说过，儿子大喜，准他三天假。这三天就莫上山了，不去三天没啥的。"

牛翠娥递给李云海一把糖，说："拿着，兄弟。你侄儿大喜，亏你帮忙找车找人，顺顺利利的。老头子今早对我说过这事。我还阻拦他呢，拦不住，人家偏要巡山。但答应今天回来早点，一起吃晚饭的。"

李云海放了一颗糖在嘴里，说："这糖不错，甜甜的，软软的。唉，嫂子，你别急，你先忙着。我与云福兄弟现在去喊他，顺便在山上绕一圈，我们再回来吃饭。"

牛翠娥笑了："那太好了，要得要得。"

儿子也说："我也去！"

儿媳说"对，你也去吧！"

李云海说："你是新郎啊，今天的任务就是在洞房陪新娘啊！更何况没有必要去这么多人。"

李云海说完转身出去了，牛云福跟上。牛翠娥拿了一把手电筒追了出来，说："云福，带上这个！"

李云海与牛云福两个正值壮年，有的是力气，一路走得飞快。

两人心急，巴不得立马找到老朱，也不顾才下过雨的地面，稀泥烂路的，脚后跟带起的稀泥巴把裤脚后边全弄脏了。

李云海一路走一路说："你姐夫这人认死理，一生只服理，偷树必抓必罚，六亲不认。"

牛云福说："知道啊，连他重罚他亲侄儿的事，我都听说了呢！少不了被我姐埋怨。"

"那是，你姐是好人，只是嘴里不饶人。她支持你姐夫守林的。不是你姐夫，树木早就被砍光了。现在煤矿多，砍了树做洞里支撑香木的人不少。周围村寨山上的树，几乎砍完了，就他守的青石冲这片山林，长势很好，满山的绿，所以窥视这林子里的树的人多得很。不仅青石冲村里有人，外村寨里也有不少人，所以守山也是不能大意的。"李云海动情地说。

"是，姐夫很清楚。不然不会在今天还上山。"

"是啊，你姐夫真的不简单。他拿低薪，一个人在山上孤零零的，日日翻山越岭，不分春夏秋冬守卫着青石冲的一草一木。有多少人知道他的辛苦呢？"

"我姐说姐夫不知在山上摔过多少次，身上到处是伤疤。"

"你姐夫不仅仅守山守林，还义务宣传。经常念叨保护山林的好处。

他一有空就植树种树，他不准人带火上山，他守山期间从未发生火灾。乡里表彰过他数次喽，他还被誉为'绿色卫士'护林员。"

"这个我认得，那个荣誉证书被他挂在堂屋正墙上。"

"他真不简单！不是他守住这林山，我们青石冲村吃的水哪儿来呀？水清汪汪的不说，还甜得很。你看有的村子，吃水都成问题。"

两人一边聊着一边走，很快来到山上。

"朱老哥，朱老哥，你在哪儿？"李云海大声喊。

"姐夫，姐夫，你在吗？"牛云福高声喊。

八

老朱一动不动地躺着，时不时地挣扎一下。他想，如果今天还能活着回去，一定不会放过这两个偷树贼。他不怕，除非杀了他。这山是一定要守下去的。

老朱提醒自己不能睡着，他相信老婆子不会在家痴痴等。他知道她，刀子嘴豆腐心，她最了解他。老朱想到老婆子牛翠娥，心里一阵阵暖。他干脆小声哼起了他经常唱的山歌：

179

> 月亮不明黑悠悠，想你情妹在心头；
> 前回你愿我不愿，这回你丢我不丢。
> 鲤鱼双双水上游，我两结交共白头；
> 同驾激浪游四海，生不丢来死不丢。
> 郎属兔来妹属羊，雪兔绵羊共屋梁；
> 石头开花郎丢妹，马儿长角妹丢郎。
> ……

突然，老朱听到他熟悉的声音："朱老哥，朱老哥，你在哪儿？""姐夫，姐夫，你在吗？"

老朱想说"我在这儿呢"，可还未说出来，人就晕了过去……

青石冲炸开锅了！

守林员老朱被上山偷树的温家老三老四捆在树干上，头部受伤，还被雨淋了个透，幸好被及时找到，送到镇医院去了。

牛翠娥要去，回来报信的李云海说："你别去了。我安排了两个人，与你弟弟牛云福在医院里守着。老朱哥身上没有伤，估计没多大的问题。"

两个小时后，牛云福打来电话："姐，姐夫没事了，醒来了。医生说在医院观察几天即可出院。分管林业的副镇长也去看望他了，表扬了他，要为他记功。还叫我带信给你，姐，副镇长说你有一个好丈夫，村里有一个好村民，我们镇有一个好守林员。"

牛翠娥心安了，紧皱的眉毛舒开了。

四天后，青石冲村口那片竹林旁。村民们饭后来到这里，大家聊着，人越聚越多。很多人不断地望着入村的路口方向。他们听李云海说，老朱今天出院回家。一个村民说："听说温老大、温老二把温老三、温老四劝说后让他们投案自首了，也算有悔改之心，否则就罪加一等了。"另一个村民说："同样一个娘生的，怎么差距这么大。你们看，温大虎、温二豹也来了。"

大家你一言我一语正说着，"嘀嘀，嘀嘀"，路口突然传来汽车声音，一辆小车来了。很快车子来到村口。

从车上下来几人，副镇长、李云海、老朱和牛翠娥。

副镇长见到村口站了这么多人，面带笑容，就说："老乡们，我把老朱送回来了。他好了，没事啦，他是你们村的光荣啊！镇里决定，明天就在青石冲举行表彰大会，表扬你们村的英雄老朱。"

村民们听了，高兴地鼓掌，一窝蜂似的迎上去，围住了老朱。

看到这情景，老朱满是皱纹的脸上露出笑容，笑成了一朵鲜艳的杜鹃花。

沉浮

下午三点开始报到。连老天都来给他们添喜气，阴了好久的天扯开一条缝，逐渐蓝开来，墨染般的蓝，蓝得让人觉得恍惚。

当年的老班长何商掰着指头数了一下，除了在国外无法赶回的两位，生病住院的一位，以及英年早逝的两位，其余的，都来了。这场同学聚会，是徐雅鹿发起的，聚会地点定在省城伤鹿大酒店。徐雅鹿主动提出，住在她的酒店，由她提供聚会期间的各种费用。还有谁不愿意呢？一来，毕业三十年了，有的同学彼此之间从未联系过，有的联系过但也没见过，都迫切想知道同学们现在变成什么样子，是胖了，还是瘦了；二来，大家都是五十多岁了，工作清闲。孩子呢，要么读大学，要么在工作，很多人已经是爷爷奶奶公公婆婆辈了，有的是时间，再说啦，食宿费用有人承担，又何乐而不为呢？岂止何商这样想，其他同学也这样认为。

吃晚饭时，何商、罗铁、高沛新、徐雅鹿和李倩坐在同一桌，谁叫他们读书时就处得很好呢？徐雅鹿是当年的班花，是很多男生追捧的女生。曾经，罗铁与高沛新两人为了她，竟然趁着酒意，半夜在操场干过一架，要不是李倩请门卫叫醒班长何商，及时赶过去，不知要闹成什么样子。

"三十年了啊，你说是吧，三十年了啊！"

"是啊，还活着，就好，比什么都好。"

宽敞的酒店餐厅，辉煌的灯光下，一头头白发颤抖着，念叨着。久别重逢，百感交集，众人彼此拉着手，泪水洗脸，似乎要洗出当年的模样。大家吃着，喝着，唱着，哭着，释放着积压的思念。何商噙着泪，心里在翻腾，望着聊得不亦乐乎的徐雅鹿、罗铁、高沛新和李倩，叹道，这几个杂种，看吃饭那个亲热劲头，就像当年什么也没发生一样。也是，几十年不见面，如今头发胡子都白了一层，那些陈年的烂芝麻事还记它干什么。

徐雅鹿还当众宣布一件事："从今天起，我的伤鹿大酒店更名为赏鹿大酒店。"众人赞许，鼓掌，说酒店名带个"伤"字不好。

何商手都拍疼了，老同学们一点也不奇怪，他鼓掌这么带劲，谁都知道，他与徐雅鹿大学期间那些情事。

何商端着酒杯，每桌敬了一圈。回到桌前，看着徐雅鹿和李倩谈得正在兴头上，不想打扰这对当年的闺蜜，他轻轻放下酒杯，独自来到外面。再说，他烟瘾也犯了，想出去抽支烟。他往走廊尽头走去。这两个女人这么倾心交流，最开心的就是他了，他可不愿意她们成为对头，她们对他来说，是那么重要。

这个酒店，对于何商来说，最熟悉不过了。当年，就读于省城南方大学时，还没有这个酒店。他在西平市工作以后，有一次出差，住过这个酒店，当时叫什么，哦，对了，叫绿洲酒店，坐落在省旅游局正对面。不知何时，何商发现酒店已改名，叫伤鹿大酒店。他十分纳闷，怎么叫伤鹿大酒店，既不美也没有什么意义啊。一次，全省旅游发展改革会议就在伤鹿大酒店召开，何商问起酒店名字缘由，省旅游局的同行们告诉他，谁也不知道为啥取这个名，但酒店时常爆满，得提前预定。第二次遇到徐雅鹿时，她坚持要在这个酒店请他吃饭。徐雅鹿喝了几杯红酒，脸微红，对他低声耳语的几句话，不亚于一场大地震，惊得他身上湿淋淋的，似乎把喝进去的酒水变成了冷汗。徐雅鹿悄悄附在他耳边说："当年得知你与李倩结婚，一气之下，我赌气做了鸡，就在这个酒店。"

何商惊讶得差点把嘴里的一口饭喷了出来，他简直不敢相信自己的耳朵："什么？"

看着徐雅鹿那么坦然、云淡风轻的样子，何商不愿意相信这是真的。他纠着心听她说。她的声音很低，低得只有何商听得见。"不过，这一切都过去了，往事如烟啊，又算得了个什么呢？"徐雅鹿淡淡地说，还笑了。

听罢，何商心中起伏，如波涛，汹涌澎拜，借口要洗手，来到走廊尽头，望着远处发呆。霓虹灯光下，街上，尽是行色匆匆的人，谁也没有关注呆呆发愣的他。

何商无法想象，当年徐雅鹿竟然用失身来对他进行惩罚，这不是故意伤害她自己吗？他还说懂女人，其实皮毛都不懂。徐雅鹿躺着任由一个陌生人揉虐的情景，仿佛就在眼前，就像一根针刺在他心上，疼，传遍全身。

"怎么一个人跑到这儿来？没有喝多吧？"很体贴的声音，把何商意游到很远的思绪拽了回来。李倩走了过来，声音很细，很润，"同学们喊你喝酒。"

"没有多，我就是上趟洗手间，然后想抽支烟。你与徐雅鹿继续聊嘛！"何商望着有些清瘦的李倩，轻声说。

"何商，继续，继续来喝，我们又喝了，两杯了，我替你，替你数着，不是出去一趟，一趟，就躲得了的。"高沛新喝得脸红脖子粗，打着饱嗝，端着酒杯走出来，大声嚷道，"李倩，在这里是，是同学聚会，不是，不是在你们家，不，不要护着他，你，你男人的酒量，我们，读，读大学时就是见识过的。"

"我才懒得管他呢，我去与徐雅鹿说话去。"李倩微微一笑，从高沛新旁边走了进去，加了一句。"你们都是酒鬼。"

何商对高沛新说："我去洗手间抽支烟，就来。酒，我认。"说着掏出一支云烟，摸出打火机，边打火，边往洗手间走去。高沛新望着何商的背影，摇了摇头。洗手间的窗子是敞开的，何商猛吸着烟，对着窗子狠狠吐出。一圈圈青烟，袅袅散散，很快被外面的黑暗吞没，幻化成那些狼狈不堪的青春岁月。过去永远不会消逝，总会趁机一幕幕闪现。那些过往，现在想来，还在如当初一样鲜活，每一个人都有属于自己独特璀璨的年华。

三十年了啊，真的不容易，岁月就是一把抓草的钉耙，青春、美貌、激情如枯草一样被抓光了，除了脸上的笑容，同学们的整体精神面貌老态尽显。当年，他们经济班，何商、罗铁和高沛新，是班上公认的最有才华的三位。何商每次在大学演讲比赛，包揽第一；罗铁次次夺得学校举行的摄影大赛冠军；高沛新在节假日的校文艺汇演中，屡屡捞得金奖。他们被同学们戏称"三片绿叶"，因为他们经常与如花似玉的徐雅鹿在一起。作为班花的徐雅鹿，是"三叶"梦中的天使。虽说"三叶"都喜欢徐雅鹿，但她从未露出对谁更好的倾向。私底下，同学们都看好何商与徐雅鹿，认为最配。就这样，"三叶伴花"的模式组合存在了好久，直到大三暑假返校，被何商打破。

何商的母亲，胃出了问题，需要切除一部分。治病，已花光了家里的所有积蓄。手术费要一万，八十年代中期，一万可不是一笔小数目，父亲四处举借也无着落。他们是普通工人家庭，日子本来就过得拮据，这下犹如跌进万丈深渊。父亲一筹莫展，何商心情低落。照顾母亲一周后，他向父亲提出，决定退学，要去深圳打工，挣钱给母亲治病。父亲没有表态，只是叹气。何商来到学校，开始写退学申请。这时，父亲给他打来电话，说医药费解决了，叫他不要再操心，专心读书。具体情况，暑假很快到来，到时再与他细说。父亲说完挂了电话。何商感到蹊跷，不相信，直接把电话打到医生办公室，得知治疗手术费已经交了，并预交了足够的后期费用。

一放暑假，何商就赶回西平市医院。父亲正在给母亲办理出院手续。看到母亲精神大好，何商悬着的心才落了下来。收假返校后，何商独来独往，退出了"三叶伴花"组合。

何商与罗铁一起分在乌蒙山脚下的西平市工作。罗铁进了报社，何商进了旅游局。高沛新去了文山，大四，他与外语系的一个女生好，女生家是文山的。李倩分回她家乡东川。徐雅鹿分在旧市，在旧市财贸学校当老师。可是，才教了一届毕业生，不知何故，她就辞职了，之后不知去向，有人说是去深圳。不管怎么说，她与同学们失去了联系，仿佛从人间蒸发了。

再一次见徐雅鹿，却是十年后，何商在伤鹿大酒店培训学习。休息时，他在大厅与徐雅鹿相遇。"徐雅鹿，你好！"何商惊喜地叫了出来。

徐雅鹿愣了一下，眼睛瞬间一亮，随即又暗了下来。她伸出一只手，与何商握了握，指着身边有些驼背的络腮胡子男人说："这是我丈夫。"徐雅鹿与她丈夫要去深圳，便匆匆乘车往飞机场，消失在暴风雨里。

过后，何商想了几天也没弄明白，徐雅鹿为什么会嫁给那个男人。

他特地打电话与罗铁说，罗铁也很吃惊。

何商洗漱之后，躺在床上，对妻子李倩说："你猜，我在伤鹿大酒店遇到谁了？"

"旧情人。"李倩咯咯咯地笑道。

"嘿，还真差不多呢！遇到徐雅鹿了。"

"啊？终于有徐雅鹿的消息了！我以为她失踪了呢。"读大学时，李倩原本就是徐雅鹿最好的闺蜜，两人无话不谈。她其实也长得挺好看的，文静秀气，与徐雅鹿外向型性格形成反差，一个静，一个动。她与何商成家后，就失去了徐雅鹿的消息。

李倩伸出手，捏住何商的鼻子，说："是不是想她啦？旧情复发，不可医治啊！"

何商笑道："真聪明，什么都瞒不过你，这回我还睡了她呢！"

李倩突然手往下一滑，一把抓住何商的下面，说："谅你也不敢！不然，我会料理了它。"

培训几天的何商，早已想那事想得要命，见妻子撩拨自己，一把搂过一丝不挂的她，压了上去……

"过足瘾了吧？"罗铁一声大喊，吓了何商一大跳，手里的烟头也掉在地上，赶紧伸脚狠狠踩踏了一下，跟着罗铁走出了卫生间。

"你抽了多少啊？烟抽多了可不好。上了年纪的人应该保养为重。"罗铁劝道。

"男人不抽烟，白来世上颠。懂不？"何商为自己找借口，突然嬉皮笑脸起来。

返回餐厅时，同学们已经吃得差不多，东倒西歪的，说话结结巴巴的，看来喝了不少。何商再看自己这一桌时，发现徐雅鹿已经醉了，躺在李倩怀里。高沛新与边上的一个同学划拳正酣。

罗铁说道："这两杯，是你的，喝掉。"

"好，罗铁，我干！你与高沛新陪我喝半杯，不敢就算了。"何商狡黠地一笑。

"咱们是当年的三叶，谁怕谁，干！"高沛新站了起来，大声嚷道。

李倩听了，眼里闪过一丝不快，说："别喝了，来把她扶到房间，'三叶伴花去'吧！"

何商看了一眼李倩，李倩没有看他。

几人把醉得一声不吭的徐雅鹿扶进她的房间。

罗铁说："她没喝多少啊，竟然醉成这样。不过，睡一会，就会好的。我们去二楼放映厅看电影去吧，这可是预先安排的活动内容。"

众人响应。

"我就不去了吧，回房间看新闻去。我等你回来，李倩。"何商说完就走了。

没人强求他，都知道他从不看电影。李倩的记忆里，何商就婚前陪她看过一次，婚后几十年，他们从未进过电影院。李倩说："算了，我也不看了，陪他回房间。"

"那怎么行？你们是来参加同学聚会的，不是来度蜜月的。走走，陪陪我们嘛！"高沛新嘻嘻哈哈地说。

李倩白了他一眼，跟上他们往二楼放映厅走去。

何商回到房间，冲了一个凉，这才感觉清爽了许多。他打开电视，不断切换频道，唉，今晚没什么好看的，要么是抗日神剧，要么是古装情感戏，动辄几十集，他可没工夫看这些，他一直认为很多电视剧是垃圾，太假，耗费他的时间，等于谋财害命。他躺在床上，索性把双脚抬得老高，伸在椅子上，想休息一会。

徐雅鹿怎么把自己喝成那个样子？记得她的酒量不差啊，再说了，同学聚会她可是唱主戏啊，这下倒好，她先躺倒了。看李倩招呼徐雅鹿时，似乎不开心，难道她觉察到什么？

他与徐雅鹿第二次在这个酒店相遇时，她老公没有与她在一起，听她说是身体不适在深圳调养。与毕业十年后的第一次遇见相比，徐雅鹿很热情，邀请他一起用餐，两人还喝了很多酒。当她说出"当年我听到你结婚，一气之下做了鸡，就在这个酒店。"的话时，他很意外和震惊。后来，徐雅鹿邀请他去顶楼，她的私人茶室喝茶、赏夜景。时值鹅黄柳绿春雨无声的时节，徐雅鹿在何商面前，打开了她尘封已久的记忆闸门。

徐雅鹿心里装着的是何商，她没有想到罗铁、高沛新也狂热的追求她，而且，其执着程度超出她的想象。她见三人亲如兄弟，未厚此薄彼。结果，班里其他女生有了十指相扣的伴侣，而徐雅鹿反而形影相吊，孑然一身。大三暑假结束回归学校后，她决定向何商大胆表露她的心思。不能再等了，已进入大四，明年初就要实习，她下了决心。让她倍感意外的是，何商呢，偏偏躲着她了。她极为生气，故意对罗铁、高沛新超好了起来，结果这对杂种竟然为了她半夜决斗，赢的那个才能与她好。两人最后当然明白过来了，徐雅鹿心里只有何商，对他两个突然好，是为了惩罚何商。在旧市工作那段时间，是她最难熬的时候，她睁眼闭眼都是何商的影子。偏偏就在这个时候，她得知，何商与李倩结婚了，她仿佛如梦初醒，突然憎恨起何商李倩两人来。"小人！""狗男女！欺骗我，夺闺蜜之爱！"她不知这样骂过多少遍。当时她就住在这个酒店，那时叫绿洲酒店。她在一楼酒吧里狂饮，狂笑。这时，一个青年男子走了过来，说"你真美"，并说他的心情与她此时一样，愿陪她喝。几杯下肚后，男子问她是否愿意与他开房，她看了看男子，没有说话。

男子起身架起她，她没有反抗，顺从地跟他往楼上走去。

完事后，男人看到床单上的一抹嫣红，眼里闪现出异样的表情，给了徐雅鹿一叠钱。徐雅鹿一把洒在地上，大哭道："我不是鸡，我是失恋。"

这个男子静静地看了她好久，把钱捡了起来，过来搂住她，陪她过了一夜。第二天，刮着狂风，下着大雨，她跟男子去了深圳。

到了深圳，徐雅鹿发现这个男子其实不简单，竟然是一个很有才华的阔少，协助他父亲管理着几家酒店，并非一般的纨绔子弟。徐雅鹿原本很美丽，又是大学毕业，于是，以男子文秘助理的名义，帮助他打点文档业务。她很能干，深得男子赏识，不断给她加薪。当然，男子晚上需要她时，她就去陪。然而生活不是小说，现实是很残酷的，两年后，男子在去江浙一带处理业务时出车祸而亡，同时遇难的还有男子的母亲。说来也是幸运，每次出远门，男子都要带上徐雅鹿，偏偏这回没叫她去。

徐雅鹿觉得这个世界似乎太多变，让她猝不及防，不管如何，她虽然没有爱上这个男人，但毕竟他是第一个使她变成女人的男人，那几天她很颓废。男人不在了，她似乎没有理由留在公司里。可事情又出现戏剧化的变化，男人的父亲来找她，与她进行了长谈，并给她一个月

沉浮

187

的时间考虑，这一个月照例开她薪水。男人的父亲要她嫁给他。

徐雅鹿听了呆若木鸡，好半天才回过神来。这怎么可能？她一个女孩子，怎么能嫁给这个可以做她父亲的人。这一个月里，男人的父亲没有来找她。最后一天，她打电话给他，说她要回旧市去，不愿在这儿。男人的父亲没有说什么，叫人给她发了足额薪水。当徐雅鹿就要进入车站的时候，男人的父亲开车来，叫住她，说她还可以考虑一下，如果同意就上他的车回公司去。

就这样，徐雅鹿把自己嫁了。丈夫就是那个男人的父亲，一个有些驼背的长满络腮胡的男人。她提了要求，丈夫满足她，以丈夫的名义，来这儿买下绿洲大酒店，更名为伤鹿大酒店，意为何商伤害了徐雅鹿。她自己也改名，去了鹿字，成了徐雅，所以丈夫叫她徐雅，所有她经手的业务，也都用了徐雅的名字来办理。

何商犹如听到天方夜谭，但事实又摆在这儿。他怎么也想不到，因为他，会给徐雅鹿造成那么大的伤害，以至于彻底改变了徐雅鹿的人生轨迹。当他还在恍惚中，徐雅鹿却意外地扑在他身上。正当年的何商，立即迎合，彻彻底底地给了她满足。那一刻，徐雅鹿觉得她是世界上最幸福的女人。

人就这样，有了一，就会有二。又一次，徐雅鹿问何商，当年为什么弃她而去，而且，让她想不到的是，与她的闺蜜李倩结婚。

听到徐雅鹿说到李倩，何商的心沉了一下。他披衣起床，抽出一支烟，站在窗子边。外面，繁华的大街抵制不住诱惑，向远处延伸，迷蒙绵绵，没有尽头。

那年，母亲胃切除手术，需要大笔钱，而家里已经穷得叮当响，何商原本是要放弃学业，去弄钱的。结果是李倩不知为何得知消息，赶到医院，交了手术费和所有后期治疗费。当时他父亲日夜照料母亲，休息不好，感冒严重。李倩竟然悄悄给学校请假，留下照料他母亲十天。本来何商的父亲是不同意的，但李倩对他讲，说她是何商的女朋友，反正都要成一家人了，还有什么不可以的呢？并且请求他，暂不要对何商说，待她回校亲自与何商讲。就这样，老实巴交的父亲，竟听了他"未来儿媳妇"的话。事实上，李倩返校并未告诉何商这些，当何商再次来到医院时才知道，觉得欠李倩太多太多。他如梦初醒，想起李倩的种种，每次当他需要时，好像李倩都在他身旁，就拿那次运动会，他扭伤，躺在校医室，也是李倩在他身边。只是他当时的心全部在徐雅鹿身上，完全忽略了身边这个很在乎他的文静女生。因为李倩家就在东川，离西平市不远，何商带上土特产，专程去她家感谢大恩。

到了李倩家，她不在，去街上了。她妈让何商等。何商很吃惊，说："伯母怎么知道我叫何商？"李倩妈妈笑了，说："我们全家人都知道啊，倩儿的心被你拿走了。你来看，倩儿的卧室。"何商万分惊讶！卧室的墙上，挂满了何商的照片。有的照片下用英文写着"I love you"；有的是何商参加演讲比赛的特写镜头；有的是学校运动会时的留影。何商看着，心里湿漉漉的，泪悄然滑落。

突然，一只细白的手从身后伸来，手里是洁白的纸巾。何商回头一看，是李倩，羞涩的脸庞通红，竟是那么好看。何商再也无法控制自己，一把搂过李倩抱住。李倩也紧紧搂住他。

坐在床上的徐雅鹿，听得抽泣了起来，说："对不起，我确实不知你母亲生病，也没人告诉我。不然我也会这么做的。"

"咚！咚！咚""咚！咚！咚"一阵敲门声，断了何商的回忆，惊得他放在椅子上舒展的双脚滑下来。他起身拉开门，是容光焕发的徐雅鹿。

"你不是喝醉了吗？"何商问。

"笨！醉了还能来吗？那是我故意装的。"徐雅鹿关上门，随手搂住何商的脖子。

何商一只手揽住她，另一只手按在她鼓鼓的胸脯上。两人紧紧缠住，动作大、粗鲁。

两人静静地躺了一会，何商起身，说："电影要完了吧？"

徐雅鹿满足地蜷缩着，说："美国大片，上下两集，还早呢！"突然，她又翻个身，趴在何商身上问，"我把酒店改名为'赏鹿大酒店'有何看法？意义不一样了啊，赏，有一种欣赏和爱的含义：何商爱徐雅鹿嘛！"

"你那点心思，我看出来了。"何商说完，猛地翻过来，把她压在身下，又猛烈地抽动起来。

过了好久，走廊里，传来说话声，电影散场了。李倩进来，看着窝在被子里的人，说："睡啦？"

"嗯，睡了一觉。"何商头也没抬地说。

"房间里怎么有一股怪怪的味道？"李倩边脱衣服边说。

"宾馆里都是这味。"何商翻一个身，算是回答。

有聚就有散。午饭后就要各自离去。大家话很多，依依不舍，结果这顿饭吃了很久。人人成了话篓子，说也说不完，像以后就没有机会说似的，甚至认为这次就是最后一次聚会。

高沛新说："三十年才见面，要不是徐雅鹿召集，恐怕这辈子也见不到你们了。"说着，泪水竟涌了出来。徐雅鹿见状，眼睛也是红红的，看了一眼何商，从桌上抽了几张纸巾递给高沛新。

高沛新接过，擦了擦，又笑了起来，说："不好意思！哎呀，都是要入土的人了，还有什么好落泪的。现在，不知你们敢不敢，说说以前对同学做过的亏心事。我就敢。"说着，高沛新端起酒杯，来到徐雅鹿身边。"徐雅鹿美女，当年，我真的对不起你。大三结束那个学期，何商家母亲病了，住院。班里只有所谓的'三叶'知道。你这朵花是不知道的。不过呢，后来，另一朵花也知道了，就是李倩。那是我告诉她的。反正都是过去的事了，没什么不能说的。好的坏的对的错的，都过去了，无所谓了。来，徐雅鹿，咱俩干了这杯，容我详细说。"

当年，何商、罗铁和高沛新都爱着徐雅鹿，但那是一种青涩的爱，或是一种懵懂的爱，大家对爱还不是太了解，做了许多荒唐事。为了清除情敌，有时会违心地做事，而且不择手段。何商的母亲病重住院，何商委托高沛新告诉徐雅鹿。高沛新爱着徐雅鹿，不愿意看到他俩走得太近。他知道有一个女生暗暗爱着何商，他从她的言行举止早就看出，这个女生就是李倩。他灵机一动，就把何商母亲病重住院的事告诉了李倩，而隐瞒了徐雅鹿。高沛新认为，这样能给何商造成了错觉，徐雅鹿对何商的母亲病重住院不闻不问。

高沛新说完，自给自倒满酒杯，对徐雅鹿说："作为对当年的惩罚，我喝了这杯！"说完一饮而尽。

徐雅鹿先是一愣，接着哈哈哈大笑，说："你因爱而犯错，理解。更何况都过去了，这有什么呢。我也陪你一杯！"干完这杯，徐雅鹿转朝何商、李倩、罗铁，说："难道你们就没有做过对不住同学的事吗？"

罗铁说："谁怕谁？你们敢说我也敢说。何商，你与李倩结婚，是我告诉了徐雅鹿。当时就为了让她断绝对你的幻想，我好追求徐雅鹿。因为高沛新已经另有所爱。高沛新，对不起。那张纸条是我拍摄的，你忘了我的特长就是摄影照相吗？做这点事，对于我小菜一碟。我说徐雅鹿答应了做我的女朋友，并给你看了照片，从而使你气得在学校的水塔下哭了很久，转而追求外语系与你搭档演出的那位女生。当然，看到你们如今过得很好，我心安些。"

罗铁说完，倒满一杯酒，就要喝，却被李倩抢了过来。

李倩红着眼，说："徐雅鹿是我的闺蜜，我说实话，我确实没有做过对不住她的事，天地良心。但是，罗铁，大学期间，我说愿意跟你学拍照，那是假的，我的目的就是抽取你拍摄的一些照片，我骗你说有些不成功，没有冲洗出来，其实不是，在我那儿。那些照片何商见过，他作证。但是，我没有做过对徐雅鹿不利的事，真的没有。我没有夺人所爱，因为我也爱。"李倩一口气说完，酒杯一端，"咕嘟咕嘟"就喝了下去，呛得她剧烈地咳了起来。许是呛着了，或许是激动吧，脸红得要命。

徐雅鹿来到李倩身边，轻轻拍着她的背，说："李倩，我先喝了这杯，再说。你看，见底了。你与何商结婚，是你们两个的选择。没有对不起谁。要说对不起，我觉得我倒是对不起你。我，我，我当年真的恨过你，骂过你，还把我与你合影的照片剪成了两半，烧了你的那半。但，这都过去了，这又怎么呢？你过得好就好。"徐雅鹿说着，又倒满酒，说："各位昨晚都羡慕我过得好，有钱。是的，我现在是有钱，说千万富婆不为过。但我的好同学们，我并不好过。你们也知道我老公大我二十多岁，加上他的身体不好，我其实就是活守寡。唉，不说这些事，都过去了，都熬过来了，现在我都是五十多的老婆子，还求什么呢？这都是命，不怨谁的。"说完又干了一杯，竟"呜呜呜"地哭了起来。

何商沉默不语，默默喝着。唉，这个女人，虽说这一切不是自己造成的，但起码与自己有关。他不知说什么好，那干脆不要说，但这架势，不说不过关，那就喝醉吧，醉了就说不成了。他总不至于向妻子李倩道歉吧，说他与徐雅鹿的事，那岂不更伤害她？而且，这不仅仅是伤害，说了岂不家庭解体散伙，那在国外留学的儿子咋个办？有的事可以说，有的事是万万说不得的。刚刚徐雅鹿说对不起李倩时，他吓了一大跳，还以为徐雅鹿要说那事，那不是大地震吗？

"遐想什么呢？起来说，人人说了，不能没有你。"罗铁对何商说。

一桌的人都附和罗铁，齐齐望着何商。

看来躲不过去了，何商不得不站了起来，端起罗铁倒满的酒杯，说："罗铁，你是我的好哥们，真的对不住你。那年，李倩从东川调到西平市，幸亏有你，李倩才能得到你做人事局长的舅舅关照。我有一事确实对不住你。"

何商办法多，工作开展得很快，成绩十分出色。工作不到五年，就被提升为旅游局宣传科副科长。为了扩大西平市旅游产业的影响，他自编自导了一个历史故事。说公元 225 年，即蜀汉建兴三年，三月，诸葛亮大军南征，从西平市经过。当然，那时西平市不叫西平市，与味县接壤。诸葛亮不适应这里的气候，上吐下泻，差点死去，是西平市当地一个民间草医治好的。名医叫张泵，住在西平市北郊北莽山石洞里。这个洞就叫诸葛丞相洞。其实那个洞根本就没有发生过这个故事，当然，诸葛亮经过西平市倒是真的。何商亲自办班，向导游们讲了这个故事，又请来分在报社当记者的罗铁，请他拍照，由何商提供文字资料，对外宣传。罗铁质疑这个故事的真实性，但何商打包票说是真的，一是查阅了有关资料，二是询问了当地最老的长者，三是根据民间的传说。看到何商这样说，罗铁真信了，就在《西平晚报》上发表了。这篇报道引发了轰动，人们蜂拥而来，门票收入大增。第二年，何商就成了科长。

说到这里，何商看着目瞪口呆的罗铁说："西平市人人知道的这个故事就这么来的。这事真的对不起你。我自罚一杯。但今天在座的同学们，此事哪里说哪里丢，传出去就不好了，我们是为家乡做事的。难道不是么？"何商说完一饮而尽。

漫漫人生路，谁都会走错几步。但罗铁认为何商错得离谱，同学聚会结束后，再也不理何商。何商数次道歉，此事才作罢，罗铁只好把这件事掩埋在心里。

何商五十五岁这年冬天，异常寒冷，西平市难得地下起了一场大雪。雪花搂着北风，肆意狂舞，舞得夜空如白昼，舞得大地只剩下白，舞得灯红酒绿的城市裹着白色毯子。李倩趁何商在罗铁家打麻将时，跳楼了。一摊鲜血染红了白雪，很快，又被落雪掩埋了。

在省城，当两鬓苍白、憔悴不堪的何商被徐雅鹿撞见时，责问他："为啥换了手机号码，而且不告诉任何同学。李倩的死，我听说了，她的追悼会，我正好在深圳处理老公的后事，没有来得及赶来。我很难过。"

何商说："我不该让她独自在家的。不过也是她的命，都过去了。愿她安息吧！"

徐雅鹿问："难道你就没有发现她患忧郁症？"

何商说："时好时坏的，也看医生了。"

徐雅鹿问："李倩她……"

何商打断她："其实李倩很聪明，她什么都知道。"

两人陷入沉默。突然，一阵风掠过，雷声隆隆。

徐雅鹿问："要不要去赏鹿大酒店喝茶，聊聊？"

何商说："不了！"

何商有一件事没有对徐雅鹿讲，李倩留下的遗书是，一张白纸上有一个大大的问号。

一加七等于一

一

"快，蛮子，独眼爷被白花牛绊倒了，摔倒在二道坎，他家的地埂上。我费尽力气拉他，也无法把他拉上来。"三妞一把推开院门，把背篓和镰刀往门后墙角边一丢，朝正在用猪草机碎猪草的丈夫大声喊了起来。

蛮子一听，拔下插头，停下猪草机，顺手扯过一节麻绳，说："三妞，猪草切完了，你搂进锅里煮就是。我去看看。"话音才落，人已经在院门外。

太阳暖洋洋地照在庄稼地里，地里的苞谷青苗绿油油的。二道坎，是黑泥山村最好的一片地，坐北朝南，日照时间最长。山脚下，一条小溪从旁边流过，坡地土质肥沃，庄稼长得好，亩产高。

独眼爷家的几块地连着蛮子家的。由于独眼爷的两个女儿都远在江浙一带打工，家里的土地全是他一人在耕种着。每到秋收春种忙不过来时，他就请蛮子、三妞帮忙。

一路上，蛮子心急如焚，飞快地跑着。三十二岁的蛮子，长得五大三粗，浓眉大眼，麦色的皮肤，黑幽幽的头发，微卷。

赶到地里，他远远瞧见，独眼爷正斜躺在埂子边。

"独哥，不咋个吧？"蛮子一看见他，老远就喊了起来，声音在二道坎两边的山梁上，发出回声，似乎有几个蛮子。

"蛮子，不咋个的，今天格老子霉得很，平时乖噜噜的白花牛，今儿嘟个就发一把疯，把老子整倒了，骨碌碌滚了下来，扭着腰和腿啦，动弹不得，我鬼火绿得很。"独眼爷嘟嘟囔囔骂着回答。

像是道歉似的，独眼爷的白花牛在埂子上边"哞嗷""哞嗷"地叫了几声。

"叫你爹，狗杂种！"独眼爷很生气，扭头朝白花牛吼道。

"哈哈哈！独哥，跟一个畜生来赌个球的气。怕是你想女人了，魂不守舍，才不慎摔球倒的吧？"蛮子说着话，已经跑到他跟前。

"想个球！你放臭屁。"独眼爷瞪了蛮子一眼。

"不是想个球，是你的球想！人家红脸嫂子真的不错，自打男人死了，还是那么悉心地照料年迈的聋婆婆，这样的好女人，世上有几个？咋样，做弟的给你说合说合。"蛮子一边说着，一边弯腰下去，轻轻地将独眼爷托在背上，往地的路口走去。

蛮子把独眼爷放到火塘边长板凳上，让他躺下。然后跑了出去，请来村里懂些治疗跌打劳伤的驼背大爷。大爷仔细检查后，在独眼爷扭伤处包上中药，说："再给你换几次药，就好了。"说完，背起药箱，抽着长烟袋，吐着圈，一歪一歪地走了。

独眼爷满脸歉意，很不好意思地对蛮子说道："蛮子，还得麻烦你再去一趟二道坎苞谷地里，把白花牛牵回来。"

"放心，独哥，兄弟会办。兄弟还要去把红脸嫂子叫来。"蛮子诡异地一笑，边说边往门外走去。

"喊她来干啥子？"独眼爷急忙说。

"不喊她来，你吃个球！你养伤这几日，谁给你做饭，强刚个啷子，你就闷着吧。你的两个女儿在浙江，就算会飞，也得一两天吧！"蛮子狠狠地瞪了他一眼，转身，一溜烟地走了。

二

独眼爷望着蛮子高大的背影，心中顿时一热，泪眼模糊。独眼爷名字叫董石爷，年龄其实并不大，属羊的，一九六七年生，中等身材，皮肤黝黑。儿时的一场意外，夺去了他的一只眼，令父母悲痛欲绝。父亲请了一个算命的，算命的说："他命太单薄，需改名，就能破解厄运。把他董石明的'明'字改成'爷'字。'石明'的谐音是'失明'，不好。

'明'改'爷',意思就是即使只有一只眼,还是一个真正的爷们。另外,他的八字显示,他一生不宜出远门,即使要远行,不能超出黑泥山方圆一百公里。"

从那时起,他就改叫董石爷。由于他只有一只眼是好的,村民就叫他独眼爷。从那时起,独眼爷再也没有走出黑泥山的地盘一步。前几年,他老婆与两个女儿去江浙一带打工,一场车祸,夺去了老婆的生命。悲伤之余,独眼爷更相信那个算命先生的话了,逢人就说:"我那死老婆子,不听话球。说了不能出远门,哪个不听,自以为是,连命都丢了。"

他的两个女儿在外成家立业了,几次回来接他去住,他都不愿意去。去年敬老节前夕,当女儿再次来接时,他竟然说:"你们是不是可怜你妈,巴不得我早死球,好去那边陪她嗦。"气得两个女儿含着泪走了。

独眼爷从此与白花牛为伴,早出晚归,打理着地里的庄稼。他几曾想到,今天出了这档子事?

黑泥山是乌蒙山里的一个小山村,真个是山高路远,几乎与外界隔绝,很少有人知道这儿。小山村只有八家人,少得可怜,连豆腐婆家三岁的孙子小豹子,掰着指头都数得出来。逢人逗他时,小家伙瞪着圆圆的大眼睛,掰着指头,大声数了起来:"蛮子叔与三妞姨一家,独眼爷大伯伯一家,聋婆婆与红脸大婶一家,阿巧和她爷爷家,竹篾匠李大爷、大奶家,驼背大爷和大奶奶一家,还有豹子我和我奶奶家。"

"哈哈哈!真聪明的娃娃,以后一定有出息。"逗小豹子的人夸道。

村子虽小,但八家人却住得很分散,因为这儿地处山坡,所以盖房子因地而建。

红脸嫂子家住在村西,她的丈夫几年前患癌症死了,留下她、儿子和婆婆。红脸嫂的儿子在上海打工,常年不回家。婆婆是聋子,啥也听不到。红脸嫂一直照看着自己的婆婆,村里人从心眼里敬重她。因她的脸颊常年有两片红印,于是,村民都叫她红脸嫂。她大胆直率,敢说敢做,心地却善良,乐于助人。

蛮子牵着独眼爷的白花牛,来到红脸嫂家院门外。他把牛栓好在院门边那棵花红树根上,"咚咚咚"地敲了敲门。

"谁呀？"里面传来红脸嫂的声音。

"是我，嫂子！"蛮子回答，"我有事找你。"

"是蛮子啊，进来说嘛！"红脸嫂子在里面热情地说道。

蛮子推开门，走了进去。院子里，一只小黑狗，跑得远远地，冲他叫着。几只母鸡，扇着翅膀，"咯咯咯"地哼着。灶房旁边，有一个花台，种有葱蒜和有几株红玫瑰。红脸嫂正在灶房拾捡猪草，蛮子走了进去。

"嫂子，有一事，我要与你商量一下。"蛮子进去后没有坐下，站在门边说。

"商量个啷子！你直接给嫂子说就是。蛮子，坐下来，先吃一个洋芋，刚煮的。"红脸嫂揭开冒着热气的锅盖，拿出一个洋芋。

"不要，我不饿。嫂子，是这么一件事。"蛮子细细地把独眼爷的事说了。

红脸嫂听了，眯着双眼，望着蛮子，笑着，怪怪地说："蛮子，照顾你，嫂子愿意。照看那个古怪的独眼家里蹲，我以后就哪儿也去不了啦。我可不愿意家里蹲。"

蛮子"嘿嘿"一笑，说："嫂子，你相处以后就晓得了，独哥其实是好人，好人难得。"

红脸嫂脸上突然现出狡黠的神色，低声说："是吗？那你答应嫂子吃一样东西，嫂子就答应你去照看他几天。"说完，红脸嫂原本红红的脸这下更是通红了起来。

蛮子见她这样，丈二和尚摸不着头脑，说："嫂子，吃啥呀？你答应照顾他，我就很感谢你。只要不是毒药，我吃。"

红脸嫂一听，立马变得温柔起来，柔柔地说道："不是毒药，是你喜欢吃的。"说完突然掀开自己的衣襟，一脸春色荡漾："你看，蛮子，就是吃这个。"

还未等蛮子反应过来，红脸嫂一把搂过蛮子的头，往自己胸脯那儿按去。

蛮子大惊！连忙转过脸庞，说："嫂子，聋婆婆在，别闹。"

红脸嫂娇喘着说："婆婆去地里了。"

蛮子正色道："嫂子，你弟妹三妞最敬重你，常说你的好话，总夸你。我们这样做，会伤害她的。"

三

晚上，蛮子回到家，三妞已经把饭菜做好。两个孩子吃完饭，一边做作业去了。

三妞和蛮子吃完饭后上床准备睡觉，三妞问："今天，独眼爷伤得如何？"

"只是扭伤了腿，驼背大爷已经给他做了包扎。没得事啦，休息一段时间就会好的。"蛮子喝了一口酒，砸吧了一下嘴，才回答。

"哎哟，那他一个人，最近几天咋办呢？吃喝拉撒的。"三妞担心地问。

"三妞，你操心个啷子，我已经安排好了。"蛮子便把找红脸嫂帮独眼爷的事说了。

"这倒是个好办法。"三妞说。两人说完，沉沉睡去。

黑泥山的早晨，总是有浓雾氤氲着。当太阳从东边山梁子上爬上来时，火红的太阳照射出金灿灿光芒，驱赶了黑泥山上空的晨雾，散落在半山坡的七八户人家逐渐冒了出来。几只大公鸡，撕破嗓门，赛着叫唤，似乎不比出冠军不罢休。不知是大公鸡的叫唤声，还是开门声，惊醒了窝里酣睡中的鸟儿，一时间，村子里处处都有鸟鸣声。

村西红脸嫂家烟囱最近几天都是最先冒烟。她要起来先给身患残疾的聋婆婆做好早餐，然后再去独眼爷家给他做吃的。

红脸嫂比划着告诉婆婆这件事，聋婆婆赞许地直点头。聋婆婆自从儿子死后，一度绝望，好在红脸嫂是一个好儿媳，一直贴心陪着她，悉心照料她，她才慢慢挺过那段痛不欲生的日子。她虽耳聋但心里明白，红脸年轻守寡，一直留她在自己身边，是说不过去的。如果红脸外嫁，就意味着自己没有了着落，自己耳聋，腿脚不方便，身边没人是不行的。听到蛮子要求儿媳去照看扭伤脚的独眼爷，她突然有了一种期盼。她知道，独眼爷是一个不错的男人，红脸跟了他，不会吃亏，自己也有所依。但这种事不能勉强，只能由他们自己，两下随缘相许方可。但不管怎样想，结果如何，聋婆婆心里都感激蛮子，明白他的一片心意。自从上面任命蛮子为黑泥山村民小组长，他就把村里每一户人家的事当成自家的事来办，很贴心。从他绞尽脑汁安排红脸嫂照看独眼爷就知道他的良苦用心。

夕阳西下，漫天的火烧云，把乌蒙大地照得通红。黑泥山通往山外集市的山路上，竹篾匠李大伯与他老伴吃力地往回走着，夕阳照射下的两条影子，紧紧挨在一起。

"老伴老伴，老来伴。少是夫妻老是伴，说的就是你们家喽！"后面传来熟悉的声音。

竹篾匠李大伯与他老伴回头一看，"嘿，这不是豆腐婆吗？"李大婶说道。

豆腐婆背着背篓，气喘吁吁地说："是啊，不是我还是谁？可怜我老伴走得早。儿子儿媳在外打工，丢下他们的儿子，由我领着。这不，还得赶回去，孙子小豹子是托付给阿巧的爷爷，与他的孙女阿巧在一起玩，我才走得开一段时间，去街上把豆腐卖了。"

"真的不容易。村里总共也就这么几家人，年轻力壮的都不在村里，嫁人的嫁人，打工的打工。剩下咱们这些老弱病残在村里晃悠，还好，还有蛮子和独眼爷，他们还算年轻，我们才踏实一些。"李大伯叹着气说。

"是啊，就说你们家吧，一儿一女，都在外面。可你们为什么不跟娃娃一起呢？我听说你们娃娃来接过你们。"豆腐婆不解地问。

"不习惯，住在他们那儿不自由，又不要我们做事，一天呆愣愣地坐着，直打瞌睡。"李大婶说。

"你们老俩口真是有福不会享。也好，回来黑泥山住，我们也有个伴，说说话。不然沉闷得要死，迟早闷出病来。"豆腐婆笑了。

"还真是，豆腐婆说的是。驼背大爷和大奶奶就是这样，老俩口不是这个病，就是那个病。他们也不愿意与大家说说话，成天把自己关在屋里，生闷气呢！"李大婶边说边叹气。

"生啷个闷气啊！事情都出了，生闷气有啥用？话又说回来了，你看他们那个三十来岁的儿子，老大不小的，在城里，学啥不好，偏要学赌博，还去骗人，把自己骗进去了。听说要关七年呢！把自己的父母气得病快快的。何苦啊！这不，父母没得人管喽！"豆腐婆叹气了。

"你们有所不知，蛮子家三姐经常去驼背大爷家帮忙，挑水送菜，唠唠话，就如他们家的亲女儿一样。"一直在旁边听着的李大伯插进来。

"这倒是，蛮子三姐是好人一家啊！"豆腐婆赞许道。

几人正聊着，忽然身后"突突"的摩托声传来，在这蜿蜒幽深的山路中，格外清晰。路两旁灌木丛中嬉闹的鸟儿"扑腾"地飞起，几只野兔和松鼠几纵几跳，很快就消失了。

他们回头一看，只见蛮子骑着摩托车，身后带着独眼爷，快速驶来，车后黄灰弥漫。

转眼摩托车来到眼前，几人与蛮子打招呼。蛮子一见是李大伯、李大婶和豆腐婆他们，连忙停下摩托车，笑着说："买了啥好东西呀？街子赶得不错吧？李大伯的篾箩也卖了，要得。"

"我一个星期的劳动，卖得七十元钱。赚点小钱花花。今天街子好赶，买了些零食和茶叶。"李大伯笑笑。

豆腐婆笑问："蛮子，你们这是……"

蛮子说："独哥的扭伤快要好了，我带他乡卫生院检查一下，没大碍了。"

"那就好！"李大婶说。

"哎呀，我说独眼大兄弟。为啥好得这么快呀？要是我，好了也不说，就说还不好。这样，红脸嫂就可以多伺候你几日了。有女人伺候的日子，好不好啊？嘻嘻嘻！"豆腐婆快人快语，几句话说得独眼爷脸红脖子粗。

"看看这大老爷们，脸还红了呢！没出息。抓住这个机会，与红脸嫂好上了，你以后的日子就好过喽。过了此山无鸟叫，别辜负了人家蛮子的好意啊！"豆腐婆像打机关枪似的，"哒哒哒"地说了起来。

"哈哈哈！"蛮子见状，忍不住大笑，说："这回呀，红脸嫂子对于独哥来说，是笼子里的小鸟，飞不了喽！你们几老慢慢走着，我们先走啦！"说完，蛮子一脚油门，摩托车往山路一溜烟跑了，留下一路灰尘。

四

金秋十月，是黑泥山最美的时节。村子周围，满山遍野，丰收在望。一箩箩金灿灿的苞谷被掰了回来，一捆捆稻谷放在院子里晒着，一个个黄生生的大南瓜堆在院子里，一串串通红的辣椒被编起来吊在柱子上。

村民们看在眼里，喜在心头。他们非常感谢蛮子、独眼爷，正是他们的帮忙，家家户户抢收及时，赶在雨雪之前收谷归仓。

红脸嫂的田地稍微背阴一些，独眼爷对她说："再让稻谷在田里生长些日子，我会帮你收割，你别操心，有我呢！"

听了这句话，红脸嫂如沐春风，那脸庞子，红得无法形容，就像她家院子里的红玫瑰，鲜艳夺目。每每看到忙得满头是汗的独眼爷，红脸嫂的提篮里，总有一块湿毛巾，她有意无意地，遇到独眼爷，把毛巾递上去，说："独哥，擦擦汗。爱惜身子啊！"

"谢谢红妹啊！"独眼爷接过毛巾，那只炯炯有神的眼睛里闪着一抹深情的光芒，柔柔的。

不知啥时开始的，他们一个叫另一个独哥，一个叫另一个红妹。

蛮子家的庄稼还在地里。昨天他才帮竹篾匠李大伯家收完庄稼，今天又在阿巧和她爷爷家地里忙着。在蛮子和独眼爷帮助之下，已经收割完庄稼的竹篾匠李大伯和李大婶、豆腐婆、驼背大爷和大奶奶等人，也来到地里帮忙。蛮子不让驼背大爷和大奶奶做，说："你们身体不好，快去休息。"

驼背大爷和大奶奶很过意不去地说："蛮子，我们做些轻巧的活计，也是可以的，我们也不想闷在屋子里。"

蛮子听了，笑笑，说："那好，你们就把我掰下的苞谷外壳叶剥下就行。"两个老人听了，高兴地去剥苞谷外壳叶。

经过几天的忙碌，只剩下蛮子家的和红脸嫂家的没有收割了。回来的路上，蛮子、三妞、独眼爷、红脸嫂四人一同走着。路两边尽情开放着红白相间的茴香花，随风摇曳，有的像在交头接耳，有的像伸开了双臂，似乎在欢迎收工回家的他们。

蛮子说："独哥，现只剩你家和我家的没有收割了。好在你家有你和红脸嫂，我家有我和三妞，都是强劳动力，一点也不愁。明天就开始收。先收割你们家的，然后再收我家的。"

独眼爷嗯嗯啊啊地说："咋个收都行，反正都在这一两天。这……蛮子，你说哪个啊，是你红脸嫂家的。"

蛮子一本正经地说："你才说哪个，是啊，是红脸嫂子家的，也就是你家的啊！"

当这两人你一言我一语说着话，三妞回头瞟了一眼红脸嫂，天啊，那脸庞，比天上的夕阳还红啊！

三妞趁机打趣："对不对啊，嫂子？"

红脸嫂听了三妞哪壶不开提哪壶的问话，突然从背后狠狠地掐了一把独眼爷，说："你讨得便宜了，是不是？"

独眼爷夸张地大叫："哎呀，痒死了！"

蛮子、三妞乐得哈哈大笑。

这天上午太阳升起来时，蛮子与三妞在院子里忙碌着，他们把堆起来的稻谷扒开，薄薄地平摊在院子里，让太阳暴晒。

这时，走进一个人来。

"我说是哪个人，是独哥啊，有啷个事？"蛮子抬起头来问。

"没有大的事，就想来告诉你，你红脸嫂答应了。"独眼爷坐在蛮子身边，按捺不住心里的喜悦，轻轻地说。

"哈哈哈！这还叫没有大的事，这是你最大的事。"说完哈哈大笑，肩上早中了独眼爷一拳。

三妞听了，笑得花枝乱颤，隔了好半天，才止住笑，说到："恭喜了啊，独哥。啥时候请我们吃喜酒啊？"

独眼爷不好意思了，轻声说："还得请人瞧一个日子，才行，腊月间吧，那段时间活完了，大家空闲。"

五

就如要来分享人间庄稼香味似的，美丽的雪娘子一夜之间光临了乌蒙山，漫山遍野，白茫茫的。不熟悉这儿的人，是想不到这厚厚的大雪之下还有一个小村庄的。几个大雪堆里冒出淡淡的青烟，给这片白色天地带来了生机，也把人们从仙境般的感觉里拽回人间烟火中。

三妞醒来，发现天已大亮，她悄悄地起床，穿好衣服。看着还在酣睡的蛮子，她心里甜甜的。其实，三妞心里明白，蛮子何尝不想外出打工呢？外出打工虽然辛苦，但挣得到钱。可是，蛮子舍不得三妞，三妞连续生了两个孩子，他不忍离开，不愿意把三妞与幼小的孩子留下。他说，即使要出去，也要等孩子长大些。想到这里，一阵阵温暖涌上心头，三妞轻轻地走过去，给蛮子盖好被子，然后拉开卧室的门，悄悄地走了出去。

当她拉开大门时，刺眼的白光吓得她赶紧闭上眼睛。当她再次睁开眼睛时，忍不住大声叫了起来："下大雪了，下大雪了！"

这一叫，早已把蛮子和两个孩子惊醒，当他们急忙穿好衣服跑出来，高兴得大喊着奔了出去："打雪仗去啦。"三妞转身加了一件衣服，也跟了出去。

几乎就在同时，豆腐婆的孙子小豹子，还有阿巧也从家里跑了出来，参与到蛮子、三妞与两个孩子打雪仗的游戏之中。自然而然地，孩子们站在了同一条战线。蛮子、三妞是一方，被几个孩子称为敌方。一团团雪坨，不断地朝蛮子、三妞这两个大目标飞来。乐呵了好久，这场雪仗以满头白扑扑的蛮子、三妞大喊投降而告终。

蛮子与三妞相视，会心一笑，孩子好糊弄啊，他们哪里晓得我们这两个大人是假投降，我们哪里舍得真的把雪团投向孩子们啊！还不是为了让孩子们开心！这些孩子，常年被父母留在家里，心里其实是很孤独的。难得下大雪，让他们也开心开心。

今天是腊月十八，是独眼爷和红脸嫂成婚的大喜日子。独眼爷前些日子就来请了，场面上的事，请蛮子安排；新房布置及厨房，则由三妞负责。

天一亮，独眼爷就来喊蛮子，杀鸡宰羊，生火架锅。聋婆婆脸上堆满笑容，瘸着脚，忙进忙出，洗菜捡葱。晚上七点左右，忙得差不多了，两桌菜饭已经摆好。

黑泥山八家人总共坐两桌，本来人就少，偏偏这个时候，驼背大爷还感冒了，说不来了，免得传染给大家。大奶奶在家照料他，也来不成。

平时冷冷清清的独眼爷家，今天热闹起来了。彩纸、喜字到处张贴，几个红灯笼挂在院门上、墙头上，新房布置得喜气洋洋。聋婆婆给每一个小孩子发了一把喜糖。大家围着独眼爷和红脸嫂坐好，请聋婆婆坐在上席，婚礼就开始了。

就在蛮子点燃炮竹，炸得"噼噼啪啪"直响时，只见大奶奶跌跌撞撞地进来，拉住蛮子，上气不接下气地说道："蛮……子，我老伴他……他……"

蛮子扶住大奶奶，大家已经安静下来了。蛮子说："莫急，你慢慢地说。"

大奶奶喘了一口气，接着说："我老伴他……他晕过去了……"

"啊？莫急！我这就送他去医院。"蛮子说完就要走出去。

"我也去！"独眼爷说着就站了起来。

蛮子说："你不必去了，有我就行了。今天是你的大喜日子，等一下你还要入洞房呢！"

独眼爷急了，说："啥子事大呀？救人要紧，入洞房不就是一个仪式吗？再说了，昨晚上我们就在一起了！走！"说完大踏步走了出去。

红脸嫂脸瞬间红成一朵花，但她大事不糊涂，急忙说："快去，你们要注意安全啊！"

转眼间，蛮子、三妞和独眼爷就相继跑出门，在雪地里就消失不见了，只留下几串脚印。

在通往乡卫生院堆满积雪的山路上，小跑着两个人，不，是三个人，蛮子身后背着驼背大爷。雪地里留下两串脚印，一双深，一双浅。此时已经是黑夜了，万籁寂静，到处灰蒙蒙的。银白色的地面上，那踩在雪地里发出的"咯吱咯吱"声音传得很远，那粗重的喘息声，不断地往前移动着。

两个小时后，终于到了乡卫生院。

值班医生立即施救。

后来，医生对蛮子和独眼爷说："再晚来一步，老人就有生命危险。"

六

腊月二十九，蛮子来找独眼爷，说有大事要商量。

早在几天前，他就有了这个想法，他一直没有对外说，只有三妞知道。近几日，他从与大家唠家常中得知，由于今年乌蒙山连下几场大雪，山路被封，外面的人进不来。在外打工的已经打来电话，今年就不回来过年了。好不容易盼了一年，却等来这样的电话，老人们很失望，孩子们愈发孤独。临近过年了，很多人家没有一点节日氛围，冷火秋烟的，脸上阴沉无比，没有一点血色，就如这地面上的积雪一样，苍白、冰冷。

蛮子与三妞商量，两口子一拍即合，到时如果哪家在外打工的不回来，就把他们请到家里来一起过年。所以，两口子老早就宰杀了那头过年猪，做了很多好吃的，什么血辣子、血肠、血豆腐、血酸菜、血豆豉、卤猪肝、卤猪肚、卤猪肠、卤猪脚、叉烧肉、红烧肉、白凉肉、粉蒸肉等，加上地里的拔来的青白苦菜，大蒜大葱、茴香、萝卜等等。即使全村人来，也就是两桌左右，足够吃的了。

"一定要热热闹闹地过大年。"晚上，蛮子搂着三妞，吻着她的耳垂，轻轻地说："即使我不是村民小组长，我也要这样做。"

三妞把头靠在蛮子的胸膛上，柔柔地说："你做的事，我支持。要不，咱们一家把这七家人都请来，就如一家子那样，开心快乐地过一个大年。这样，在外打工的人也就放心了。"

"真是我的好女人！"蛮子高兴地说。

屋外，又下雪了。雪花纷纷扬扬地飘舞着，像极了一只只白色的蝴蝶在空中翩翩起舞，时而纠缠，时而分开，争先恐后落在白天才下的积雪上，仿佛要给乌蒙山大地铺上一床厚厚的白白的绒被子。

果然，在外打工的人没有一个回来。明天就是大年三十了，就是今天明天有来的，也来不及准备吃的了。蛮子思前想后，必须在今天把这事办妥。要请全村老老少少来自己家过年，就得今天去请，明天是除夕，就显得晚了，会让人觉得没有诚意。但此事得先与独眼爷商量，明天需要红脸嫂来家里帮忙，不然三妞一人是忙不过来的。

"好！兄弟，你不愧是黑泥山的村民小组长！此事你想得周到，你独哥就没有想到。我与你红脸嫂已经准备了很多过年菜，明天抬到你家，凑合。"独眼爷听了蛮子的想法后，爽快地回答。红脸嫂也高兴地说："蛮子，嫂子我也赞成你的安排。"

蛮子笑了，从独眼爷家走出来后，他高兴地从地上抓起一把雪，塞进嘴里咀嚼着。

他先朝驼背大爷家走去。